U0672161

NANFANG
ZUIHOUYIZHI MABANG

南方 最后一支马帮

王剑冰 著

百花洲文艺出版社
BAIHUAZHOU LITERATURE AND ART PRESS

图书在版编目（CIP）数据

南方最后一支马帮 / 王剑冰著. —— 南昌：百花洲
文艺出版社，2019.5
ISBN 978-7-5500-3228-6

Ⅰ. ①南… Ⅱ. ①王… Ⅲ. ①散文集 – 中国 – 当代 Ⅳ. ①I267

中国版本图书馆CIP数据核字（2019）第059159号

南方最后一支马帮

王剑冰　著

出 版 人　姚雪雪
责任编辑　赵　霞　凌　云
书籍设计　方　方
制　　作　何　丹
出版发行　百花洲文艺出版社
社　　址　南昌市红谷滩世贸路898号博能中心一期A座20楼
邮　　编　330038
经　　销　全国新华书店
印　　刷　江西千叶彩印有限公司
开　　本　720mm×1000mm　1/16　　印张　16
版　　次　2019年7月第1版第1次印刷
字　　数　200千字
书　　号　ISBN 978-7-5500-3228-6
定　　价　38.00元

赣版权登字　05-2019-79
邮购联系　0791-86895108
网　　址　http://www.bhzwy.com
图书若有印装错误，影响阅读，可向承印厂联系调换。

CONTENTS

目录

阳朔遇龙河

一

阳朔的气魄一直很大,人说"桂林山水甲天下",它说"阳朔山水甲桂林"。只因漓江美景多一半在阳朔地界。这也就理解了。近些年阳朔又出来一条遇龙河。似乎好东西总不一下子拿完。说我们阳朔有一江一河,你光知道一条漓江,却不知道一条河,不遗憾吗?

但凡在阳朔住下来的人,都没有这样的遗憾了,因为他们就住在了遇龙河边上。那边上有富桥、遇龙、旧县、炭打,都是古村子,上百年的民居聚集在河边。那些形状各异的山加上一条清澈的水,在老辈人看来是好风水呢。外边的人对遇龙河相见恨晚。他们就笑,就腾出多余的房间,敞开门让你来住。住的不光是四面八方的中国人,还有五湖四海的外国人,加上那个情调迷人的老西街,阳朔真成了世界的了。

二

整个早晨,遇龙河清澈而安静。我站立河边,与它融为一体。在大片的山谷中,雾气弥漫。像是为一条河罩上圣洁的婚纱,庆典新一天的开始。感觉到处都是不安分的种子,到处都在滋芽,等待开花。河边的蜂箱，正把嚣嚷暂时封存。一只鸟儿乍然落下又飞起，像河中的精灵。几头水牛如神怪凸现，顺着河边逶迤而去。月儿尚挂在天上，峰尖泛红，太阳尚在预热。

熹微里出现一只筏子，筏子上没帆，却涨满了风，鼓荡得人激情澎湃，激情澎湃的还有歌声。那歌声很独立，在每个日子的开始或结束的时光，它都能穿越千山万水，而后委婉地回来，准确无误地把一种叫作"情感"的东西传递给那一个人。

顺流往下，是一片不按规矩生长的榕树，榕树完全地成了雾气的一部分。榕树间拱出一座老桥，雾气裹了桥面，却裹不住圆圆的桥洞，水上望去，就像细腻的肌肤戴着一副镯子。桥洞将竹筏上的人剪影出来，那是一位女子，大清早的却戴着斗笠。穿过桥洞的时候，歌声整个趸了一圈，而后趸进水里，陡然变得水汽迷蒙。

人们说，多少年前，电影《刘三姐》就是在这段水域拍摄的，这座遇龙桥，也是刘三姐对歌的桥。这桥好久了，还是在明代，这里的壮家人就建起了孔洞十分夸张的石桥，那是为了帆船的通过，还是显示壮家人的排场？上游不远，还有一座富里桥，六百年了，同样沉实地蹲在那里，望风看水。在这条遇龙河上，竟不知有多少座老桥。从桥上穿过，能到不远的桂林公路，而很久以前这里就是通往滇缅的要道。

晨阳已经露脸，它像是在焊接，想把那些云霞固定在山尖上，焊花一会儿一闪，溅落水中。

我知道，或许早晨就是遇龙河最好的时段，早晨它情绪饱满，神气活现。

三

遇龙河的背景就像漓江的背景，有时看着河，会看成一幅同样的漓江山水。

遇龙河来的地方竟然叫"世外桃源"，我听了一愣，感觉一片神秘又一片辉煌。而它去的地方是漓江，它极快地奔涌的目的或就是为了与漓江汇合，然后涌动成更加美丽的锦缎。在那个宽阔的汇合处，《印象·刘三姐》每天都在激情上演，演绎出更加迷人的阳朔风情。站在那里回看遇龙河，一定会看出生命的灵动。

遇龙河的美质与它的声名毫不对称，它完全是一位养在深闺的角色。不是有人说么，若将漓江比作成熟的少妇，遇龙河就是尚未开化的少女。

它真就像少女一样没深浅，随意地跳荡，随意地舒展，插遍鲜花翠竹，铺满草绿田园。这里的人说，你没有看春天，两岸的花海整个都是它的了。这个时节稻田已经结穗。杜果、黄皮果、百香果也已经成熟。

再看那些山，哪一座都可称为阳朔的标志性徽记。正是这样的山形聚汇，才让"甲天下"归不到别处去。对于遇龙河来说，那些山都成了自己的皇家仪仗。

河边的人多了起来，涮洗的，取水的，说话的。这河就像他们的亲人，一会儿不见就想。村女们穿素花的衣衫，同老人聚在河边看水。我注意到了她们的眼睛，如河水泛着层层晶莹。那晶莹能浣你的陌生、你的惊讶，让你一下子也晶莹起来。我奇怪，现在的年轻人都往外走，这里怎会有这么多的女孩留下来？一个女孩说，守着家租租房屋，使使筏子，卖卖水果，就可以顾住生活了，而且水是多么的好，还用出去吗？正说着，灰墙白瓦的门里出来一对儿笑着的外国夫妇，也来看水。

　　阳光完全地温暖了一条河流。蝴蝶已经开始恋爱,它们在阳光里相互追逐。一群孩子不知什么时候上到一个个筏子上,叽叽咯咯地撩水嬉戏,水早已将身上打湿。一个女孩的发辫散开还在激战,她不时甩着长发,甩出一串莹亮和笑声。

　　水流匆匆不回。水车仍在岁月里幽幽作响。河滩地有坟墓崛起,在坟的近旁,有着马头墙的老屋里,又一声啼哭传出。还有一户人家,早早地在河边涮洗,门口贴着大红的"喜"字,他们在准备迎接新娘。

　　河是村子的元气,多少年,河水一直这么激情无限。所以说村子虽然老了,仍然血气方刚。

四

　　我总觉得河水是来自于那些芋头样的山峦,那些山峦消化和代谢的都是蓝天白云。

　　从天上看遇龙河,会看到一道弧线优美而透明的瓦蓝色玻璃。玻璃闪映着峰峦田园。有时还会看到碎玻璃样的效果,每一片细碎都印着日月星辰。

　　大概还记得,公元1637年,阳朔码头下来一位客人,这个人大家不陌生,他就是行侠徐霞客。不知道他从哪个方向来,但他一来就喜欢上了这里,并一口气写下八千字的手记。六天时间,他不停地踏访,面对惊现于眼前的水墨丹青,他激动地称之为"碧莲玉笋世界"。这个称谓,满含了美学与诗学意味。

　　我站在苍茫的河水之上,巨大的景象将我笼罩。我已经看不到早晨的筏子和唱歌的女子,她或许早就去远了。

收　藏

一

光绪年间，周庄的监生陶煦完成了周庄镇志的文字稿，还要配一幅地图，需靠两只脚实地踏勘。他不想跑了，把测绘的事情交给了儿子陶惟坡。当然，他相信儿子。我们也相信经过陶惟坡一点点踏勘，一点点标志的成果。翻阅《周庄镇志》还是有些兴奋，毕竟是前人以志图的方式，收藏了一个百年前的周庄。

因而也就让人感慨，前人有意或无意的收藏也是一种文化先行，福利总是留给后人。这幅图与后来的地理有了明显的变化，图中那一块块似是经过设计的好看的色块，是一百年前的水田，当地人称为"圩田"。由于圩田的吸引，聚集的人数增多，房屋住所的建造成为必须，也就使得那些色块逐渐亲密，逐渐连接成更大的色块，这或许就是百年后的一个成熟的村庄。

有了这么一幅晚清时期的图表，让我们看到这一片水的世界的变化过程。研究起来，那过程其实并不漫长。就像与周庄相像的村庄最终从水中被拉到了陆地，周庄也有了一个与陆地的连接点，只是长期独居的性情，使得周庄保留下来，成为另一种意义上的收藏。

走进周庄博物馆是一个黄昏，一个角上，石犁发散着坚硬的光，汗水与泥土的打磨，使它呈现出一种力量。我丝毫不怀疑，这是周庄一带的先人使用的工具。在距离很远的中原，以至更远的地方，也都能见到这种工具，它们的相似度显现出先人的智慧的融合。

石犁最早安装在一根木棒子上，比之手握石刨显然是革命性的进步。后来更进一步的适用于人或牲畜拉动的造型，则经历了漫长的岁月而一成不变。那换成铁铧的工具直至现在某些地方还在使用。耕翻土地是农田里最累的工序，周庄这一带同属良渚文化遗存，泥土肥沃而富有黏性，此类石犁的广泛出现，对于土地的开发具有了划时代的意义。

还有一种黑色的陶罐，那是良渚人另一种生活物品，上面有精美的纹饰，先人打磨和刻画的神情渗入其中。即使是简单的生活，也会尽可能地做到完美，以至每一件与生活相连的物品，都透着精心用意。

制作这种陶罐必是与水有关。想象不到的是，他们取水的地方，竟然是人工挖取的水井。这同中原人在河边取水的生活方式截然不同。那个时候，这片沃土应该还不是一片水域，但是水层很浅。良渚人为了食用水，在居住地很容易地挖出水来，为保证水质，他们动用了集体的智慧和力量，选取粗壮的坚木做成井的形状，打压到水底。认真的程度不亚于房屋的建造。如果不是周庄收藏了这样的木井，我无论如何不能想象出它的模样。

木制的良渚古井，是一整块木头做成的深约两米、直径五十公分的圆筒，看上去就像一只深入泥土的大木桶。木桶周围打有孔洞。可想而知，井比坑的环境要好，它不仅更能聚水，也起到了保护水质的作用。水由四周渗入"桶"中，被贮存净化而变得清净。长期泡在泥水中的木井，竟然能够保存下来，说明古人选取的不是一般木料，必是凭借生活的经验刻意为之。由此不得不感叹，无论哪一个时期，作为有别于一般动物的人类，始终是将生活质量放在第一位。这样看来，周庄这片地域，很早就是一块人类热土了。

关于木能养水的理念，我在"天孝德"得到了验证。一个玻璃柜内静静躺着的褐色条木并不惹人眼目，很多人都会一晃而过，觉不出它们的珍贵，也不知道它们的用途。由于年代的久远，它的表面已有一些包浆，但仍质地坚硬，且不失细滑的手感。

头一次从王龙官的口中听到"缸香木"，问了半天才知道三个字如何写，而头一个"缸"字，似乎并不是一种香木的姓氏。后来明白，他说的是放在水缸中的香木。

原只知道珍贵的香木可熏衣，可提取香精，想不到还能用于净化水质。江南一带，大户人家都有用这种缸香木的习惯，那或许已经成为某种品味。香木置于水缸底部，倒进去的水不仅不生细菌，不长虫子，而且清纯甘甜。我小时经常会看到土井中的寄生物，趴在桶上喝水时，那些大大小小的寄生物就在阳光透视的水中晃动，我知道只要一喝就会进到肚子里。但是伙伴们都这么喝，而且没有别的水可以代替，也就眼睛一闭大口饮起来。盛夏的干渴和生活的氛围使人无法选择。那个时候小学很少上课，常常会参加"三夏"大忙。

最终清楚，这种能净化水的香木是楠木。楠木自身就泛着琥珀的质感，有着水波般的细腻，冬天摸之不凉，夏天触之不热，天然地散发出一种特有的幽香，因而人们对它爱不释手。也有的缸香木是白檀老料，同样有杀菌去污功能。现在的这种香木，多是要按克论价了，价值已经超越了黄金。

水乡人多是用湖水，水质自然不是很好，普通人家别无选择地习惯了。当然都有水缸，不只是储水，也是为了澄滤。家家户户选择拎水的时间必是早晚，早要赶在舟船响动之前，晚间也要等一切静下来，唯剩水流的声音。主人说大户人家一般都有两口大缸，第一口用于沉淀，沉淀后再倒入第二口，这第二口缸里就会有缸香木。江南人爱喝茶，用缸香木净化的水泡的茶自然不一般。一般人只知道是茶好，却不知道水的秘密。而孩子们也会舀起缸里的水解渴，用瓶子装了上学，让其他的孩子觉出不一样的感觉。为什么不一样？他们是道不清楚的。

据说，最初在木制的井中挖出过东西，其中就有那种饰有图案的双耳罐。谢楚余有一幅《抱陶罐的少女》，鲜活与古旧、灵动与朴拙完美地统一在一起。我相信，在那个时代，会有少女款款提着陶罐，在井边打水。只不过那种美被谢楚余艺术地放大了。

二

周庄的街市上有几家旧货店，里面也有各式各样的老东西，只是闹不清其中的真假。沈厅不远的那家，倒是有一个旧唱机让人眼亮，那是电影中常见的上世纪早期的物件，敦实的唱机上，顶着十分夸张的大喇叭。卖家开价一万，不知道是否合适，这样的唱机着实难以见到了。还有一些老唱片，也都是半个世纪前的老货。

上小学时，学校就已经停课，名曰"停课闹革命"，也不懂小学生闹的是什么革命，就到处乱跑。一日跑进了中学，那是小城里的重点中学，设在文庙里。文庙自然被砸得不成样子，万世师表痛苦地碎裂在大殿前面，墙上的"尊师重教"也覆成了黑黑白白的标语。教室的黑板上同样是大字口号，桌椅板凳残缺不全地东倒西歪，真的像是经历了一场势头不小的革命。还有一间教室，门口挂着一块牌子，牌子用纸糊起来，写着什么战斗队。看了引不起兴趣，到了大殿后面，猛然发现小坟头样的一堆东西耀眼地亮，几个孩子好奇地在上面扒揸。那是遭受了摔砸的老唱片，片心中间有的是夺目的红，有的是炫丽的黄。黑黑的唱片一片片地闪着环环细密的纹络。如此精细的东西，竟然都毁坏了，而且毁坏了这么大的一堆，实在是不明白为什么。那是我第一次见识唱片。

后来在一个小同学爸爸的办公室见到了完好的唱片和唱机。同学的爸爸是这个县有头有脸的人物。他拉开抽屉，里面有一支红布包着的小手枪，一种暗蓝色的光覆盖了它。顿时露出无比惊羡的神情。那架唱机同周庄的这架不能同日而语。同学竟然会操作它，他把门窗关严，拉上厚厚的帘布，然后偷偷地找出一张唱片，将唱针轻轻放在唱片的边缘，唱片就极快地旋转起来。唱曲是听不大懂的，但是好听极了。这么近距离地感受到它神奇的音声，也就明白为什么会有人藏起来偷听。想起一中大殿后面那堆老唱片的坟墓，不免惋惜。在后来揪"走资派"的斗争中，同学的爸爸也被糊了大字报，不知道是否有人揭出他偷听老唱片的"罪行"。我始终保守着这个秘密，直到现在写出来。

那些唱片的出价也是不菲的，现在的生活中，连磁带都消失了，这些老东西正在远远地离去，不是受到了暴力，就是受到了嫌弃。只有那些喜好者，会留意到它们。

还有银圆，在旧货店的柜子上面随意地摆放着，让人觉不出它们的珍贵。真正的"袁大头"怕是有些价值了。这种物件儿时也见过，家的后面有一个小玩伴，时不时会从口袋里掏出一块铅灰色的东西，不是炫耀，而是同我们交换。伙伴们并不以为他亮出的银圆有多值钱，也就是换几个玻璃球而已。得到银圆的只是拿着在地上滚一滚，或用钉子砸一个孔，用绳子穿起来玩。在他输掉了那些玻璃球或其他的什么时，他就会从口袋里再拿出一块袁大头，偷偷看看四周，告诉我们若被家人发现，会挨打的。我在小说中看到过对于袁大头的描述，用嘴吹口气，然后放到耳边去听，就能听到好听的声音。可是我们挨个试，都没有出现惊喜。直到有一天他的行为被他爸爸发现，严令不再同我们接近。他的爸爸曾经被戴过高帽子，扯烂的衣服上泼了黑黑的墨汁，是那种"黑五类"分子。不玩就不玩吧，也就知道他家里藏着许多的袁大头。听说不少坏分子家里藏着"变天账"，不知道他家里有没有。很久以后才知道什么是变天账，就是自己卖地的地契之类。这种地契，我竟然在"天孝德"看到了。

我相信每个人都有收藏的喜好，只不过所藏不尽相同。有些是贵重的传家宝，有些是爱情的信物，有些则只是一片微不足道的红叶。我小的时候，床下偷偷藏着一个小木箱子，箱子上着锁。每次开启的心情总是欣欣然，里面藏着一叠叠纸做的"面包"，那是用两页纸交叉对叠而成的方形玩具，最好的纸是书皮和画报。孩子们每天就是在地上摔打这些面包。一个个摆在地上，先剪子包袱锤，然后你一下我一下地扇打，只要将它打翻过去，就是你的了。有些孩子用更多的纸将面包增厚，以显现战斗力，但是如果输掉损失也是惨重的。那个时候，一张纸都十分宝贵，谁家里也没有那么多的书籍，所以能够赢取这些纸玩意是一种快乐的事情。还有玻璃球、冰糕棍、杏核、小人书，经常地取出来，摆弄着，查数着，会有一种满足泛上心头。这些物件在床底下度过了很长一段时光。

小木箱在五六年级的时候开始添加书籍。一本本书都是以物换物的方式得来。尽管换不到多好，也是视如至宝。每每放暑假或寒假，待父母上班，便偷偷扒出来，找出一本早就耳熟能详的旧书，坐在锅台上再读一遍。屋子里很静，炉火上的水壶发出细微的鸣响，感觉那般美好。门是插着的，耳朵的任务时时被提醒。那个时候旧书仍是禁书，是不能让大人们发现的。一部私下交换来的没头没尾的书，就被父亲发现后直接扔进了火塘。后来知道那是一本《一千零一夜》。只有母亲佯装不知地默许。一个孩子在家里守着一本书，怎么不比在外边疯跑强呢？只要家里能够开启一扇天窗，就似吸到新鲜的气息。我为此感到庆幸，那种庆幸持续了好多年。直到现在，我的书架上还有精心保存下来的《林海雪原》《平原枪声》等。一个自幼喜欢书籍的人，是不大注重收集袁大头之类物件的，更不要想着会像"天孝德"的主人，早早用心收集那么大一堆宝物。大了的时候，我不再在乎同孩子们聚堆玩耍，我自己知道，那同我的私密的精神享乐有关。

早期的阅读对后来的影响实在太重要，可惜的是托尔斯泰、拜伦、狄更斯、博尔赫斯、司汤达……一个个的名字从来没有进入过我的世界。我曾经有过交换阅读的通道，然而是那么的有限和可怜，读到的外国最好的书籍无非是《钢铁是怎样炼成的》《牛虻》，对了，还有那本没头没尾的《一千零一夜》。我曾经在前院的同学那里得到一本没有头尾的线装书，那纸张脆薄的书马上就要成为他母亲生火的牺牲品，我饶有兴致地从炉膛前捡了起来，并且经过同学的允许带回家去。当我认真翻看的时候，才知道我遇到了多么好的一件宝物，那竟然是《改良今古奇观》，《卖油郎独占花魁》《乔太守乱点鸳鸯谱》都是里边的内容。离开中学以后我曾如饥似渴地读到一部《斯巴达克斯》，那是我读到的最好看的外国文学。进入大学后，才知道自己的天地多么狭窄，而那带有罪恶感的收藏更是多么的好笑。

三

人不同于动物的最大区别，在于比之后者更善于追求生活品位，尤其是进入一个相对稳定的时期，人的追求更加从容。在这种从容中，许多的天分被发掘出来，智慧的灵光常常反射到某些具体的事物上面。

我是偶然走进这里的，它在周庄的城隍埭老街上，坐西向东，前临南北市河，背接后港，门不大，隐着吴地那种深藏不露的精明。进去方知，这是江南仅存的明代末期前厅双后堂建筑。一水的方砖铺地，斑驳的白墙露出老旧的青砖，屋檐满是寿字纹瓦楞滴水。院里屋舍相关，厅堂相连，廊道天井交互，显现出盎然的古意。现在这里是一个私人藏馆，陈设满满当当，无一处不紧凑，完全是"藏内有馆，馆内有藏"的大户风貌，里面藏有石、陶、瓷、木、铜、玉及丝绸、字画等周庄以及流散于长江三角洲地区的老旧物品。

我来周庄有几天了，每天在庄子里行走，如果不是有人领我进来，怕总是与它失之交臂。在周庄藏着这样一处地方，是周庄的精明，也是主人的精明。它们的确是相辅相成的。周庄卧虎藏龙，前有一个沈万三，曾经搅动起大明的历史风尘，再出现个什么人物也是见怪不怪了。

一只只铜炉和脚炉引发了我的兴趣。我知道，它们原本在某个明亮或者阴暗的地方，散发着柔和且本质的光。每一件都经过艺术的打磨，而后直接进入了生活。来自北方的我，实在是惊异于这些看似雍容华贵的器皿。

小时的我最奢侈的用品，无非一个热水袋。而更多的孩子，冬天会捧着一块布包着的烧热的石头或者砖块。那是一个纷乱的年代，许多的物品被当作"封资修"收走或遗弃，人们不再或者不敢对生活有奢华的念头。连理发店烫发的技能都被限制，一切以粗俗和简单的方式回到了生活中，就是回到了原始的时代也无可厚非。重庆火锅大小的铜炉，在寻常人家更是鲜以见到。

从王龙官的介绍中，我知道它们已经走过了很长的时光，甚至是近千年的时光。这千年的行走中，按说它们该是走进了寻常的生活，但是它们一度走散了，走失了，以至我这样年龄的人见了还是惊奇不已。让我惊奇的还有，这些精致的铜炉，有一些竟是周庄自己的产品。一个庄子，竟会私下里享受并充分满足这种享受。清光绪年间，周庄生产的铜炉还在南洋劝业大会上获奖，并就此得到"庄炉"的美誉。我在《九百岁的水镇周庄》这本小册子里看到这样一段话：陈去病在他所著的《五石脂》一书中称，他的祖先因元代战乱，由浙江金华一带避难来吴，居住周庄，"以锤薰炉为生，数传始改业油粕制造，迄于余身。然今庄炉之名，犹著郡邑云。"

可见多少年前，在这个小庄子里，生活物品已经达到了自产自销。并且从王龙官收集到的为数不少的铜炉来看，周庄人的生活已经进入了丰衣足食的境况，几乎家家都有了这种生活的必需品。

很长一个时间段，周庄四面环水，里面的人不大容易出去，外面的人也不大容易进来。即使是用船也绝非一件容易的事情。这也就使得周庄完全地封闭在一定的水上世界里，逼得他们学会照顾自己。周庄很早就有了布店、米店、洗染店、铜匠铺、中药铺，甚至银店、票号等生活中一应所需。他们还养蚕种桑，纺纱织布，制砖做瓦。时光到了上世纪五十年代初，周庄尚有二十六家大户，这些大户影响并且带动了一批中小户。即使是贫困的人家，也有打工吃饭的地方。

因而周庄人在其中变得悠闲起来，他们实际上是满足于一种生活方式，或是从沈万三那里知晓了一些道理。

周围的人们冲着周庄那些热闹纷攘的店铺，乘了各式的小船，来个一天半天，逛逛一条条街巷，买些自己那里没有的物品，满意地归去，而周庄还是开了一些旅店的，以接应那些耽在这里没有归去的客人。富安桥两侧，就有当时最热闹的一间旅舍，还有一间中药铺，一间茶馆和一间理发店。它们把据着桥两头的四个点，把据了很长时间。四间服务性的场所具有了典型的意味，且是周庄有名的所在。此时理发店的传人刚刚过世，他是老周庄的见证，活到了93岁高龄。

话再往下说，有些外地人踏上周庄的码头，就不想再回去了，他们要么租了周庄的房子自己经营些什么，要么给周庄做帮工，慢慢地融入了周庄的生活，有些闹得好的，就在这里娶妻生子。也有别乡的女子被介绍来，嫁到周庄。

可见外边的人也喜欢上了周庄这种格局。上世纪六七十年代围水造田的运动中，很多村镇热火朝天地填实了自己周围的水道。周庄却没有这样的动作，不是什么觉悟，而是先前的生活状态使他们同外界隔绝出不小的距离。那么，那些轰轰烈烈的运动也就不去管这个小小的周庄了。周庄人就得以守着一个铜炉或踏着一个脚炉，自由自在地照看着店面，或同人喝一壶新茶听一场水磨腔的昆曲。

那些铜炉多是用稻壳慢慢熏暖，不需用木炭，木炭尚需花些费用。稻米是江南特有的物品，米壳自然容易取到。这也是周庄人日常生活中找出的经验，火花点燃稻壳就会慢慢烘着，并不会产生出烟气。而那种味道，却是自己熟悉的芳香的味道。

我的感觉里已经捧起了这样一只释放着稻香的暖炉，我欣然地为这些铜炉照了一张张的相，我想留住它们。

我在周庄中市街上看到了铜匠师傅。那是一个不大的门店，两位师傅的年龄也已经超越了我等不少，他们的动作变得迟缓，反而显出了某种认真的态度。只是已经不做这种细致的活计，只把一些碎铜炼化成水，铸一些勺铲之类的物件。他们也许就是那些铜匠的后人，只是现在的市场已不适于他们的手艺。他们略微颤抖的手和迟缓的动作，没有了那种能工巧匠的感觉。

一个铜炉的时代已经结束。

四

我还见到了可人的手炉，圆形和椭圆形的，据说还有方形和菱形，那自然更为少见，连这个名噪一时的收藏家也未找到。手炉比铜炉要小，可随手提动，这就比体态雍容的铜炉更为方便。以前的人宽袍大袖，手炉可置于怀内或袖中，所以又叫"捧炉"和"袖炉"。看着这娇小而精致的器物，觉得仍有一些味道从里边散发出来，时光在它们身上没有留下什么印记。

据说中唐时期，手炉已成为官宦人家的室中用物。及至宋代，已有香药局，专供焚香和手炉脚炉使用的炭饼。北宋吴自牧的《梦粱录》中，介绍汴京市面上的诸色杂货，就有"供香饼炭墼"。民间俚语中也有"九九八十一，家家打炭墼。"炭墼续温时间长，更换方便，是用炭末和黏土做成的块状燃料。

冬天最着恼的是怕手冷，穷人家的孩子，冻裂的手上裂着一道道渗血的口子，很长时间不好愈合。而富贵的小姐、少爷则是最要保护第二张脸的，于是有了这种暖手神器。《红楼梦》的第六回与第八回，都有提到手炉，一是写王熙凤"端端正正坐在那里，手内拿着小铜火箸儿拨手炉内的灰"，一是写丫鬟雪雁秉了紫鹃的嘱咐，给在梨香院串门的黛玉送来小手炉暖身。很长一段时光里，手炉还只是皇家贵胄的用物，只有到了一个物质稍显丰富的时代，手炉脚炉的使用才会寻常起来。清代的张劭有一首专写《手炉》的诗：

松灰笼暖袖先知，银叶香飘篆一丝。

顶伴梅花平出网，展环竹节卧生枝。

不愁冻玉棋难捻，且喜元霜笔易持。

纵使诗家寒到骨，阳春腕底已生姿。

每一件手炉的做工都十分精细，感觉它们是一整块铜料做成，丝毫没有镶嵌与焊接的痕迹。主人说，这必然是手艺精湛的工匠用榔头一点点敲打出来，这种精工细制的手炉结实耐用，再久也不会开裂。

细看不大的壶体，竟然有云纹、花卉、虫鸟图案，炉肩炉耳的地方也各自圆润不失功夫，提把设计成花篮柄或竹节柄，炉盖也进行了细微的雕饰，冲成精美的六角或圆形孔洞。精妙还在于炉身是内外两层，内胆放燃炭，通过两层间的空气传导，既散发热量，又不会烫手。而且，不暖手的时节，还可用来代替熏炉焚香。

手把着这么一个物件，不仅会有一种暖意，也会有一种把玩的意味，你甚至能感觉出那种慵懒自得的神情，就像捧着小猫小狗，是会捧出宠爱来的。

造型为扁圆形的脚炉，历经几代人相传仍乌光锃亮，包浆俨然。据说也有八角和方形等样式，只是圆形更便于搭腿搁脚，受热面也大。唐宋时期脚炉就已很常见，一般殷实人家都有这种不可或缺的用品。有小儿要到学塾读书，冬天也会备好脚炉和炭墼，让孩子保持身体的温暖。《红楼梦》中宝玉要去学堂，袭人的准备中也有提到脚炉。福州大户人家的冰心在《我的童年》里，也写有年轻的母亲穿着沿着阔边的衣裤，坐在有床架和帐楣的床边上，脚下摆着脚炉的回忆。那该是上世纪初叶。

比之手炉，脚炉少雕镂图案纹饰，但在炉盖的气孔处却常有巧思，比如錾刻成梅花或菱形。无论燃烧炭墼、稻壳或锯末，都能很好地散发热气。也置有提梁，设计成花纹柄、扭丝柄什么的造型，以方便使用。

看着这些手炉脚炉的时候，你或许只会将它们看成是形、艺、韵、意俱佳的艺术品，而不是一件实际用物。

五

我着实对瓶瓶罐罐的不大感兴趣，我的注意力总是集中在那些生活物件上，比如高置于柜子顶端或方或圆的食盒。那些饰了精美图案来自不同年代的食盒，有的已显陈旧，有的却仍闪现着光洁的漆面。食盒上面有一个提手，下面一层层地摞在一起，如一座小笼屉。一打开就会打开岁月的米香与菜香。

陪我同去的张寄寒告诉我，在他小的时候，周庄人还多用这种食盒。食盒不仅使用方便，而且保暖。可以向饭馆订菜时用，也可在家自用，比如举行大的宴会，后厨做好，用食盒提到前厅。过节的时候，也会有人提着食盒将好吃的去送给长辈，一个个走桥过巷的情景很是动人。

这些食盒给周庄带来了便当，同时也提示了周庄的生活。在我们北方，顶多是挎着一个篮子，装一两个盘碗。即使是提了几个合在一起的饭盒，也不好同这些体积颇大的食盒相比。

王龙官收集的各类食盒太多，以致没有地方摆放，只好委屈于柜顶，接受着尘灰的荡涤。

从随处可见的成摞成堆的用品看出，主人并不是全心全意地对待它们。王龙官说，来过一个日本团，有人偶尔见到柜子下面的东西，轻轻取出不由叹叫起来，觉得是怠慢了它。

我在一个角落无意间触碰到一个齐腰的方形立柜。铁一般的颜色，铁一般的沉实。推推竟没有动它分毫，以为是个铁物，暗自使了力气的。有人却说是木制，因为敲击的声音不同。那就不是一般木料打造。柜顶有一道道缝隙，从缝隙往里看，什么也看不到。倒是可以上以前央视的《正大综艺》，猜猜是个什么物件。

王龙官的老伴走过来，说出了让人想象不到的答案，竟然是一个钱柜。商铺里收到的银钱会带着清脆的声响，经过缝隙的碰撞，被丢进柜子里去，直至晚间盘点，主人才把一个锁着的侧门打开。这个精致而笨重的东西，一下子把人的思绪牵回到百年前的周庄。

我感到王龙官是个有趣的人物，想同他聊一聊。周庄学校的沈晓烜老师找他安排了一个时间。

交谈中我提到了他放在一个架子上的十八只瓷夜壶。他笑了，说你都记下了，连我也没有记着有多少只。我说我细致地看了，有圆口的、方口的，有壶形的，也有兽形的，我有些拿不准是不是都是男人专用。有些口径紧凑，有些则过于宽松。最显宽松的是那个方口壶。

王龙官说其中最早的夜壶来自汉代，还有唐代，多数是清代的，方口壶是嘉庆年间所造，是不是男人专用，他也没有回答清楚。我在别处还真的没有见到过前人使用的私物，所以一时没有认出来，听人说了才又仔细地观察这些造型各异、朴拙敦实的东西。不知使用的是些什么人，经历过什么样的生活。它们个中如果有记忆的话，说不准还在有滋有味地回放着某些片段。

小时候刚从山东随父转业到河南，见到不少茅房的墙上有专门为摆放夜壶设置的格子，格子里是一个个圆形带口的陶器，很像鬼子的微型碉堡。当时不知道是些什么物件，很是受了小伙伴们的讥笑。那些粗糙的黑黑的东西，同这些细瓷比起来品质上实在是相差太远。

天孝德还有各式各样的便桶。说实在的，那些便桶做得同食盒一样精细。圆润得像一个小鼓，而且着漆绘花，雕着各式图案。想起第一次到江南，早上在南京的巷子里走，看到家家门口摆放着盖着盖子的小圆桶，便好奇地问当地的友人，友人说："你真不知道？"然后就笑，并没有揭示谜底。我以为是做酱菜的，但是怎么会家家都做？当后来明白，还是为自己的浅陋笑了半天。南方人实在是会生活。北方哪会有这等东西？那只是一个普通的陶罐子而已，更不会有什么盖子。当然白天也不会放在家里。过去的人给予屁股的待遇还是不差的，精细而且光亮的物件，看上去会先有一个好感觉。这里收集的便桶，怕是有些年头和来头，那就不是沾过一般的屁股了。

怎么会有这么多好看的首饰，密密地摞在精致的器皿中？那些细细长长的，顶部或是球形，或镂凿着梅、莲、菊的花纹的是簪子。还有由两股簪子交合成的钗，那是要在发上做出花样的饰物。有些钗是两件放在一起的，花纹相同而方向相反，可想是要左右分插。它们不是一个时代的用品，也就不会是一种体态、一种手相的女子拿起，在镜前摆弄，顾盼，随着道不明的心事插入云堆雾绕的青丝。由此不免叹服古人的审美与用心，这种优雅婉约的饰物，着实能演绎出温婉俏丽的风情。我还在这里看见了步摇，极精致地用金或银镶成纷飞的羽翅，延垂了珠玉串饰，戴上便会随着步态摆动。步摇是妆容中最为添彩的一笔，摇曳出女子无限的娇柔。杨贵妃就被一个诗人描述过："云鬓花颜金步摇，芙蓉帐暖度春宵。"

此刻它们都无声地沉睡在那里，散发着玉或金属的气息，也散发着似水流年的气息。

当然，我不只是看到了这些簪钗，在它们对面很远的柜子里，我还看到了女子穿过的绣鞋和衣裙。那些大一点的绣鞋许是近代的产物，而手可盈握的鞋子也拥挤其中，让人看到三寸金莲的实际形态。娇小的脚如何撑起了一个身子，如何就晃动在周庄的石板路上，甚至晃过一道老桥？

或许这些女人是不出门的，她们像花一样被摆在家里，摆在《牡丹亭》的剧目里。那些彩绸水袖及长长的纱裙，真就摆动出一个女子飘逸的秀姿。可惜只能看到这些诉说着过往的衣裙了。

主人无意间将这些绣鞋和衣裙与簪钗隔离开来，又让人越过空间与时间将它们聚合在一起。

我有些感激周庄了。周庄不仅是收藏了那些老街老桥、旧屋旧瓦，还收藏了这么多街巷屋瓦深处的秘密。甚至还将那些纺线织布的、捣泥做瓦的、打铁炼铜的都留下来。不唯如此，喜欢周庄的画家陈逸飞去世后，周庄也为他打扫出一块地方，收藏起他对于周庄的记忆。这些都让一个庄子有了一种氛围，那不只是水的氛围，是水一样文化的氛围，以滋润人们的情感和认知，回忆与回味。由此感觉周庄是有见识的，凡是留住的好的东西，都会是公众的，乃至世界的。

王龙官先是在周庄的裁缝铺里做伙计，由于他的精明，后来选择了单干。最得意的是刚兴起塑料布的年代，他用烙铁粘制塑料雨衣，一件件彩色的能够遮雨的衣服使周庄人和外地人感到新奇。后来他用赚得的钱开了周庄第一家珍品店，虽大字不识一个，却从收旧货的父亲那里学到了鉴别宝物的本事，并且开始了民间收集。也许最初是为了利益，后来却是迷在了里边。

周庄毕竟是一个小社会，视野向更远的方向拓展的时候，只有走出去。很难想象得到，王龙官是怎样地迎风沐雨，在那些水道进进出出。他像一个收废品的，什么都想收集进来，似乎是上了一种瘾，不收不快，不藏不悦。四十多年，他攒起了一堆的心爱。开始还会把那些心爱细致地把玩一遍，多了就顾不上，也记不清具体的东西和数目，慢慢地连自己也弄不清这是在干什么，为了什么。

有人说收藏是一门学问和艺术，但王龙官身上的这种意义弱化了。据说王龙官早上起床后的第一件事，就是连着抽上十来支闷烟，想上一段谁也猜不透的心事，然后开始在狭促的空间穿来穿去，在很小的桌子前喝口茶水。他每天都在忙着，守着这一堆旧时光。他的老伴同样没有什么文化，但每天也是忙得手脚不闲。对于王龙官的收藏，她的宗旨就是一句话，只要他开心就好。

这个院子以前叫"张家大院"。现在打听张家大院，周庄人还是会明确地告诉你它的方位。最初一定是属于张姓人家，一代代过去，王龙官最终将它买下，用于放置自己的宝物。他给这个地方重新起了个名号，叫"天孝德"。这是三个好字，连读和拆开读寓意都好，但有些人会把它想成"天晓得"。里边到底有多少东西？到底有多值钱？那些东西是怎么得来的？王龙官怎么就成了一个收藏家？

那可真是天晓得了。

六

张寄寒虽然常住在周庄，却也好像第一次同我走进天孝德。张寄寒也是个有心人，他收藏了三毛在生命的最后时光来周庄喝茶的地方，以及同三毛有关的物品，而后就常常守着"三毛茶楼"接待应酬，为周庄留下一个记忆。他或许没有多少闲暇顾及他人在干什么，也或许对这些不大感兴趣。

这个老周庄，进到天孝德后好像也看呆了。同我一样这里那里地看不过来。来到院子里的时候，他还不断地仰头四顾，好像寻找着什么。最后他小声告诉我一个秘密，他说他曾在这个大院里住过，住过好多年。这倒让我吃惊起来，张寄寒这样一个周庄有名的文化人，如何居于这个院子且又失去了这个院子？

原来不曾拥有而只是寄居。

那是中学时光，他家和几户人家租住了张家的院子。他家租了其中的四间。他还记得是在后面的一个小阁楼上，假日或者晚上都会津津有味地品读书中的故事，他在这里读完了巴金的《家》《春》《秋》。张寄寒说张家房东人很好，跟大家相处都很和气。张寄寒至今记得有一次放学回来，房东炒了喷香的花生豆，偷偷地送给他吃。那是食品紧缺的年代，张寄寒说着的时候，我似乎也感到了那种难得的脆香。

而他却找不到自己少年居住的阁楼了。

实际上我已经不大清楚是怎么走进去，怎么转出来。大致记得先有一个门楼，然后是不断回环的厅堂，每进以仪门、天井、厢廊相连接。张寄寒说现在更接近老宅子的格局，原来诸多家户混居，大人小孩的一大群，完全一个大杂院。

想到自己的儿时，也是一群人家将曾经的大户家院瓜分。前后三进的院落，住进了十来户居民，有些门墙被拆掉或隔断，树木被砍伐，龙兽之类的屋脊翘檐被砸掉。孩子们整天在其间聚集玩耍，随意地在雕花门窗上刻画，在平整的石阶上砸东西劈柴火。记得一个小伙伴用一个十分锋利的匕首，使劲地照着门上的才子佳人猛砍，那雕刻十分地坚硬，竟然挺住了十几下狂暴，最终一些脸面丑陋不堪。那是十分坚实的木料做成的门，混乱的年代，没有人灌输什么保护意识。后来想起来，心内会隐隐地一痛。全国诸如此类的豪门大院，几乎都遭受了相同的命运。每每见到收藏家那里的一件件门窗，就会心生感慨。现在，这个大院也在一个收藏家手上进行了保存并恢复了原貌。他收藏了古旧的物品，也收藏了一个古建筑，据说现在有大小房屋50余间，光是门窗户闼就有450余扇，无论开启或关闭，都是要有好一阵的响动。

时代改变社会，改变生活，也改变人。这个院子究竟是在什么时候发生了变化，发生了怎样的变化？

张寄寒无从知晓了。

大桂山中的土瑶

一

　　朋友说，什么时候你来看看贺州土瑶，初以为是说土窑，后来才知道是瑶族最古老的一支，目前只有六七千人，全部生活在广西的大桂山脉中。

　　平桂区的忠民和卫贤带着我出发的时候，就看见了桂林山水一般好看的山峦，忠民说土瑶就在山峦的深处。一条河依着山峦，河很古老，两岸出土过石器时代的遗留。问河的名字，忠民说叫"小凉河"。哦，这里原来拍过电影的。说着话，便进了大山的褶皱，路也变得狭窄。路上不时有滚落的草木泥土或石头，也会见到有人在清理。车子不断地翻山，似乎永远也翻不尽。偶尔对面来了车，两车会友好地回倒找地方错让。忠民说，这条水泥路还是前些年修起来的，以前的路更艰难。又遇到一处塌方，小型的挖掘机正在工作。然后那挖掘机使出很大气力爬到一处高坡，我们的车子才得以通过。又转过几座山峦，渐渐看到了寨子，开车的卫贤说这是从山里搬下来的，我们要去的还在深处。又是一处塌方，巨大的山石将路堵死了，即使动用机械设备，也不是一时半会可以解决。迎接的民宗局的王鹰鹏带着卫贤回去借了两辆摩托车，好不容易在塌方处过去，车子便狂野地在山间跑起来，我坐在后座，两手抓得紧紧，衣衫和头发一同鼓荡，像路旁淡蓝色的莸草花。一处明水在前面拦截，几个人下车捧着就喝，那是不用搬运的农夫山泉。

渐渐就看到了土瑶山寨，忠民说这个山寨叫"大冲"。有30多户人家。大冲，是说的水，还是峡？这呼啸而来的称呼，冲得人仰头四顾。

山峡很窄，却让人觉出世纪的宽度，一座座土瑶屋，雕刻着岁月风霜。不少屋子架着长长短短的木棍或竹竿，像象形文字。阳光流连在山腰，把一些树染亮，那些树是土瑶人喜欢的杉树和茶树。远远看见山瀑，似搭着银梯往上攀。到处显现着绿以及更绿，静以及更静，这或是天然造成，而天然是由深造成。大山把土瑶藏在怀抱里，不想送人，甚至不想示人。

来到一座老屋前，屋子是两棚的，上边住人，下边养猪，猪在这里长得很慢。门前一条水，急急地流。水想把鸭子带到下面去，快到崖边鸭子却让两只掌把自己划回来。水的左边还有一座土掌屋，高高地听着水响。穿着土瑶蓝衣的老人坐在门边，门边披肩样披着宽宽的对联。让人想到，这地方的人，坐着也能成佛。

二

据说，最早到达大桂山的土瑶先民，无法抵抗一片灿烂，在一个春天留驻下来。这里有山的屏障、水的滋润，有林的给养、地的奉献。那个时候，每个人的身体里都住着梦想，眼泪与悲愁很少光顾，坚韧的生命总是在很小的地方开田种地，今年种了这片山，明年便去种那片山。为此一座山头会只有一户人家。

长久地自耕自收，长久地自生自灭。据说，谁家女子嫁到山外，就会让全寨的人到你家吃三天。简单的生活内容，供不起更多的嘴巴，以至很多年，不会发生逾越事件。为何行此规矩？老族长会告诉你，外边的女孩不情愿进来，而女孩子嫁出去，土瑶人会越来越少。现在这规矩早破了。我在另一处土瑶地看到过男女背靠背被红带绑着的热闹婚喜，看到巫师光脚踩过火盆的惊俗场面。服饰是那般精秀出彩，直把一个人儿衬托得霞光万道。那个时候，家家的桌子都被排出来，排成空暇处的长席宴。米酒总是一杯杯端来，歌舞总是随着篝火到晚。

婚俗的规矩早就打破，另外的规矩坚持了很久，发现寨子小偷小摸之事，你家要给每位族民半斤肉及米面悔过。这样的规矩使寨子长时间平安无扰，而人也敦厚本分，心地诚实。土瑶人后来知道了山外的世界，出去做工挣钱，融入新的时代，名声却都传扬得好。

也就是二十年前吧，连接各寨子的路还是手扶拖拉机都通不过的窄土路。瑶民赶一次圩，天不亮出发，天黑也赶不回来。每年农历白露这天，三山五寨的瑶民会自发地带着干粮修整道路。路成了他们的信仰。

正午的阳光照着。看到来人只是笑，屋前的人并不起身，该抽烟抽烟，该奶孩子奶孩子，该编篓编篓。倒让人觉得自在。我问一个正编茶篓的女子，半天才听清她叫"赵六兰"，她的手一直在穿插细长的竹片。问她可成家，她脸一红，显现出深山女子的清纯，以这种清纯编的竹篓装茶，茶都添了滋味。她是从另一个寨子嫁过来的，那时大概十六七吧。从没有走出过大山，没去过贺州和平桂，只去过镇上赶圩。也没读过书，所以要让孩子上学，寨子有教学点，只上一二年级，三年级就该去村委所在地。村委在白虎冲。

进到潘月养家，灶屋里烧着木材，熊熊的灶台上一个蒸笼，上边有汽在冒，原来主人在做酒。正屋的房顶搭着棚子，主人说棚子上是茶。常年生活在山中的土瑶，一直有把茶当药的习俗，茶篓搁置在有火塘的阁楼上，防虫防腐，也便于茶叶陈化。他们有一个词叫"养茶"。后来我在狮南寨子见到黑茶茶厂主人老黑，老黑说，就是要把茶交给这些有人气儿的家庭去养，大致要养一年左右。在棚子的下面，是刚刚烧过的火塘。

<h2 style="text-align:center">三</h2>

我想去看看那个教学点。山道太窄太陡，穿过无数石崖，少数老屋。路上被什么东西砸到，闷响与疼痛同时在左肩着陆，继而发现这一段路落满了青果。鹰鹏说是沙梨。鹰鹏在这里蹲点一年多了，对大冲已经十分熟悉。青果还在目中无人地落下。一些榕树丝须垂缘，罩在路的周围。仍在转坡，转坡。孩子们每天都是这么攀上爬下吗？我的感叹随之脱口，鹰鹏说他们习惯了，山里的孩子，不觉得什么。一只大黑蝶在我的身边飞，前面有无数这样的蝴蝶。最高一个大坡足有60度，猫腰爬上去，气都喘不匀。随即看到了孩子们，他们正在教室前后闹耍。山地窄小，只有一间教室，一二年级同在这间教室上课。唯一的老师凤接转是本寨人，他已有二十年教龄。我说一二年级怎么上课。他说一年级坐左边，二年级坐右边，给左边讲课，右边做作业，给右边上课，左边做作业。会不会有孩子也听另一年级的课？也会的。这倒有意思了。这个时候孩子们进来了，都是六到八岁的孩子，我随便问问他们的名字，翻翻他们的课本，他们都会露出羞涩的神情。我们离去的时候，听到了稚气的声音在山间回荡：月儿弯弯、挂蓝天、小溪弯弯、出青山……

来到白虎冲的时候，一群穿彩衣的孩子正在跳竹竿，竹竿清脆的声响伴随清脆的欢笑。这是三四年级的孩子，从各个山冲的教学点聚集而来。寨中一条河流得很急，学忠曾在沙田做过副镇长，他说原来孩子们要在石上走来走去，水大的时候很危险，就找人协调修了桥。孩子们开饭了,端着饭盒围聚在河的两边。好吃吗?好吃。香吗?香!那般自在,那般满足。

我知道,这些孩子会一个点一个点地走出去。村民红芳的女儿已经到平桂上师范,她说孩子毕业还回山冲当老师,她支持女儿。有些孩子将来可能成为山外的新娘或女婿,然后他们意气风发地回来省亲,说这就是生养我的地方。声音里会有诸多自得。因为他们的家乡幅员辽阔,一个寨子就涵盖了无数山川。

出山的时候,已经是黄昏,还是一重重地往外趸。趸到半山,那般红润的夕阳挑在了山尖上。而河似从下边翻上来,把重山与夕阳过滤,然后带着溃迹漂向很远。再转过一座山,夕阳已经不见,不知落在了哪个"冲"里。

官渡怀古

一

槐树冈上的槐花刚刚开过，四野的楝树就以淡紫的馥郁摇醒了朝露。再过一天就是小满，小满一到，地里就一天天变样了。乡里人会说，没听布谷在叫"快黄快熟"吗？叫得人喜喜慌慌的。布谷鸟一叫，官渡最好的时光就来了。

真的是大平原，风一吹就吹到了天边。除了树木和庄稼，没有什么遮挡和起伏。难怪这里要来一场大战，人马和战车跑得起来呀。看着那一望无际的飒飒的绿，偶尔会想起那场烽火萧萧的厮杀。

有人说"官渡"之名来源于一条水，官渡水，实际就是古人开挖的运河，也就是刘邦项羽对阵的鸿沟。鸿沟西连广武虎牢关和巩洛要隘，东下汴河淮河和泗水。此地南倚嵩山，西依邙山，北临黄河，绝对是袁绍夺取许昌的要津。许都不保，曹操也就没戏了。袁绍当时统领大军10万，气势勃汹。曹操只有2万兵力，在非势均力敌的情况下，为保许都，只有迎头在官渡布阵，同袁绍决一雌雄。

这个时候，刘备还在曹操的麾下，多少还有些优势可言。但是刘备走了机会主义路线，在曹操部署作战时，突然举兵占领下邳，并联系袁绍合力攻曹。这给曹操和袁绍各带来一个坏消息和一个好机会，得坏消息者努了劲也要拔除肉刺，有好机会者却不听田丰"举军而袭其后"的建议，致使刘备单挑而溃败，曹操征讨后从容回军官渡。这个后悔药袁绍到死都没吃完。曹操此役还迫降了关羽，若果曹操对待吕布样对待了关羽，刘备后来的大势就很难说。反过来，刘备不叛离曹操，两股力量相合，也许中国早几百年统一，不会发生三国纷争两晋动荡及后300年乱世。当然是臆想，史上的事情难说。

结果是，曹、袁两军你争我夺相持近一年，袁绍烦不能胜，曹操更是力不可支。但曹操还是抓住机会，两次烧了袁绍粮草。那个即将见分晓的倒计时，来自于曹操的舍命率队偷袭。此时，在茅庐中冷眼观望的诸葛亮不免感叹："曹操比于袁绍，则名微而众寡。然操遂能克绍，以弱为强者，非惟天时，抑亦人谋也。"曹操在于会用人又信人，使得荀彧、荀攸、许攸都在关键时起了作用。也有史学家说，曹操攻淳于琼烧粮草，固然是有胆气的孤注一掷，他的能耐，还在历久坚守而挫了袁军的锐气。

大平原给了曹操放马驰骋的天地，官渡之战炼铸了曹操的性情与格局，并影响其后的抱负包括文学上的认知与施展。

二

"官渡桥村"，这是同官渡最紧密的地名。几位老人在颇有规模的官渡寺前闲待着，我同他们聊起来，知道这里原来还有个官渡台，当地人称它"曹公台"，而官渡寺也是一个屯兵的地方。官渡桥还辖一个小村叫"逐鹿营"。提到逐鹿营，老人们兴奋起来，七嘴八舌地说着。我听明白了，曹、袁两军对垒的时候，曾为争一头小鹿在此发生激战，最后曹操的人得到了那头鹿，因而群情振奋，最终拿下一个以少胜多的结果。这个结果与那头鹿有关吗? 这么说, 那不是一头简单的鹿, 或是上天投下的一个筹码。鹿死谁手, 谁就得到了胜利的预示?

我的眼前奔跑着一头仓皇的小鹿。对于鹿来说, 死于谁手都不是一个好结局。倒不如"天涯海角"的那头鹿, 在猎人的追赶下无路可走, 转回头做了猎人的妻子。

问起周围的村子, 说还有草场村, 是曹操粮草的囤积地。一位老人手一指, 说前面还有水溃村, 曹操水淹袁绍的地方。还有吗? 有么, 仓砦村, 说是当时的战备仓库。不免慨叹, 只有在这里, 才能深切感觉出这些村名伴随的鼓角黄尘。

天空飘起细雨, 在官渡的大地上行走, 透过那场厮杀, 感到历史有很多让人回味的东西。曹操一生征战, 劳心劳力, 官渡让他扬名, 赤壁使他毁誉。闹腾的结果呢, 曹家江山成了司马氏的。司马氏又闹腾了半天, 江山又到了别姓手里。曹操若有知, 会觉得此前一切争斗都毫无意义。金戈铁马早锈于泥土, 蓬勃而发的, 恰是那史中不灭的诗篇。不知道舞台上的"白脸奸臣", 最后想起自己还有一份文学情怀, 是否有一种情不自禁的温软。

三

自古道得中原者得天下, 难道中原就是那头意象中的鹿? 丰润而美丽, 优雅而淳良。中国八大古都, 中原占了四个, 还有两个没算上, 一个是商丘, 一个是许昌。官渡恰在其中央。这些地方都在逐鹿中原中毁毁立立废废兴兴。一个个朝代也就像这地里的苗, 一青一黄地过去, 青黄中的官渡却变得愈加丰硕, 愈加葱茏。

官渡渡过去两千年风雨, 昔日的战场变成了闻名遐迩的大蒜和西瓜产地，变成乡情纯馨的牟山湿地公园和雁鸣湖，变成园艺场、绿博园。人们从八方来，来享受清洁的气息和融洽的色彩，也算是一种文化的接续或者文明的衍变吧。"神龟虽寿，犹有竟时。腾蛇乘雾，终为土灰。"曹操所引发的慷慨雄豪的魏晋风骨，倒是一个提醒，打打杀杀只能留下一个案例，和平与文化的影响，才能进入恒久。

一群游人由远而近，叽叽喳喳的声音同细雨搅在了一起。随风飘来谁的歌声，飞扬而沉郁，声声砸在厚实的土地上："暗淡了刀光剑影，远去了鼓角争鸣……"

扬州慢

一

扬州，在二十四桥的吹奏中成形，在扬州八怪的醉梦中丰满，李白三月的烟花，还开在缥缈的水上，胡须长长，白发苍苍的扬州，仍是那么灵气十足。

我来的时候，下了一路雨，到扬州还是湿漉漉的。我感觉这正是我要见的扬州，她一定是润泽的，水汽蒙蒙的。尽管朝代更替，时光荏苒，但是扬州的韵味没有变，那是一种自古渗出来的韵味，这种韵味可从唐诗宋词中钩沉出来，从明清画意中寻找出来，从飘自扬州上空的馨香与轻歌软语中感觉出来。

而且你一来就会发现这里是水的繁华，草木的繁华。瘦西湖是多么让人安心的存在，少了瘦西湖，就少了美丽扬州的内在气质与空间效果。这养眼的所在，好比街头一个女子逶迤而往，摘走了你发呆的目光。

瘦西湖就那么汪着，柔着，自然地流入你的生命。你知道，每个人心中都有一个仙境，但是到了这里，必会与心中的景象对接。你看，瀑布在山间流，白云在湖中浮，寺与塔、船与桥、阁与楼，搭配得多么自然。生活在扬州的人，多在湖的两岸，静静的，站着或坐着，他们似乎在等待什么，又似乎从来没有什么可等待,水的欸乃中,时光轻轻拂过了。

喜欢扬州的人,总是很快能融入扬州本身,他们行走,腿脚的摆动不是无奈的奔波,他们坐船,岁月的颠簸与船上的晃悠成为两个概念。他们湖上住住,林间转转,拜拜佛,燃燃香,登登塔,把忧烦拂去,把急躁放下,让清香与清水的缭绕放慢心的节奏,或似一种禅修。

桥上一个女孩在打电话,声音细巧而又张扬,似在极力向谁释放自己的快乐。而后她抬头看天,天上满世界的蓝。

扬州是一篇散文。按照过去的说法,散文是形散神不散,实际上,我这捡拾散文的,在扬州是形散神也散了。

二

又一场雨后,湖水现出空蒙气象,似覆了一层薄膜,与天上的气团相照应。似有若无,娉娉袅袅,到了高处又没有了。只有细细地长时间的凝注才会发现。

这时你感觉湖是有温度的,它在呼吸,或者说在喘息,很轻,凸凹的地方涌动尤为明显。让你很想上去触摸一下,那种触摸必是带了感情的。

太阳不知何处何时升上来,它越过那些树,雾时就像树上开出来无数金针,若果有声音的话,不知它会发出什么样的声音。

一只小船划过,拖带着长长波纹,一下子勾起我对故乡的回忆。许多游子的心中,一定都有这样的船儿,无声地穿过。

我有时会想,你是谁呢?你是我见过的还是没有见过的哪位?你走过江南的雨巷吗?你甩过飘逸的水袖吗?你把一湖碧水,瘦成了曲水流觞般的一首诗韵,一曲优雅婉转的水磨柔腔。

三

必是要在水中划一划船的。船是近距离接近瘦西湖的最好方式。

湖中的船像一条条游动的鱼，波翻浪卷，花草喧腾，扇形的鱼尾纹，让湖一次次活力张扬，春华回荡。

船上的感觉真好，两岸亭台楼阁，一路鸟语花香。过了一座小桥，雨竟然停了，只有一些余音，还自垂柳的梢头滴滴垂下，敲打着水面。阳光赶着过来填补雨的空隙，实际上为雨打过的地方，上了一层釉，越发夸大了雨的作用。阴与晴的循环往复，构成了瘦西湖的另一种审美，渐渐湿润，微微暗淡，而后又猛然开朗，瞬间清明。

船一会儿在光影之外，一会儿又在光影之中。钻过一片柳的时候，柳把一串水连同阳光甩进了船里。

进入了狭处，两岸的草木能拉起手来。光线也便阴晦，那种阴晦绝非让人压抑沉闷的阴晦，而是有了一种微妙的感觉，你或许就是需要这种感觉，在大明大亮之后，在大平大顺之中。

瘦西湖妙就妙在这里，有时看着前面到了尽头，却腰身一扭转入了另一蹊径。这样走着，你会觉得那些冈，那些弯，还有柔着那些冈和弯的水，就是女人做的，女人的腰，女人的胸，女人的臀，女人的各种姿态的媚，构成了这个湖。天下西湖三十有六，唯有此湖言"瘦"，瘦得这般味道。

人说，芳土孕育千年秀，扬州自古出美女。岁月匆匆滑过的香裙丽影中，飘闪出多少日月山川所钟情的尘世精灵？那美女，也是要算上林家黛玉的。黛玉从小在扬州住过，说的一口扬州土语，她喜欢扬州的景致，瘦西湖与一个柔弱女子，该是怎样相知相照。可惜后来她不得已离开，再没有回来。扬州人说，若果黛玉还留在扬州，就不会陷入什么劳什子情感旋涡，不会把命搭进去。黛玉某些地方，是和瘦西湖合在了一起。黛玉走后一直没有再来，只把那声慨叹留下：春花秋月，水秀山明。

在湖上久了，会发现湖总是在变化中，有时候，湖上静得没有一丝风，燕翅低低斜过，擦玻璃似的，把水面擦得越发明净。有笑声传来，树荫下有人在拍婚纱。真的是选对了地方，美景良辰，寓意和幸福全在了其中。

湖岸边有着各种姿态的柳，有的整个弯进水中，像在濯发，有的仅一长枝落下，似在垂钓。传说当年杨广在扬州遍植垂柳，柳树在扬州也就越发地多，至今仍是扬州的市树。柳树中间，怎么钻出一株凤凰树？远远的像谁撑一把红伞在眺望。还有金丝桃，调皮地蓬勃在桥边，根根金丝朝上翘着，垂着的花，蝶一样晃。

真有蝶舞，在这个五月，如絮一般，纷纷扬扬，弥漫双眼。那一群的白蝶，似来自花草，或来自湖水，舞着舞着不见，哪里陡然又起。

还有一种白花，扑扑棱棱从假山石上漫下，像止不住的瀑，流到了湖中。

莲花桥处，竟然听见了蛙鸣，一声，两声，千万只青蛙的合鸣让人兴奋。而你还看不见它们，它们在乐池里构成群体力量，将二十一世纪的正午奏响。虽然它们比之唐宋明清仍然是老调重弹，你却觉得那么新鲜而富有震撼力。

四

清脆悦耳的棹声与沉郁浑厚的号子远去了。早在唐代，扬州就是长安、洛阳之后的第三大城市，前两个尚属北方区域，独扬州彰显江南风情，而且她依傍长江又襟带运河，这就更使得各方才俊趋之若鹜。

顺着瘦西湖一直往前，就是比瘦西湖更老的古运河。经过千年翻腾，自是没有瘦西湖明秀，到达便宜门附近，就看见了康熙、乾隆下江南拐入的水道，多少次，那条水道波翻浪涌，掀起扬州一个又一个高潮。

康熙和乾隆一次次下江南，都要在扬州停驻，不唯要住下来，还要走动，还要作诗，每一回都灵感闪烁，光乾隆写的诗就有两百余首。那种喜欢，只差没把墓地选在这里。

突然听导游说，再往前就是瓜洲了。我以为听错了，瓜洲，那个文学诗词中的著名坐标，怎么会在这里？"汴水流，泗水流。流到瓜洲古渡头。"从我所在的中原出发的汴河可直达瓜洲古渡，而后并入长江滚滚入海。那么，江南运往中原的货物，也是在这一线北上。尤其在宋代，沿汴河入首都开封的船只可谓触舻相接。"楼船夜雪瓜州渡"，"京口瓜洲一水间"，"瓜州棹远荻花秋"，儿时，吟诵着这些诗句，总不知道瓜洲在哪里，原来就在扬州地界，可想瓜洲对于扬州是多么的给力。

我久久地看着湖水，我想看到它的深处去。它的深处有什么呢？瓦砾、箭镞、皇冠，抑或诗书？或还有钱币的铜锈、商女的泪水。我看见来自西域、东洋甚至更远的人士，一波波的人来了又走，走了又来，还有一些人留驻下来，直至老死，彻底融入这片滋阴养阳的水土。

我的记忆有句："腰缠十万贯，骑鹤下扬州。"我觉得鹤是在天上飞，自然是下扬州。到了这里，才知道读古文时的记忆谬之久矣。应该是"上扬州"。一个"下"和一个"上"，不一样了。上是天堂，心上有一个高位。多少年里，人们把上扬州看成一种幸事，来沾商气，沾文气。你就看吧，那些沿大运河南北来的，顺长江东西来的，挤挤拥拥的樯橹丛中，他们一个个上岸了。

苏轼在过扬州吗？苏轼在哪里，哪里都是有幸的，反过来说，他去的地方，都渗入了他的生命。苏轼还真是在过扬州，我为之庆幸。

还有欧阳修，做扬州太守时在这里弄了个平山堂，让视野和襟怀更加开阔，同醉翁亭异曲同工，醉翁之意不在酒，平山堂更是在了山水之上。

而出生在扬州的鉴真法师，14岁随父于扬州大云寺出家，一生的大部分时间都是在扬州度过。

星云大师呢，他来扬州，开口第一句话就是，我是扬州人。

朱自清也有话："我家跟扬州的关系，大概够得上古人说的生于斯，死于斯，歌哭于斯了。"十八岁的那年冬天，朱自清在扬州结婚，女方也是在扬州长大。

扬州，是一个抹不开的地方，总有人与扬州搭上什么话题。

那么，在扬州产生扬州八怪不为怪事，要么那才是怪了。就像魏晋时候的竹林七贤。这一群奇人怪才，喝着扬州的水，醺着扬州的风，迷着扬州的人，醉着扬州的月，一个个把自己融成了扬州一景。

五

水边上岸，岸上等着一树琼华，硕大的花儿张开来，像一朵笑，扩展着这个早晨。花儿碗样大，瓷样细，玉样白，如出水芙蓉。

正看着，一瓣花叶潸然落下，一群草赶忙捧住了它。有些瓣儿落在水里，立时如舢板，带一身皎洁，漾漾划走。

这是什么花呢？莫不是过去所传扬州独有的琼花？"无双亭上多铭记，都在长吟感慨中。"于谦所看的琼花，与韩琦所说"四海无同类"的花是一样的吗？"我来曾见花，对月聊自醉。"看来扬州真有过天下独一无二的花，此花不慕权贵，独向人间，人称"琼花"。一个"琼"字，可想而知。真不知眼前为何花，只留给想象了。

还有那么多的鸟儿，有些知道名字，有些叫不出名字，更多的躲在树荫间，是只闻其声，不见其形。这些鸟儿是扬州的活体监测员，不断地发布着环境报告。

一颗枇杷果落下，砸在潮湿的地上，立时碎作一抔鹅黄甜香。抬头看去，才知有一只白头翁，正在叶子间叨那些果。叨得疼时，果子忍不住落下。果子落的一刻，白头翁会喧腾起翅膀，表示不解与惊异，而后啾啾叫着，再去找另一只果子。

枇杷的名字，可是从掉落的声音里来?

车子环绕在一片葱茏之中，人说是蜀冈西峰。好半天钻出来，见到一片典雅建筑。建筑前面，一个简易的阳棚里，竟然是新发现的隋炀帝陵寝。遂感到一阵惊讶。

隋炀帝也该是喜欢扬州的，他那个时候，在扬州闹腾得动静还大。我们当然不能把一项举世瞩目的工程单一地认作是杨广的个人私欲，从一个国家元首的角度看，他应该想到的是水的开发和利用，是江山社稷的大问题。只是修好了大运河，一高兴把事情搞过了头，使得功劳也埋没在了河底。唐代诗人皮日休很早就说了公道话："万艘龙舸绿丝间，载到扬州尽不还。应是天教开汴水，一千余里地无山。尽道隋亡为此河，至今千里赖通波。若无水殿龙舟事，共禹论功不较多。"

多少年后，这个在扬州因运河而扬得大名甚而丑名的隋炀帝，又在扬州悄然睡下。扬州的繁闹中，没有人知道那个叫杨广的躲在蜀冈一隅，看岁月如梭，朝代更替。

杨广陵此前在多地都有过说法，不知道哪个为真。直到扬州有了新的发现。扬州觉得，这里确乎应该是他的最终居所。那么，就请在这里好好看着吧，大运河还在发挥着作用，运河边又出来一个瘦西湖，比他当初的扬州更多了气质和品位。

六

又一天时光过去，我看到了西天涌动起一汪金水，夕阳在那汪金水中泡着，泡得黄黄的。正是这强烈的金黄，使整个蜀冈顿时镀上了一层非同寻常的光。怎么会有这样的夕阳？大都是红色或白色，却这么不着一丝红白，金黄炫目。

此时，我正在大明寺的石阶上，看着本来就黄色相围的寺院，如披一件艳黄艳黄的袈裟。时间并不长，这种景象便消失了，这是我来扬州见到的短暂的令人悸动的景象，现在，黑暗已经渐渐挂上了栖灵塔的塔尖。

晚上出来，站在香风馥郁的桥上，听晚风吹响一孔孔半明半晦的月光。人们说这里是欣赏月色最好的地方，月来满地水，水中无限银。

扬州看月，或许是人们的一种共识，不同时期的人物，都发出了他们来自内心的慨叹。"二十四桥明月夜，玉人何处教吹箫？"杜牧的月色明净优雅、旖旎馥郁，"春江潮水连海平，海上明月共潮生"，扬州人张若虚铺排了一个花香四溢、潮涌明月的大场景。"天下三分明月夜，二分无赖是扬州。"徐凝更来得直接，把一种感情的明月都给了扬州。

始终弄不明白二十四桥是一座桥，还是无数桥。当年的沈括如我一样迷惑，他认认真真地一座一座去寻，一直寻找到了二十一座，还是差了三座。

我宁可相信那是二十四位玉女，在明净的月光下，让一片箫声响起，使喝了酒的晚唐诗人，望不清桥的形态，也没有弄明白自己说的什么，以至后来的人们，同样被桥、被玉女和清月搅在了一起，或许也被那醉意搅在了一起。

七

月高高挂在天上，照着回家人的方向。

我总觉得，扬州是梦的起点，也是梦的终点。十年一觉扬州梦，是杜牧说的，他在扬州十年，匆匆促促，如梦初醒。而我到了扬州，一觉睡去，却空旷无痕。窗帘启处，一湖弱水，无限江山。

鸟儿斜过，拽来一抹朝阳。我回想半天，才明白这是在早上，这是在扬州，一个魂牵梦绕的地方。

哪里传出了琴声，似是飘散于历史的风烟中，仔细再听，翠竹掩映之处，淙淙铮铮，确是那种古琴的鸣音。忽而想到古曲《广陵散》，是嵇康弹奏过的绝响。那位传于嵇康的神人，可与扬州有着什么关系？"千家养女先教曲，十里栽花算种田。"多少年里，扬州人一直都是这么生活的么？

湖的四周氤氲着一股甜润的气息。你甚至感到，这就是湖的气息，多少年都是这种气息。每个来游湖的人，都躲不开这种气息，以至在这种气息里泡久了，自身也沾染不去。走去后，像一枚叶子，带有了瘦西湖的特质。

真想在这里如梦如幻地待下去，扬州，你不是让人敬畏的，而是让人亲近的。

我不能带走瘦西湖，只能一次次地走，又一次次地来。

到灵宝去看苹果花

一

春天来了，灵宝的朋友让去看苹果花。

人们喜欢看杏花，看桃花、油菜花，还没有这么兴师动众地说看苹果花的。可是朋友口气很坚定，说你来看看，你就会有不一样的惊喜。

从郑州乘高铁一路往西，那是由平原进入黄土高坡的过程，尤其是三门峡段，一个隧道连着一个隧道，就像列车射穿了一座座大山。

想起大学时期来灵宝实习，旅途比现在要艰难，总觉得到不了似的。可真到了那里，留下的心都有。正是秋风爽爽的时节，周日去到街上，到处散发着苹果的甜香。以至实习结束，大包小包都塞满，个个都像搞批发的。那时顾不得到山上去。一晃三十年过去，一直没有见过朋友说的不一样的惊喜。

二

我敢说每个人都吃过苹果，却不一定都见过苹果花，就是见过，也不一定见识过如此夸张的苹果花，那真的是漫山遍野，无始无终。就像农家刚刚染出的花布，大块地晾在阳光下。又像是一山的精灵，睡了一冬，猛然间闹嚷嚷地醒了。

其实山野间还是静得出奇。一片花瓣被风吹着舞，接着就是一群的舞。后来才看清，那不是花瓣，是蜜蜂。他们把自己嫁接在花上，让自己也使劲地开放。在这个春天，没有谁不想开放的。

面对这花山花海能不惊喜？立刻有了与喧嚣的隔离感，更有了与乡间的亲切感。

来到寺河乡姚院村，登上一面高坡，就像看到镜头中放大的景象，一棵棵果树真实地展现眼前，而且还有上百年的老树，历风霜雨雪，仍以无限热情，融入这满天朝霞。

陪我来的园艺师千森说，苹果花也会变，开始是微红的，渐渐红里透白。单个的花不那么大，也不那么耀眼，但是架不住多，多就成了气势，那可是千山万壑的气势。由于光照的不同，苹果花也是前山开了后山开，波浪般变幻着光泽。另一位朋友沈诚说，苹果开花也就七八天，你来得正是时候。

果山四周是一蓬蓬的酸枣棵子，去年的酸枣还挂在树上，红红的一片。还有野生杏树，零星的桃树和梨树，倒成了苹果花的点缀。半坡有户人家，一位大嫂坐在崖边。问她贵姓，她指着门上的字说掌柜姓陈，叫陈根生，上地去了。我笑了。陈嫂六十多，要不是刚做了白内障手术，她也会去。整枝呀，培土呀，嫁接呀。我看到她脚下埋有要嫁接的枝条。陈嫂说，农历四月枣样大就该套袋了，到了九月还得揭袋，上色半月又该摘了，闲不住。我忙说，套的是塑料袋吗？陈嫂说，纸袋，咋着敢套塑料袋！怎么叫"上色"呢？就是见太阳，太阳照了才艳。

原来养一个苹果，同养宝宝一般精心。一棵树长三百斤，一亩地有四五千斤，陈嫂同老伴有八亩果园，一双儿女都在山下，怎忙得过来？陈嫂说雇着三个工人，连吃带住加上工钱，开销也不小。那苹果多少钱一斤批呢？四块多呗。她看我吃惊，就说俺这可是实打实的好苹果。她把我领进窑洞，里面还有余存的，说你看俺这苹果，是不是像上着一层釉？这可是真正的"寺河山"，市面上不少冒我们的名，卖得也便宜。她随手塞给我们一人一个让尝尝。真够大的，一口下去，那个爽脆，像头一次尝到仙果。陈嫂听说千森是园林局的，立刻笑了，说俺们去年还得了个奖哩，不过是个铜奖。

从坡上下来，村主任韩同雷正领人整修道路，不用问是为了秋天的苹果做准备。姚院村不只是半山坡几户人家，同雷指着远处散落的房屋，说都是属于姚院村。再拐过去几座山就是闫村、南洼村的了。现在村里的主要任务就是帮助大家种好、卖好苹果。果林间走过一个抱孩子的年轻母亲，身后跟着一个蹦蹦跳跳的小女孩。同雷说年轻人不是上学就是打工，留在山上的很少了。看着年岁并不大的村主任，孩子也在山下。

三

在山上绕行的时候，远远见一蓬硕大的栎树，周围挂满红布条，两旁栽种着松柏。千森说这树五百多年了，山里人把它看得高，保不定是苹果的保护神呢。

一个山坳里，散着大片不同于别处的苹果花，足有上千亩。沈诚说这是刚刚引进的矮砧苹果，才一年就有了收成，别看不大，挂果却不少。走到跟前细看，葡萄棵子样的矮砧果树，上上下下都是花儿。多少年后这片山坳，当更是一番壮美景象。

寺河山周围有冠云山、燕子山，听名字就很有感觉。后来我才弄明白，这些山都属于崤山。崤山是多么有名气。那么，崤函古道也离此不远。

秦晋殽之战就发生在崤山天险，骄横的秦国军队偷袭郑国不成，到这里被晋国打了埋伏。不远还有函谷关，老子在那里写下了洋洋洒洒的《道德经》。想不到多少年过去，崤山竟然开出了大片的苹果花。

从山上下来，车子像在井底盘旋，沈诚说别小看这条路，红亭驿就在附近，自古这里就是交通要道。抬头仰望，那山层层叠叠，无有穷尽。谁能想到呢，就在其里，蕴藏着丰厚的金矿，而在其上，铺展着无边的炫丽。苹果花，终究是要变成一枚枚苹果的。那矿石与苹果，实在是对得住"灵宝"二字。或者说，"灵宝"的名字，就是为它们而起的。

钓鱼城

一

这里完全被绿色覆盖了，或者是淹没了，你看不出一座城的形象，但是你还是要寻找什么，于是你看到了隐在绿色中的城垛，一个，两个，三个，那些垛子就在你沿着一级级阶梯上升时出现在你的视线中。雨越发大起来，大得让人辨不清东西。有声音尖厉地呼啸，打着的伞左右乱晃，伞朵倒脱。那种疯狂，甚至会产生一种幻觉，莫不是回到雷石箭矢、战火硝烟的年代？

你听，一个孩子问爷爷，这是钓鱼的地方吗？我想，每个初次听到名字的人，都会有这样的疑问。钓鱼城，高高地临江伸出长长的钓竿，是一个什么景象？

导游说，本来可以从上边直接到达城上，只是想让大家体验一下，从水边走上钓鱼城。沿着台阶，好容易才攀到护国门，这是当时战斗最激烈的地方，陡峭的山石，栈道的痕迹仍在。"独钓中原"的大字，让人想起钓鱼城对支撑南宋危局起的作用。

来的路上，群山相连，一个隧道接一个隧道，最长的有十公里。以前进出的艰难可想而知。

以前这里不是城，是山。山在嘉陵江、渠江、涪江汇合处，三面环水，高拔绝险，合川人为了抵御蒙古大军，在钓鱼山筑城，十数万军民全部进驻，并筑池塘13个，井92眼，而且细耕众多田亩，由此坚守36年。

水军码头、炮台、元帅府、阅武场，还有兵工作坊，石锥石磨，雨中沉寂，也在雨中诉说。

多数史料这样记载，1257年，大规模的灭宋战争开始。蒙哥大汗命忽必烈率军攻鄂州（今武昌），塔察儿、李璮攻两淮，兀良合台自云南出兵，经广西北上。蒙哥自率蒙军主力，夺取四川，然后顺江东下，诸路会师，直捣宋都临安（今杭州）。

蒙军一路攻城破隘，很快打到了钓鱼城。春耕秋狩勤劳本分的合川人不得不面临一个抉择：要么与城同在，要么城毁人亡。那是多少热血的激发，多少生命的鏖战，最危险的岁月，女人也会变得发狂，随着海椒热饭，随着炸药石头上城墙。不到三平方公里的弹丸之地，200多场浴血搏杀，真可谓歌里唱的，每个合川人，都是钓鱼城。

据说杜甫此前来过，人们或还记得他那首《出塞》："挽弓当挽强，用箭当用长。射人先射马，擒贼先擒王。"

树狠劲地狂舞，像滚滚硝烟。想着心里冲动：让我也扔一块石头下去。

二

"钓鱼城"的名字，实在是有些意味，它是悠闲的，清静的，自在的，这就对一路风风火火势不可挡的蒙古铁骑构成了讥讽，你慌不得呦，人家在钓鱼。

蒙哥大汗挟蒙古铁骑西征欧亚非40余国，一路所向披靡。罗马教皇曾惊呼蒙古大军为上帝罚罪之鞭。然而成吉思汗的子孙们，在狂涛般淹没大部南宋国土的时刻，却没有过去钓鱼城这个坎，蒙哥大汗的鞭子，在此猝然折损。这一年是1259年。

不只是中国历史，世界史也会对这个数字有着深深的刻痕。蒙哥在大举攻宋的同时，也令蒙古大军发动了第三次西征，蒙军先后攻占阿拉伯半岛大片土地，而后直取埃及，通往非洲的道路即将打开。由于蒙哥的意外阵亡，所有事情一夜间改变。为争汗位，国内和欧亚战场的大军潮水般退去，各路将领日夜兼程撤向蒙古草原。这使得南宋王朝又延长几十年，横跨欧亚的大蒙古国也不复存在，世界格局长期定格在那一时刻。

也许一切都是后来才知道，改变历史命运的，竟然是小小的钓鱼城。其为此成为一个世界性寓言。

再往深里说，狂烈粗悍的蒙哥死后，广有知识与谋略、尊重汉文化的忽必烈继大汗位后，元代对于汉文化的继承和发展做得还是不错的，这让人们慢慢接受并走向了一个新纪元。这是钓鱼城另一无形的功绩。

站立高城往下看，竹林中以为是蓝天倒悬，却是滔滔三江水，这山清水秀的人文荟萃地，怎能不使蒙哥大汗必要亲得？什么都是这样，越是得不到，越是想得到。那种骄横的笑意长久凝固了，成为一种滑稽。啸啸马嘶，被嘉陵江号子所淹没，昂扬的号子，带有着川味的号子，满山满川回荡。

我走过比之钓鱼城还要艰险的五尺道、豆沙关，也没有听说蒙古大军陷入过什么困难，他们借以直取云南。但是在这里不行。至此之后，钓鱼城的战火仍然持续不断。蒙军士气不可谓不盛，蒙古大汗的折戟，将士的战死以及久攻不下的恼怒，全是助燃剂。可以想见，钓鱼城会经历怎样的腥风血雨。

戏剧性的是，激战间隙，城上竟然还扔下一条30多斤的大鱼及几百张大饼。扔下来的还有一声戏谑，我们城里有的是粮草，龟儿子有本事你就打吧,再给你十年你也打不下来! 此后还真是,十年过去,钓鱼城仍然是固若金汤。

岂止是十年,历史径直走到了1279年。

1279年,钓鱼城已经三年没有得到朝廷的指令,看不到为油灯耗尽的南宋拼死的希望,最后鼎足相撑的泸州已失,重庆也破,钓鱼城周围,各路大军正在路上,宋朝最后一城危在旦夕。守将王立曾召集议事,说自己"荷国厚恩,当以死报",但是十数万的生灵怎么办? 说时不禁落泪。

三

按照蒙哥遗言,钓鱼城必被屠城,即使王立战死又当如何? 此时又发生了戏剧性事件,一个女人出现了。这个女人十六岁嫁给元军大将熊耳,称"熊耳夫人",熊耳后来守泸州,被钓鱼城守将王立打败,王立看此女娴雅俊秀,从泸州带回做侍女,并十分宠爱。熊耳夫人感念钓鱼城官兵百姓英武豪壮,戮力同心,心生恻隐,想挽救一城性命,便向王立亮出了真实身份,并说元西川最高军政长官李德辉是其表兄。她做了一双绣花鞋,以前给表兄做过,表兄看到就会知道妹妹还在城中。她要求表哥亲来受降,并不许杀害城中军民,否则她将与城共存亡。李德辉实感妹心,诚请忽必烈手谕,钓鱼城战事平息,全城军民幸免。护国大门,借此打开。

那么,坚守了36年操守的钓鱼城该降还是不该降? 当时天下归元已成大势,又逢大旱,城中缺粮,甚至出现易子而食的境况。有人心一软,说,有一城百姓呢,该降。有人则一闭眼朝着反向说了。后来祠堂里供有钓鱼城保卫战有关守将余玠、王坚、张钰的牌位和塑像,说明了人们的认定。那么那个熊耳夫人呢? 此后竟然销声匿迹。

时间是多么坚硬的利器,元朝费了半天劲,还是没有战胜时间,而后又过去了整整一个明朝，到了清乾隆三十一年，有人忽然想起了王立和那个贤淑的女人以及表哥李德辉，做了牌位置于祠堂，可是100年后的光绪七年，又被捣毁撤下。

现在说起钓鱼城的结局问题，仍然有各种观点。我们不去多说了。

四

走进一个个空落的宅院，依然感到有一些灵魂不去，烟雾缭绕中，那些人物活泛起来。我想，民族中有这样的一些人在，欣慰了。日寇打进中国，不也有一支川军出川迎敌，威震四方吗？那里面，说不定就有这些人的后代。

钓鱼城已经成为历史。它显得洒脱大方，似一个久经风霜的老人，说都过去了，过去了，没的啥子说了。

江上，有人驾着小船在钓鱼。江边一个红衣女子正提着木桶上来。再不会有百千战船连江，三十年战火不断的场面。

走在合川最热闹的老街太平街上，看着一个个米粉店、汤圆馆里吆五喝六的年轻人，还有对着三江端一盏茶默默无语的老者，你一定会想到，他们就是钓鱼城的后人。

在某一个角落，或许会听到关于钓鱼城的话语，叽叽喳喳的争论，过后不久又安静下来，继续喝着酒，品着茶。幌子在街头左摆右摇。

你再去看看涞滩古镇，看看瓮城和二佛，看看围绕合川的山水，看看崛起的新城，你就会觉得这合川有一股浓浓的东西，同别处不大一样。合川人依然保留着坚毅豪爽的性情，他们善于大口吃辣椒大口喝酒，大嗓门唱戏。他们待人总是那么实在，你来了，他们会端着酒说，合川三条江，喝酒如喝汤。你听了就笑。正是这样的人，面对战争杀伐他们不怕，和平时光他们又极会享受无争与闲适。他们常说的一句话就是安逸，安逸是他们的感受，安逸是他们的追求，安逸是他们的目的。

五

我很想立体地看一下钓鱼城的模样，后来终于从一幅图上看到了它的形象，它就像高高托起的盆景，这个盆景在世界的园林中放光。

雨下过，又是阳光普照，山更透了。

临走的时候，站立一棵桂花树下，感染着那如雨的异香，面对着嘉陵江，听到一个女孩子在唱："我有那么好的运气，生下来就在你怀里……"

离去好久，你都不会忘了重庆，重庆有一个合川，合川有一个钓鱼城。

崂山的道骨仙风

一

你或许说，我得以无限的雄奇，才能对得起托起我的大海，我得以无尽的嵯峨与诡然，才能衬出海的柔软与蔚蓝。于是你以另一种姿势向蓝天出发，那不是泰山安泰沉稳于大地的姿势，不是昆仑严松托雪于高原的姿势。那是孔子的车驾，粼粼萧萧奔驰于无尽的沟壑与田园，那是老子的千言，重重叠叠突兀于深奥广博的云间。古老的太阳诉说着沧桑，新鲜的明月续写着孤异。崂山，你的一切非凡皆是因为海，没有哪一座山能像你一样，与大海相偎相依，互冷互暖。

是啊，崂山是造物主专为青岛而设计，多少年前，这里还是海天一色的蔚蓝，青岛是这蔚蓝边上的一块浅滩。那是从何时起，海底山岩如日月涌起，涌出好一派雄伟壮观。因直接从海底涌出，论起来海拔最划算，也就显出高不可攀的巍峨。早有一句古话："泰山云虽高，不如东海崂。"那是两千年前的史书《齐记》里的戏说。

怀着无尽的好奇与向往，我又一次走向崂山。我已记不清这是第几次顺着海的声波，探寻它的神奇。我先乘船走海，因为这样可以先从远处偷偷观看它的面貌。

大海是古老的，就像一片地老天荒的沃土；而它又是年轻的，每一天的波澜都是万里奔涌而来。

海鸥是大海上的艺术达人，你看它们，抖抖羽翅划一段，再抖抖羽翅划一段。另有一些海鸥，追着船尾飞，船尾带起的浪花，似在为它们鼓掌加油。海鸥是大海的一部分，也是崂山的一部分，它们的嬉戏与追逐，让这片海和这片山顿时活跃，我们的心也跟着活跃起来。

头天晚上宿在崂山脚下的将将湾。这里紧靠着海，躺在床上能感觉到海的沉实稳重的呼吸。将将湾，好有特点的名字，像锣鼓点。难道这个湾，有着什么同海相联系的音响？可躺在湾里，心脉却是如此轻松、平静，很快进入了梦乡。至清晨醒来，才知道夜晚下了不小的雨。或那雨与海"将将"了一夜。

开门就向海走去。

海散发着来自它自身的特有的味道，那味道对于喜欢海的人，是迷人的。

海上的云还没有进入早起的状态，仍然是浅灰色，像一铺未叠的梦衾。再过一会儿看，天空逐渐开朗，倒映在海水中，一层层的，仿如艺术的锡箔画。这么早，渔家的船却已经解缆离港。这个时候是早上六时，那些船开启了黎明的第一犁，有的向着海的正前方，有的斜向了北面或南面，把个海湾四处翻卷起兴奋的铧浪。

崂山上拉出了一抹红霞，越来越明显地散发开来，让你觉得是一夜没有睡好的新人出望。天空与海的连接处，终于有了大的波痕。波痕浓烈处，猛然间射出一道金黄的追光。开始它不是向下射，而是直接射向了高处的云团。几只大雁梭子般从这金黄中穿过，没有发出任何声响。

早晨登船，从南往北行驶。越走，越辽阔，越走，越深蓝。白色的浪像甩尾的大鱼,忽忽成排天之势,直把一个崂山铺排出来。

崂山的东部和南部陡峭,西北部连绵起伏,起伏无限远近。谁说崂山有两个脉络,一条向海,一条向陆。崂山往西,过了胶州湾才慢慢变缓。我们在崂山的东方,正面远对着的是韩国,崂山头在东南方。从高处望,很大一片区域内,都是不错的海洋牧场。既然叫作"牧场",可以想象该是有着草原样的辽阔润泽、丰厚肥美,有着无尽的生机与鲜活。掌船的人说,以前这里属于齐国,北齐南鲁嘛,齐国的领地还是不错的。能听出来,这个齐人的后代,话语中带有了某种自豪感。

远远地看崂山,就像一堆堆堆砌的凝固的浪。那凝固中,有的朝阳,有的背阴,因而显得有了层次,有了美学效果。

船在向崂山靠近,越近波浪越大。船晃得厉害,觉得那水在倒海翻江,下一波就会将船淹没。但是只是一种幻象,一波过去,惊魂稍安,什么都没有发生。随着波浪送过来的,是那山的岬角、岩礁、滩湾的奇观。你能看到层峦叠嶂的山石林,看到壁立千仞下的深涧幽谷,看到斜立崖头的劲松,看到缓坡里错落有致的屋舍。镜头在拉近拉远。若全景式地抓拍,那一叠叠的山便是一簇簇的秀眉亮闪。船上的人也真的是兴奋异常,拿着手机相机不停地跑前跑后,跑上跑下。一些平常看似矜持的女子,倚着、靠着、斜着、挎着,飘散着长发,抖动着围巾可劲儿地叫,可劲儿地疯。崂山,难道是她们心目中的雄男鲜士?看把她们劳忙的。

过了八仙墩,风速变大。船拐向西南。石壁像经历过一场天火,显露出红黄的颜色,一只鸥鸟跃然而起,把这颜色划出一道白痕。一些石头像一群手拿各式武器的武士,立于海边。山崖下又出现了一片黑色礁石,人说那是试金滩。前面还有晒钱滩,一大片平铺着的花岗岩。我奇怪,如何都与金钱有关,难道很多年前,这里是海盗的欢喜地?看这水域与山石的陡险阵势，也真不好说。过去有句话，说千难万难不离崂山，崂山这地方是大欠不欠，大乱不乱。因而奔这里讨生活的人也就多。现在，一波比一波凶猛的海浪击打着那些滩石，击打出一层层的白沫子。白沫子堆得多了，又会被猛然而来的更大的浪涛冲得无影无踪。看着的时候，似看出了一个哲学命题。

假如在高空看崂山，会看成什么样子？也许那就是一片迷人的莲花，海池的莲花。

下船后也就坐缆车上去，缆车是空中的船，巨树和巨石从脚下忽忽掠过，若时光飞驰，飞驰得心慌意乱。把目光往远处放去，就发现这崂山与别处的山的不同点，它像是每天都享受到钟点工待遇，每块山石都经过了专意护理，那般光洁、干净。而那些形状各异的石头，多么的娇憨可爱，有的像一群绵羊，有的像一群猕猴，有的像一只小象，有的像一头狮子。他们极不安分地在跳跃、腾挪，更有一些，干脆直起身来这边那边地眺望大海，有的快要把身子探到了崖下。它们每个身上，都藏满神话与传说吗？你没听那广播里不厌其烦地绘声绘色地讲说。

山顶还是有风的，那风潮潮的、涩涩的，时刻带来海的问候。我感觉风有两面性，一是具象的，它扒在树枝上，扒在石棱上，翩跹地舞，呜哑地唱。风又是抽象的，它不停地带着你的思绪一起飞，带着梦幻一起飞，飞得不知所踪。

二

再往深里走，你就会感到了，崂山是一座让道教文化通体浸染的山。

在崂山的怀抱修座庙宇，倒是对应了这座神域。面对叠映的碧海青山、变幻的云光紫气，让心灵在这里安榻，让烦嚣在这里沉静，让迷茫在这里清醒。

想象不到，那层层叠叠的，竟然有着一百五十多间殿宇。一进一进的院落，每个院落都有独立的围墙、单开的山门。堂皇其间的，是建于北宋初年的太清宫，它着实是一个清净之界的风水宝地，三面环山，倚仰自在，一面朝海，四季花开。

小时看《崂山道士》，觉得崂山上的人都很神奇，他们可以在壁上赏月，可以邀神女与舞，而且深藏仙术，最小的法术竟然能穿墙而过。那个时候，还真有去学仙道的异想。去了一定要耐得住寂寞，不怕天天上山打柴。

崂山很早就已经被嫦娥唱成仙山了，可想崂山的名气有多大。自蒲松龄之后，来崂山求仙的人早已络绎不绝。你看今天庙堂道观里的香火，是那么的氤氲缭绕。偶见一个道士模样的，不是静静打坐，就是来去匆匆。不好向他们学问些什么。

主人必是知晓了我们的想法，一忽来了一位清癯矍铄的高明鉴道长，他一袭灰色长衫，黑白相间的长发束于头上，很是干净齐整，让人就往当年那个道士身上想，却怎么都觉得这是一介凡人。凡人多么的和蔼、沉静，凡人说起话来却又脱俗得很，让人又将他想象成了仙人。他将崂山的历史、道士的生活、庙宇与自然的关系还有伟大的老子和孔子，都讲成了典故。

道长说，崂山一定是有神仙的，他讲战国后期崂山就已成为享誉国内的"东海仙山"，他讲这里盛时有"九宫八观七十二庵"，被称为"道教全真天下第二丛林"。那些有名的道士如丘处机、张三丰、徐复阳、刘志坚、刘若拙，都在崂山修过道。

当他的目光越过高松之巅望向崂山的时候，我们看到一束异样的阳光罩在三十六米高的老子身上。在道长眼里，那一定是御风鹏飞的先贤。

一级级石阶铺垫上去，越往上视野越宽广。道长说，山南有老子，山西是孔子。让人知道，这道家儒家的有些东西是相通的，都属于中国文化的标志，这一标志集中在崂山，当是合适的。我们随着道长的脚步，又一步步向深处走去。其中有崂山道士们平时修行的地方，这些安静而整洁的所在，同那些草木，都作为了崂山的点缀，或者说升华了崂山的神秘与优雅。

树可真是多，尤其是黑松、赤松、落叶松，高大地衬托着庙宇的森严。有两株古柏是汉代所植，已经活了两千多岁。还有唐代的榆树、宋代的银杏、清代的石榴，不是千岁也过了百岁，个个都还硬朗得很。照着崂山这气韵，不定活到多久去呢。又有一些黄杨、蜀桧、盐肤木、紫薇、九月黄、山杜鹃等，纷纷绕绕，如过眼仙子，还有竹子，那么多的翠竹，也在其间傲然，真个是"历冰霜、不变好风姿，温如玉"。

来这里的人，谁都不会忘记去蒲松龄住过的地方看看，那或在三清殿，或在三官殿，三百多年了，人们已经记不大清，也许蒲翁在这两个地方都曾住过。因为这两处院子都曾生长有一株被称为"耐冬"的山茶花。我们能够想象，那晚蒲松龄正在看书，忽然一股花香袭来，窗外飘过一个娉婷的身影，读书人推门去看，那身影却化入了一株山茶，而香气正从那里扑鼻而来。白天蒲松龄曾见耐冬开花，绿叶之上，那花就像是层层叠叠的红雪，是为"绛雪"。现在再看，恍若梦境。于是触景生情，有了脍炙人口的聊斋故事《香玉》。那是一个诡异奇特的书生与女子的恋情故事，两位女子，一位是素衣恬淡的牡丹仙子香玉，一位便是红艳娇娆的花神绛雪。自此，两位花神便妇孺皆知，尤其是"绛雪"，多少年来，已成为文人雅士登临崂山寻访的目的之一。即使这两株山茶都已飘忽于时光之外，却仍是阻挡不住人们追寻的脚步以及美妙的遐想。难怪崂山道人王悟禅早就感慨："古树耐冬传志异，仙人绛雪不从同。"现在，耐冬已经成为了青岛的市花，不知道与聊斋中的绛雪有无关联。

久立院中的时候，就觉得不能在此待久，待久了必生情意，说不准也会幻化出一曲什么出来。

转过神水泉，来到一处院落，看到一廊的书画，不少是出自道士之手，真难以想象，这或许也是他们的法术之一。再往深里去，转过厅堂的一角，竟然听到了一阵悠扬的曲调，似是天界飘来的梵音。细听了，是竹箫的声音。此时人们已经遁去，我悄然留在后边，一个窗户一个窗户地寻声追逐那个美妙。终于知道是在哪个屋子里发出，但是窗户太高，无法望到室内，也无法望到吹箫人的神态。只听到那竹管的声音水样地跃动。后来到了崂山下的北九水，我感觉又听到了这竹管的悠扬，那可真的是将九水都化入了一种神思之中。谁能想到呢，平日里在这崂山深处，还有这等凡俗雅趣。

在我发愣的时候，几片叶子在地上旋起来，配合着箫音直往空界飘去。我才发现我已经独自站在这个院落许久，慌忙寻找路径出去，见几个人正在急迫迫地找我。我笑了，他们只知道我歉意的笑，而不知道我的笑里还有什么。

走进一进进"神仙之宅，灵异之府"，似乎觉得是走向了某种思想的深处。一切都是挺拔着，蓬勃着，向上着。总是有层层的石阶高上去，从下边看，那是高到了天界之上。有说还有龙潭喷雨、明霞散绮、太清水月、那罗延窟呢，看不完了，那么就在下边高高地仰望吧，看一片屋瓦锦绣，看一片藤萝漫卷，看一片繁花缤纷。

到了夜晚，崂山的夜色就更是不同。一轮明月不知什么时候从海上升起，看到的时候，它已经将柔和的清辉披在了崂山顶上，不，在你移动的时候，你会觉得那月一忽悬在崇崖缝隙，一忽挑在太清宫檐，一忽又镶嵌在拱形门中。那清辉被竹林抚扫着，时疏时密，被水塘托举着，时缺时圆。滑过高陡的台阶时，竟然像泻了一道银瀑。

上到高处，你又不由得惊叫了，那大片的月影，完全地同海连在了一体，不，它就像一个圣洁的婴儿，在大海的浴巾上，被轻轻擦拭，轻轻包裹。谁在牵扯着这块浴巾呢？当你再向崂山、向太清宫望去，你就明白了。

三

一座山如果没有水，是绝对缺少一味情趣的。

崂山不仅有水，而且这水还是那么的明漪迂回、滋润缠绕，缠绕成繁复多彩的九曲的浪漫。说真的，初开始听到了"九水"，立时会让人联想到《九妹》：

> 你好像春天的一幅画
> 画中是遍山的红桃花
> 蓝蓝的天和那青青的篱笆
> 花瓣飘落在你的身下

当你接近崂山的北九水，你就知道，这如何不是在唱《九妹》？

九水实际上是一水，一水的九种姿态，一水的九种表情，一水的九种浪漫。深入于九水之中，你的脚步步步迟疑，你的惊叹叹叹不已。你到底想不明白，这如女子的水，怎么会这么精致，这么柔亮，这么幽雅，这么深邃。北九水，怒放的青春，给我以无限的力量，使我不知走了多久、多远，不怕误入野径奇途。

水在这里太不在意自己，她不知道掩饰、收敛，不知道含蓄、躲闪，她就是那么奔放洒脱、完全地天体自然。或许这正是她的性情，是她的纯粹与纯秀。九水不像海，它不急，它要从容些，舒缓些，要一路把崂山的好都细细品味，而且还要把自己的好一点点留给崂山。

此时的北方应该是草枯地阔、木落山空的时候，这里还是一派生机。似是刚下了一场雨，湿漉漉的让心里起感觉。其实来一场雪也是不错的，踏着碎琼乱玉是另一番情致。想着时，还真的落雪了，呼呼啦啦落了一地，落了一水。谁这么配合呢？仔细看了，是一种树上落下的叶子，袖珍的叶子，抬头时又随风张扬下来。

水弯弯曲曲，树也弯弯曲曲，完全是一种纯然的配合。一些树斜在水上，黄黄红红的叶子不时地飘下，在起伏的水中像一群闹嚷嚷的雏鸭，旋转一阵子，最终把自己划向了远方。有些瘦瘦的水从山隙中垂下，像一条白练，哗啦啦地闪。什么鸟在水中被惊飞起来，翅膀抖着水滴，化在了上游的闪光中。

树、石、水构成的山水画，一忽是局部，一忽拉开了全景。有些石头由于水流的冲刷，变成了层层叠叠的梯田，上面长满了青苔和阳光，也长满了人们的惊奇和欣喜。

一路你就这样看下去吧，越看下去，你就越有一种感觉，觉得水漂亮得有点不真实。有些水深的地方，泛起了蓝色的光和绿色的光，水中有些地方像是一块块变形的翡翠或一团团胶着的琥珀。

天然去雕饰的九水也不能免俗，你终于发现了人间烟火：老旧的石磨，还有模有样地摆在那里，黛眉样细瘦的叶子掉落上去，被新雨一冲，冲成一幅现代的工艺作品。沿着九水，还能看到林间的老屋，一代代的人，在这里生长。在这里生长的人多么有福，他们得崂山的气韵，享崂山的风水，早早晚晚都过着居士一般的生活。他们知道九水的好，用九水来沏茶煮饭，真是就近享名泉啊。名泉胜水是崂山一大特色，巨峰顶上的"天乙泉"、太清宫的"神水泉"、上清宫的"圣水洋"都是崂山名泉。你问一下当地山民，他们喝的都是崂山的泉水，出山之后便什么都喝不惯，觉得不爽，没味。

湿润的气息里有一种生命，汲取山中泉水，浸润海雾紫气，生就了翠绿清醇的气质，这就是崂山茶。这细小的叶片早成为绿茶中的上品。好水泡好茶，九水岸边，多有茶水摊子。茶水并不收费，茶水摊上摆放着各种等级的新茶。你喝了他的茶水，就会喜欢上茶的滋味，必是要买一些去了。

前面有一个女孩，仰仰头低低头的，让光线雕出好看的剪影。风鼓舞着她的黑色裙衫，远远看去，若水边翻飞的黑蝶的羽翅。女孩在对着水画画，不，她对着一座山。那山在她的画布上雄伟地起伏，而山峡的水，在她的脚边一直流向很远。那是一个很静的女孩，即使是偶尔撩一下头发的动作也是很静。让人想到，画画的女孩都是这么静，尤其是水边的女孩，尤其是山前的女孩。

还有一位老者，也在画画，他在女孩的不远处，对着一块高高的画板，一根烟永远拿在一只手上，或者说端在一只手上，另一只手不停地在油彩和画布间迂回。那烟快燃灭的时候，他的手会从身上再抽出一支，借助他的嘴重新燃上。他的嘴的周围都是胡子，像山峡中随意蔓延的野藤。他在画这条水，水被他渲染得更加精灵潆动。

走了很远，想起两个人的画意，笑了。女人和男人的专注与视角，竟然是有性别的。

一只蜻蜓牵着阳光飞过，阳光像另一股水流，同九水汇在一起，瞬间显得热闹起来。水流弯处听到了笑声，有人在拍婚纱。两对新人各被人簇拥着，在山石间跳来跳去。一个新娘选了白色的婚纱，另一位新娘穿的是红色的婚裙，在这青山绿水间都特别地出彩。

潮音瀑是北九水乐章的高潮部分，如果从里往外说，也是起始部分。那这个起始可谓震动人心。这里峭壁环绕，只有东南裂开一道缝隙，一股瀑水就从那缝隙间银花细雨般泻下，直泻得盘空舞雪，山谷轰鸣。是了，北九水就此开篇。

顺着水流往下，看到一块光洁的石上有"俱化潭"三字。这个潭名，同此时的心境那么的融合相知。

溪水潺潺流向永远，清新的空气中，听见一个男孩将手做成喇叭状，对着溪水高喊："九水，我爱死你了——"一些站在石头上玩水的年轻人也跟着喊叫。像是一同在向一个女孩子表白。声音在山水间跳来跳去。

四

崂山的风透着仙气，崂山的水透着灵气，崂山的美是每一个人的感觉，也是每一个季节的感觉，而大海始终是这种美的忠实的陪衬。

我知道秦始皇、汉武帝都曾来过崂山，但更多的帝王错过了良机。现在到崂山来的，是既有眼福，又有口福，还有心福。有人想把家安在这里，那么去北九水边看看吧，或许那里还有你的好运气。

崂山是需要来一来的，来清清心、清清肺，也清清嗓子。回去让人生变得清爽、昂扬和沉稳起来。

天生一个犀牛寨

一

走进犀牛寨的时候，寨子里响起欢快的芦笙和歌儿，然后是米酒，杯杯都含着土家族的亲切与热情。眼前都是老宅子，斑驳的墙壁、翘角的灰瓦、黑色的柱石，自然的氛围。一级级石阶上去，大院里正打糍粑，木锤砸得砰砰有声。最后端上来，好个滋味！

家家外墙挂着红黄的辣椒和玉米，扰人眼睛，而屋子是可以随便进的，推开一门，分明一个声音在暗处迎来：过来坐嘛。大山特有的声调，声调里特有的热情。再经过另一小门，一个女子当门坐着，床上一位老人，也是热情的声音：进来坐嘛。我不再怀疑，我走进了一个真实的山寨，充满情味的山寨。

走进一间，一圈低矮的长凳围着一个地坑，地坑里有烧过的炭灰，炭灰上面是被高吊在梁上的熏黑的铝壶，梁上还吊着几块熏黑的腊肉。让人想到这是聚会的场所，无论家人还是客人都会围坐在这个火塘前，边喝着自制的土茶，边扯着话。遇到年节，火塘就更加热闹。

屋里的门一个个开着，桌上摆着茶碗和其他用具，墙上贴画已经变黄，对联和中间的"福"字倒还新鲜。高凳和矮墩上，随意搭着衣物，锅台和用具却收拾得整齐。穿过厨房走出后门，迎面进来一位白净姑娘，见了说：坐嘛。这是你家？奶奶家，奶奶过寿，专门回来的。我想起来，刚才从窗口望见一个台子，背景墙上一个大大的"寿"字。问她是不是这寨子生人，她点了点头。聊起来，姑娘说她叫"陈兰兰"，在武隆区上班。她穿着得体，说话落落大方，是那种见过世面的姑娘。她告诉我这个寨子只有200多口人，年轻人大多出去了，老人做寿，才各自赶回来。

老屋后面是一处斜坡，坡下一条小路，小路旁流水潺潺。顺着小路和流水上去，这里那里散落着清一色吊脚楼，油绿的蔬菜和庄稼簇拥前后。山边更是植被繁茂，灌木夹杂随性的野树，野树间此起彼伏着鸟叫，猛而掺和几声昂扬的鸡鸣。可以说，每一座吊脚楼周边都散发着原始的韵味。少见到狗，倒也少了小心。村长说，养狗做啥子嘛，又不防贼！

看到一处冒着淡淡的炊烟，寻了去，原来是搭有戏台的院子。院子一侧，转着圈盘了十口大灶，正热火朝天吐着浓香。

老屋里有人打麻将，闹闹嚷嚷，有人在玩牌，同样闹闹嚷嚷。小孩子疯跑疯闹，不把大人的嗔责当回事。从外面请来的乡间文工团，正在台上张扬热情，也不管谁看不看。

这时一个学生模样的女孩看着我说，刚来吗？找个地方喝茶。这是个明眉大眼的女孩，应该刚上中学，女孩却说初三了，在桐梓读书。我知道这样的寨子别说中学，连小学都不可能有，因为六个寨子才组成一个村委会，便问她上学的地方有多远，她说不清楚。女孩说是专门请假为姥姥过寿的。想起那个陈兰兰说的奶奶，便问她姥姥的大号，她说姥姥叫"高仕明"。这么多人可都认识？她点点头又摇摇头，但她把我带到一对年轻人跟前，说他叫"徐成"，从成都来的。我便同打扮得很像城里人的徐成聊起来，他也是给姥姥来贺寿的，旁边穿牛仔短裤的漂亮女孩是他女友，女友家在四川内江。

女孩又指给我要做80大寿的姥姥，姥姥坐在一个墙角，还有88岁的姥爷，手里拿一根长长的烟袋，也神情悠然地坐着，旁边的人却你一言他一语地说闲话。我凑上去，他们让我坐在一个凳子上，看到一位满口白牙的老太，问她高寿，说70岁，我露出惊奇的表情。这群人就笑，说何凯索71了，高氏民80，还有传紫桂，82岁，不都活得好好的吗？他们互相指着，说着，笑着。没有想到，还是个长寿村。

二

唱主角的两位老人已经坐在了台上，随着主持人的召唤，老人的儿孙一批批上台去朝贺。然后仍是热闹的歌舞。一桌桌开始上菜，煮竹笋、蒸腊肉、炒海椒、炖土鸡还有清蒸野蛙，都是农家土菜。喝的是老荫茶，也是当地自产。

那个小女孩又看见我了，走过来说坐那里吃饭呀，我告诉她在村长家吃了。她走到一个桌前端来一杯水，我笑着感谢了。她说，你刚才问我学校有多远，我问了，三四十里吧，得坐一小时的车。有车吗？女孩说每天都有城乡公交，这里是终点。我说上高中会离这里更远吧，她说那要到武隆去了。上大学呢？上大学，我想去最近的重庆。女孩扬着头遐想一般。那不更要远离犀牛寨吗？是呀，可又有什么法子呢？只有趁假期多回来看看。她露出不舍的神情。

我望着四围的大山，那山像一个巨大的漏斗，犀牛寨就在漏斗的底角。在这武陵山区，不少寨子都是在大自然赐予的天坑地缝间。我问为什么叫"犀牛寨"，女孩伸手一指，说看见对面半腰有个洞吗，那就是犀牛洞，钻过犀牛的。我知道这只是传说。女孩还在说着，听姥爷说，以前寨子里的人在里面躲过强盗。

女孩很健谈，大概也是看我对什么都好奇，便又说，你不知道吧？我们寨子下面是个好大好大的溶洞呢。我吃惊了，好似没有听清楚，说是吗，女孩歪着头瞪着眼睛，说出一句重庆土话：哪个要你不得？语气十分肯定，实际上洋溢着一种得意的神情，随后又加上一句：这溶洞有好多个洞口哩。接着朝犀牛洞隔沟相望的地方一指说，你能看到那个寨洞吗？寨子里用的水都是那个洞里流出来的。我想起刚才看见的流水，流水流过田间和老屋，经过一丛竹林，在山下聚成一个碧绿的湖。她笑着说，你要春天来，这里到处都是花，比现在还好看。我能想出那景象以及吊脚楼在其中扮演的角色。看着这个天真活泼的土家少女，不由问起她的名字，她脱口而出，陈钇娇，金字旁的"钇"，"娇妹"的"娇"。说着又笑了。我为陈钇娇照了一张相，她略含羞涩地倚在门边，像一株刚绽放的山茶。

后来同村长聊起来，村长也颇为自得，哦，专家考证了，连国外的专家都来过呦，犀牛寨下面直达方圆几个乡，当真是亚洲最大的溶洞群，里面千奇百怪，神秘得很！再跟你说吧，溶洞里有水呦，多得汇成了河，河翻出来就成了沿沧河。哦，从这里往前不远还有码头。村长说，很长一段时间，寨里的人会去河里打鱼或到更远的乌江谋生，划船拉纤的号子老辈人都会唱。

我听了不禁感慨，他们知道自己睡在庞大无比的地宫上面是什么感想？或许是一种激动后的坦然。他们本已生活在低处，而在更低的低处，竟然还有生命的轰响。每块石每滴水都是溶洞的生命因子，那些因子透过犀牛寨传达出来，也透过犀牛寨活泛起来。

半山起了云雾，云雾似从犀牛洞吐出，而且越吐越浓，最终吐成万千气象。因而也就相信，这绝对是块风水宝地，这个地方的人享受着愉悦的风聪颖的水,享受着一座龙宫的巨大空灵,怎么能不快乐长寿?

三

绝壁千仞,空谷幽深,云雾缭绕的山寨越来越远,觉得是远在了天上。

那老调的歌谣响起来:"太阳啊,你烈啊,你让汗水在我身上流啊;大山啊,你陡啊,你让我好难翻哟;山上的路,你长啊,你要我一辈子去走啊!"在以前,通往外界的路是没有的,只有叠石小道,外边的人难进来,里边的人难出去。犀牛寨坚持下来,坚持了不知多少岁月,后来他们的子孙终于能出去,去做想做的事,但还是常回来,来寻他们的根。

现在更多的山外人知道了路,知道了犀牛寨,知道了地下溶洞的秘密,不断地来寻这世外桃源。

这世外桃源还有一个名字:天生村。

大山包的女人

一

毒剌剌的太阳躲过云层，把大山照得明晃晃一片。很少见到在阳光里蓬勃的植物，低矮的草也不是成片地长，这里那里散散漫漫，不是那一层秃黄的绿，你会认为它们早已成标本。这可能就是大山包的特色，鼓凸鼓凸无遮无拦的一个个山包构成很多年不变的名字。人们冲这名字来，是看它的突兀、它的苍凉、它突兀苍凉中的断裂与陷落吗？

眼力往前延伸，如果脚力跟不上，不会有太稀奇的感觉，但是到了悬崖绝壁处，你才会觉得，只有大山包的这种断裂让人惊心。视线刚才还直直地伸向前去，到这里突然折断，断下了万丈深渊。我吃惊得不敢下望，怕眼球脱眶而出。

激动过后的人们还在山中迂回，他们想到另一处制高点看独立云间的鸡公山。中原也有一座鸡公山，那是昂立山尖对天高唱的雄鸡，这只鸡公却在绝壁上啸出一道峡谷。我走错了路，尽管才刚五月，高原的太阳却扫得皮肤生疼，不想再追去，远远看着，感觉他们快要走到天边了。

我开始寻路往回走。对面峡谷的一处褶皱里长满了草，高高的细细的，不识名字。却发现草中有人，近了看，是个女人，她在割那些草，并且已经有了不小的收获，现在她正费劲地将草捆起来，一只手将镰刀扔上坡，试了几次，才将草捆子拖上去，然后肩起来，草高高遮在头顶，下边拖拉着。山梁上，就看见植物棵子在动，看不见人，更看不见是女人。

二

远远看见了马，一匹匹地从山弯处跑来，马上坐着人，马下有人牵着。原来是专门驮送游客的马驮子。走的近了，才看清那些牵着马的都是女人。再细看，有的女人背上还背着孩子，孩子裹在包裹里，和马，和大人一同经受日晒风吹。

马驮子把游客送到大山包下的沟边，游客下马，然后人和马就在那里待着，等游客回来。回来的游客不一定要骑马，所以有的人和马就长久地待在那里。山上没有遮阳挡风的地方，女人们只能或坐或卧在草坡上，有的逗着孩子，有的在织着什么。

我走了过去。她们立时有了话意：哎，你哪里的，要不要孩子？女人说着笑着。我说要不起，她们说不贵，出个钱就给你。我一听就知道她们是在找话逗乐子，这些人在大山里没啥乐子，又掩不住豪爽泼辣的性情。我说问一个问题，为什么叫"大山包"？一个女人回答，大山包？看这话问的，大山包不好吗？高呗，圆呗，挺呗，是不是呀？她回头看着其他女人笑。笑着笑着又不笑了，仰着头看着远处说，咱们这儿说是在云南，却不像云南其他地方，恶呀，草都不好好长。你看远处那个沟下边，那儿的人要到大山包赶场，半夜里走，走到大山包街子太阳就老高了。出来一趟难啊。龙云知道不？家就在那里，当初不也走出去闯了？多少年后回了一次家，还是把他走苦了。另一个女人接了话茬，跟你说吧，红军都没走过这地方。他们走的扎西，快到四川贵州了。

我说你们怎么知道这些？她们齐声说，还不是听你们外面人说的。我又想起了一个问题，就问，怎么都是女人，男人呢？男人？打牌、喝酒、嫖女人去了！一个女人大声嚷嚷，其他的女人就笑。我说不可能吧，难道你们心甘情愿让男人这样？可不，没法子呀，女人驮马挣钱，还管带孩子，回家还要受男人打。一个女人说着跟诉苦似的，边说边看看其他姐妹。其他姐妹还是笑。

我知道这话得打折扣，不能单听她的。我就坐在一个做手工活的女人旁边。我说她说的是真的吗，这女人边飞针走线边说，你没看都是女人在做吗？她的目光放远了，那个背草的，不也是女人？背草的还在山梁上走着，我说背的是什么。竹草啊，当柴烧的。她说着的时候，那个草个子慢慢转过山弯了。我既看出了她的艰难，也可惜了那些草，它们是大山包的装点啊。我说出了我的可惜。她说，我们不知道你们怎么想，我们只知道生活。女人不容易啊，你看她，她的眼睛瞟了瞟我身后的一个女人，那么个好人还受老公欺负，老公在外野，回家还动手。

我扭头看了看她说的那个好人，她不像这些女人都有了高原红，脸上还有一层嫩嫩的水灵，不白也不黑，身板很正，背后背着一个孩子。她不是和其他女人一样坐着和躺着说话或做活，而是站立着，眼睛朝远处望。她背后的孩子被布单子蒙得严严的。

这里的女人带孩子都是把孩子往后面一绑，背着干自己的事儿，孩子在后面舒服不舒服，是否挡住了眼堵住了嘴一概不知，布带子长期捆绑在孩子腰部腿部是否会影响血液流通？冷不冷，饿不饿，渴不渴？女人就这么带着孩子在大山包上等游客，等着了就牵着马翻过山梁，一直走到上车点，再返回来等，孩子呢？就像自己身上的一个赘生物。

我站起来向她走去。我说站着风大，这孩子冷不冷？她看了看身后说不冷。其实她是看不见的。我说孩子这么长期绑着会麻木的。她说没事儿，惯了。我问孩子多大。她说一岁了。我问一句她回一句。他爸爸呢？出门了。你是新来的吧？是，来了俩月了，你怎么知道？我猜的，哪个是你的马？在上边吃草。买一匹马要多少钱？不一样哦，有一万多的，也有六七千的。驮一趟马要多少钱呢？十五块。

才十五块，真不贵，我在心里说，我原想的怎么也比十五多。正想着，她主动说话了，你骑吗？我还没开张呢？我说我骑但你不能牵着走，我会骑。我真不忍心她背着孩子牵着马走那么远，而我坐在马上。她说那怎么行，都是这样。我说怎么都是女人在忙，又是驮马，又要带孩子？她说男人出门打工了，女人在家出不去，这大山包四周也没啥活儿，只有驮马，幸亏外面人稀罕这大山包，女人还能找点儿事儿干。我说你结婚不久吧，男人放得下？这怎么说呢？人家都出门了，要盖房，要养家，要买马，不都需要钱？她回答得跟那些人不一样，实在。我说男人多长时候回来，她顿了顿，似乎想了想才说，好久了呢，过年都没有回来。她说话的语气带有了哀伤，眼睛望着山包那边，好像那边随时会出现男人的身影。我说看你不像是这里的人，她说我是外边嫁进来的，要不是打工跟他认识，也不会成了现在这个样子。

也许聊得多了，没有了生疏感，话就多起来。她说，其实这里也不错，你没去跳墩河？那里有好大一片湿地，要是冬天，你就会看到很多很多的黑颈鹤。她说话的神情显然跟刚才不一样了。你要么秋天再来，那时到处都是草了，荞麦也开花了。她的话在我面前铺展了一山的绿。她说你该去看看鸡公山，那里还能看见牛栏江，云一层雾一层的。我遗憾起来，想象群山万壑间一条玉带云雾间闪。我知道了，海拔三千二百米的大山包，其实在不同的季节，有着它不同的性情，只是它藏得太深，不轻易向人们展示它的神奇。她不知从哪里掏出了一张宣传页，递给我看，上面说：这里融辽阔、峻秀、险奇、神秘于一身，是一块没有污染的生态完美的净土。

我说往后来的人多了，这里可能会更好。她说那可托你的福，我们这里挣钱多了，男人们就不往外跑了，心也就守住了。

她说的守住心，不知道指的是男人，还是女人。但不管怎样，还是对男人出去有一种担心。

停了一会儿，她说你骑马吗，你骑我把马牵过来。我看见不远有两匹马，一匹瘦瘦的灰色马，一匹高大的枣栗子马，低着头在吃草，草在砂石间长得很低，枣栗子马时不时要挤一下，并且刨一下蹶子，灰色马便害怕地躲一躲。不知道哪一匹是她的。

我说我们的人还没有从山崖边回来，要么我先给你十五块钱吧。她听了摇摇头，那一会儿你骑时再说吧。她似乎不愿意先接受施舍。她背上的孩子醒了，在包裹里动弹。我说你的孩子被蒙住了，他好像想露出来。她说不要紧，他不愿让我站着不动，他要走走。说着就不停地在原地走来走去。

我说你的家在什么地方。不远，在山下你们来的路上。这些女人都是一个村子的吗？不是，周围哪里的都有，马多了，钱也不好挣，人都爱凑热闹。我说买一匹马多长时候能挣回来，她说说不好，一年下来，还要给管理者一千呢。

这个时候听到有人叫我，看清是诗人哥布，他站在一处山坡上向我招手。我迎了上去，他说他们怕我走丢了，让他来找我，并要陪我先回去。我说骑马回去吧，他说路好走的，翻过山头就不远了。这个山里长大的哈尼族汉子，完全没把路当回事儿，我不好坚持，回头看看那个女人和马，只好跟着他走了。路上不时有送走游客的女人骑着马哼哼地跑回来，带孩子的只是牵着马走。

三

我们一路说着话，到出发地上了车，再等齐了人，车子慢慢开动的时候，我忽然看见那个背孩子的年轻女人牵着马走在路边，马就是那匹毛色暗淡的土灰马，跟其他的浑身油亮的高头马没法比，价钱也许是最便宜的。她牵着马一直向前走，大概是要回家去，孩子露出头来，手里多了一个橘子。停车点有人在卖橘子。车过去的时候，她往路边让了让，仰头望望这辆暴土扬尘的车。

车子一路开去，沿着山间一片水，那水的名字好，叫"海尾子"。

转过一个山坡，又转过一个山坡，前面出现了一个小村，这是她的村子吗？想起她的话，还说不远，山里人真不把山当山吗？她好像今天没有拉上客，提前回来可能觉得很难等着客人，也许要给孩子做饭，或者家里还有老人。

想起来，我竟有了悔意。

荔江之浦

一

拉开窗帘的时候，竟然看到了一幅画。一江碧水蜿蜒过眼，水之上是跌宕起伏的山，那山一直到目力所及才稍显收敛。

那些硬朗的、柔美的起伏充满了神迷与梦幻，由其体现出来的情致与动感又让人不无美妙的遐想，莫不是一群女子水边缓解罗纱？那山不是石头做成，是女人做的，女人的胸女人的腰女人的臀女人的各种姿态媚成了这片山。

南方的天气忽晴忽阴，晴的时候，山也像一个个荔浦芋，头上摇动霞的叶子，阴了，又似在化蛹成蝶，最后烟岚蹁跹。

偶尔，云层里射出的光打在水上，水就尤其的明润，山则隐晦迷蒙。就像两个主角在剧情需要时被镜头虚化转换。起初你或对那光不大在意，但架不住它打信号似的，云隙间连着闪，将水面闪成一片片锦，你的惊奇就不得不跟着它闪了。天光温和的时候，山与水的颜色惊人的相似，似是一江颜料刷在山上，新鲜得还在淌水。这样的山水连在一起，就是非同于他处的荔浦了。

想来住在江边的人，一定家家有个大飘窗，时时刻刻让这无限江山飘进来。此后的几天,每天早晨都像是仪式,缓慢而隆重地拉开那一帘幽梦。

二

总觉得这地方最盛产水,到处水润润的,山上是水,江里是水,田里还是水,水绕着村绕着城地流,生出水润润的植物,生出水润润的人,人出口一说话,也带着水腔。在荔浦走着看着,空气中还会有刘三姐样的歌声,那是文场和彩调,随便哪个街头巷尾,几个人那么一凑,锣鼓弦子响起来,柔润的嗓子就亮起来。怪不得,这地方是曲艺歌舞之乡呢。逢节日,山水边就热闹成海。

荔草,究竟是一种什么样的草,会让一条江葳蕤荡漾,最后荡漾成自己的名字?水中划船,水随山转,那么多的弯,又那么多的漩。水有时像上了一层颖绿的釉,有时又如一面深蓝的绸。船上人一忽伸出手,甚而脚也伸出去,尽情地撩拨,一忽又呆愣着唏嘘,发无数慨叹。这样给人的感觉就有了不同,山若是给人带来了美感,水则是带来了快感。

船行中,你会看到有人在洗浴,有人在江边烧纸祭奠,有人穿着婚纱在照相。总归是,荔浦人的祈愿和祝福离不开这一江水。

这个时候,两岸涌来一片金黄,初以为花,却是砂糖橘。还有马蹄秧子,也是一波波的粉黄。芋头的叶子莲叶似的漾漾迎风,正是收获季节,罗锅宰相何时再来?

荔浦由很多这样的细节构成。就觉得上帝打造桂林山水的时候,一高兴把荔浦也捎带了。有些细节,甚至做得比桂林还好,比如银子岩,会唤起你一腔呼唤,比如丰鱼岩,一洞鱼水穿越九座山峰,是为洞中之冠。所以人们看了桂林还要跑来开眼,那是一条完美的锦绣,他们不想让这锦绣有头没尾。其实荔浦人还是会偷偷笑，你去鹅翎寺了吗？层层信仰嵌在山崖上；你看荔江湾了吗？从江上划船进入，上岸再由洞里出来，江山美景可有这样的结合？荔浦再垫底的山也是桂林山水系列，可人家会说，咱这是荔浦山水。底气硬朗着呢。就让人想了，桂林山水与荔浦山水是一对孪生姐妹，妹妹一直躲在深闺，不好意思见人，守着美丽悠悠而过。

如此的美是会被人瞄上的，最早是一拨逃难来的，一到这里便扎进水边的山洞不走，繁衍成村林。后来还有土匪、日本人，都流过口水，但最终没能留下来。这片山水不喜欢他们。

顺脚走进一个村子，村子叫"青云村"。依着的山叫"龙头山"。不用多说，你就想了住在这里有多美气，起伏的山下，扶桑、紫罗、百香果到处都是。砂糖橘和马蹄更是金黄地铺展。老者在田里不紧不慢地忙，见你走近，友好地招呼。一个女孩担着马蹄沿田埂走，田埂两边，是香扑扑的桂花苗。遇到你的新奇，停下来，翻出几个大的马蹄让你长见识，而后笑着重新上路，身子和手臂的摆动中，悠悠去远。

荔江与漓江、桂江、西江相通，交通便利，往来客商就多。走入一条很老的巷子，巷子曾经临水，磨光的石板，镇水的古塔，宏阔的会馆和斑驳的城门，让人想象曾经的繁闹。传下来的是豪爽耿直的性情，你来了，做芋头扣肉芋头焖鱼各种芋头宴待你，陪你大碗喝酒，还给你呀呵呵地唱彩调。荔浦人吃芋头是一绝，这一绝绝到电视里。荔浦人的吃法你学不会，乾隆爷品着棉线切片的美味却一直忘不掉。这里的山水养人，芋头也养人，养的人精气豪壮，细腻明丽。由此你会感到荔浦人的幸福指数多么高。

三

天空积蓄着黄昏，像谁在絮被子，一层层絮厚了，铺排开来，所有的一切都盖在了被子下面。

那些山以为将夕照挡住了,没想还是投入到了江里。江不仅把夕照全部接收,还把那些山也揽进了怀中。这样,上面啥样,水里也啥样,完全是一个原型复本,直到夜来,将那复本折叠在一起。

雨敲了一夜的窗,早晨开帘一看,江边竟然飘浮了一层伞花,红的,黄的,蓝的,那是沿江晨练的。没有什么能阻止人们对这条江的热爱。

离去的时候,荔浦已让你眼里、心里、口袋里都装得满满的,够你消受很长时光,其中有一种芋饼,家家会做,出去的人都带,说那是思乡饼。

而后,荔浦人会说,想着啊,还来呀,别忘了我在这儿等你。

平潭开篇

一

从深圳乘高铁到福州已是夜晚，接站的福建朋友说，要乘大巴直接去平潭，路上有近两小时的行程，可以在车上休息一下。窗外一片黑暗，看不出车子的行走路线。后来才知道我们来到了闽江入海口和台湾海峡的交汇处，才知道平潭是离台湾最近的一个岛，相距只有68海里。

说是一个岛，却一点都感觉不到，或是因为它太大了，放眼望去，总能看出去很远，却一时望不到海。等在某个地方看到了海，也会感觉海的辽阔与平缓，与这岛贴心贴肺。想"平潭"的名字，或可由此而来。但是从音声去想，会想成"评弹"，一种美妙的说唱。平潭以前叫"海台"，"海台"也很贴切。各个朝代在平潭都设兵署，从明代抗倭到现代"实战演习"，都留有遗迹，表明平潭从古至今一直是战略要地。

看平潭必须要从高处看，那是一百多个岛礁聚在一起的珍珠。其中就有涛声震天神秘诡变的"东海仙境"，有比乐山大佛大4倍横卧海天的"海坛天神"，有如巨帆漂浮海面的"半洋石帆"，还有石牌洋、君山、王爷山、一片瓦等奇胜异境。而龙凤头、黄金海岸，都是绝妙的戏水场所。这片美丽的地方，谁来了都不想舍弃。岛上壳丘头遗址散布着贝壳和陶片，考证说与商代同一个时期。也有考察证明了平潭与台湾的文化渊源。

　　岛上到处是石头房子，红色的瓦上压着块块石头，既是对瓦的尊重，也是对瓦的在意。在上攀村，还专门展示了另一项研究成果，那就是，平潭很可能是南岛语族从大陆走向岛屿的第一块踏板。

二

　　抬眼就看见了正在建设的公路铁路两用桥。这是上到一个高处陡然停车之后。桥像一架巨大的龙骨，拱在海间。海间无数小岛，有些桥墩踩着小岛，在海中跳跃。看着那龙骨潜水翻山，不知飞往何方。问了才知，那是要跨越平潭海峡，去往福州。而岛的背面，就是台湾海峡。也就清楚了平潭岛的方位。

　　昨晚来的时候，我们是跨越了一座跨海大桥的，那座大桥也是近些年从最短的距离连接了岛和大陆。以前居民进出平潭，无不靠船。

　　这一座公铁大桥却不那样走，而是取直线，从福州一路穿鼓山，跨闽江，再穿越人屿岛、长屿岛、小练岛、大练岛直至平潭。项目总经理彭光辉说，建设的福平高速铁路，不仅对促进平潭及海西经济区的开发具有重要意义，也是未来京台高铁的"咽喉"。

　　我本来有些疑惑，为一个岛投巨资，建这样一条高速公铁跨海大桥，是否值得？现在终于明白，这个大计划大战略中，还有着直通台湾的规划，设计时就预留了跨越台海的位置。当地人说，为了使平潭的发展更加迅捷，还有四条道路要通达平潭，而且岛上还设计有机场。这真像在江南猛然听到评弹开篇一般，令人惊艳。

　　往前多少年，平潭都是作为前沿对待了，既然是前沿，就不能搞建设，这么大一个岛，几乎没怎么发展。2010年，比厦门岛还大一倍的平潭岛，成为省里命名的综合实验区，后又被列入国家发展战略。转山转水中你会感觉，平潭已变成一片热土，到处都是工地，很像初开始的深圳。眼看着多少年后，一座现代化新城就要拔地而起，成为台湾对面一颗耀眼的明珠。

各种机械正在紧张地施工，最壮观的是塔吊，每座桥墩旁都有一座，远远望去，简直就是一片黄色的丛林。当然，还有那个"建桥利器"，双臂架变幅式起重船。公铁大桥的建设环境太恶劣，钢桁梁桥传统的散件安装方式根本不行，为了将重达1350吨的钢桁梁整孔吊装，中铁大桥局历时3年、耗资3.4亿打造了起重能力达3600吨的起重船。从上面看着专为这座大桥量身定做的巨无霸，心中涌起莫名的感叹。

上船在海上绕了一圈，却是绕到了大桥的下面，通过高高的扶梯攀上去，就到了宽阔的平台上，平台是建桥的辅助设施。支撑平台的一个个柱子，已经爬满藻类和贝类。搭建平台的那年，是2013年。平台旁边就是高耸的钢筋水泥大桥，所有施工的工程车辆，都是利用这个平台。平台早晚都会拆掉的，还有平台上的塔吊。当然，离去的还有那些日夜奋战的劳动者。

我同一个头戴安全帽的工人聊起来，他已经在这里奋战了四年多，海风熏黑了他的面庞，但他的面庞是英武的。他说你看这平潭海峡，它是世界三大风口海域之一，每年6级以上的大风超过300天，几乎天天刮，最大的浪差不多有十米高，而且水深流急，建设条件比杭州湾跨海大桥和港珠澳大桥都恶劣，被称为建桥禁区，但是你看都过来了。他指着马上就要合拢铺轨的大桥笑着，话语中藏不住建桥人的自豪。两只海鸥扑闪着羽翅从他的头顶飞过，他像老朋友似的扬了扬手。他说他参与修建了很多大桥了，尤其这20年，中国的建桥技术与速度明显比过去提高了。他说他的师傅过去建不了几座桥就该退休了，而他的建桥记录早超过了师傅。这座桥2019年即可完工交付，他又将奔赴另一个新工地。

工地的人散布在庞大而漫长的骨架之上，显得十分渺小。时不时有哨音传来。一块块云涂抹着蓝色的苍穹，海浪在下面翻涌。刚刚肆虐的台风，似乎对这里构不成任何影响。

快了，这头扎向大海的巨龙，高速铁路与高速公路就要在它的托负下发出昂奋的声响，将远处的希望带来。

三

我把目光投向了苍茫之中，那有一个让人时刻关注的彼岸。我已经毫不怀疑现代技术，能够打通一个跨越海峡的海底隧道。远处来了一艘船，是从对岸来的吗？平潭是海峡两岸"三通"的综合枢纽和主要口岸，已经开通的"海峡号"快船，是我国第一艘高速客滚船，豪华舒适，可乘坐760名旅客、装载260辆小汽车，从平潭到新竹只需一个半小时。还通航了全货轮运输的"台北快轮"，从台北港直航到平潭，仅要6个小时。

平潭岛上有极好的天然沙滩也有极好的天然良港，说明这里既可追求生活的品质，也可拓展经贸空间。平潭人说，平潭已经建立了台湾创业园，为台湾青年来平潭创业提供园地，也正在建造国际会展中心，定位于承办富有海峡两岸特色的精品展厅。此外，平潭已经举办了海峡两岸生态论坛，海峡两岸中医药学术交流论坛，举办了两岸职工自行车赛。还将打开"台车入闽"自驾游的绿灯。平潭将成为两岸最为活跃的经贸区。

我遇到一个年轻人，他叫"黄长安"，原来长年在外打工，现在回来了。他说平潭不同于过去，有了很多机会，再不回来就晚了。现在平潭正在建立国家级海洋牧场示范区，建立三级综合性的大医院，而且海峡旅游学院也在加紧建设，更别说那些星级酒店和度假区。他说不少像他一样的打工者不再出去，而是在家门口找到了自己的位置。

不仅是平潭人意识到了这一点。我在宾馆读到了一篇文章，那是一位台湾过来的创业者写的。他说他时常在海峡那头遥望相隔68海里的家乡，在他儿时的记忆里，有张灯结彩的商铺、琳琅满目的小吃、喜庆吉祥的狮舞，小巷的尽头，是他温暖的家和翘首盼望的母亲。他19岁离开平潭，奋斗出了自己的事业，却做了大半辈子回家的梦。终于回来了，母亲却变成了一座坟茔。为了这眷恋的故土，在平潭大开发的热潮下，他投资了"龙凤头海滨度假区""坛南湾海滨度假区"，盼望着家乡的明天更加美好，家乡亲人的生活更加富足。

台湾和大陆，是割不断的骨肉亲情。已有更多的台湾人赶来，致力于共同的福祉。"80后"台湾青年许清善在平潭成立了自己的服装设计公司，"90后"黄柏豪来平潭一家旅游公司担任了招商经理，这个公司有一群台湾青年，他们正在利用北港村的石头房子搞旅游开发。他们说，平潭正在建设国际旅游岛，对他们来说是一个很好的机遇。

在岛上不时会看到海外的游子，他们这里走那里看，显现着无尽的兴致。或许有一些人，正在考虑与这个岛相关的未来。

四

返回的时间是在白天，得以看到岛上的情景，那是一片片丛林一般的现代化建筑，以及一片片石，一片片水，一片片绿，一片片蓝。

潮平两岸阔，两岸关系和平发展是有利的正路。只要发挥一下想象，就可知道不久的将来，平潭会是什么样子。

黄柏山

一

黄柏山，你是姓"黄"名"柏山"，还是炫炫的黄柏长满天地间？你苍莽雄伟，挺拔峻极。我走向你时已经先有人走向你，那是时间与文化的巨人，你至今还记着他的名字，我甚至十分相信那伟大的思想是在这里得以修炼和成熟。他站在黄柏山上，让黄柏披一身霞光，横看整个天下，我顺着他的目光，看到的只是另外的天地。我知道，一个人要想觉悟，必须要来黄柏山这样的地方，住一住，站一站，喊一喊，他喊道："自借松风一高枕，始知僧舍是吾庐。"我也学着他的样子，让嗓音啸成一片山水。

我还知道一个人，这个人或许比李贽来得更早，他以一片金黄的袈裟换取了一片佛教天地。那片袈裟美丽地飞翔起来，托举着无念禅师和法眼寺，黄柏山从此有了沉沉钟声和缭绕的香烟。

早来的人还不只是无念禅师和李贽，还有张元幹、袁宏道等先贤，他们都把黄柏山看成了思想的贮存处和境界的发祥地。

我到了一个去处，那个去处叫"息影塔"，据说是为无念禅师而建。息影，无念，好有意味的地方，一点点走去，仍然是高树环抱，雄黄一片，瓦楞间，一座高塔叠叠上升，走进去渐渐就没有了自身，完全地融入一烟禅宇。"白棒藤条明见性，萝卜白菜悟真经。"禅师清心寡欲、参禅悟机的无念之为在此联中遥遥而出。

于是上山的路，便有了重重叠叠的脚步，有了怀想和祈望。我也是带着怀想和祈望来的，在一个深秋的早晨，在那条已经被无数脚步踏响的山路上，我大口地呼吸着满含哲思满含佛祥的气息，我觉出了那种不同于其他山峰的气息，那是黄柏的气息吗？

我倒是在法眼寺前先看到两棵巨大的银杏树，它们高扬着自己的叶子，让秋风一片片洒落下来，瞬间就洒落一地辉煌。有的叶子飘向更远，一些就落进了下面的天池，天池皱起涟涟清漪，映照了整片的天空。水被山托着，远处还有一池水被山搂着，鸟从上面飞下，直直射入水去，未到水面却似熔化在了烟雾间。来的人把自己映进去，同黄柏山合影在一起，他们就觉得，自己也成了黄柏山的一部分。

二

绿在山上蔓延，一直蔓延到山巅，山的流水在绿中徜徉，一半流往黄河流域，一半淌向淮河流域。黄柏山就像一枚纽扣，把黄淮文明系在了一起，把北方劲烈的风、南方湿润的雨系在了一起。它独立于霄壤之间，襟连着湖北、安徽、河南。

黄柏山，你完成了大别山系最美的描述，由此我知道了大别山的高度以及广度，知道了这或许就是那些心向往之的缘由。

黄柏山的周围，还有金刚山和汤泉池，那是一刚一柔的环卫。在汤泉池的竹林中我奢华地享受了一次沐浴，仰头看天的时候，我似看见了那片袈裟，它从黄柏山上飘过，环绕着飞展，将无数美好和祝愿覆盖下来，让我周身通畅，神气升扬。

同山在，有风一起吹，有雨一起淋，有喊一起呼。直把人做成了山一样的境界。山太沉静，太空阔，夜晚同一座山相伴，该是多么的安稳。黄柏山醒来的时候，我还在睡着，云霞盖一身锦绣，山风拂一脸朝露，深吸一口，竟不想再吐出。

我已经弄不清楚我来在了人间还是天界，我想象一个人那样住下来，但是我尚不具备先贤的思想准备和精神担当，我只能是一介凡夫，仰看着黄柏山感慨它无限的高大和无尽的神秘。

我经过黄柏山的一条峡谷，峡谷里松风振衣，涛声激荡，怪石林立，斜木旁枝，顾了脚下顾不到头上，看了这方看不到那方，逶逶迤迤就觉得由此便进入到无限奥妙与深邃中去。但是黄柏山不会让你在此时终止奇美的想象，它在前面以一条巨瀑做成影壁，将你一路的慨叹化为一声惊天霹雳。

实际上，黄柏山的瀑布你是惊叹不完的，只要你敢于往深里去，就会有或长须或飘带或银河的天水迎着你。

怎么还有层层的梯田，田间的小村？在袅袅云蝶的山腰，不是云在动吧？是梯田拉着小村在飘移。长久的岁月，已将其精致成一幅艺术画作。画作里的人，似也具有了道骨仙风。

三

黄柏山，我担心走来的人太多，打搅了你的清净，我担心李贽走过的小路变成大道，影响了他悠远而艰难的沉思。我不知道为什么有着这么多的担心，黄柏山，还是因为对你的崇敬吧，我觉得你是一座神秘的山，是一座佛光普照的山。我怎样才能表达出我对你的想法？就像我喜欢一个人，不想让这个人成为大众情人一样。

洞头

出了温州机场，开行近一小时，车子驶入了一道堤堰，这堤堰有十四五公里长。对面不来车的话，很黑。接我的志强说，堤堰两边都是海。海却是能够看到轮廓的，海使得堤堰更像一条黑黑的甬道，车子钻进去，不知何时能到头。听说十年前还没有这个堤堰，上岛全需坐船。车灯将夜打出了一个洞隧，长长的幽谧的洞隧。洞隧的尽头，就是洞头了。

洞头是一座美丽的岛，不，是一群美丽的岛。早晨，雾气迷茫中，一些岛屿睡美人一般，还没有从好梦中醒来，有的仰卧，有的侧卧。有的则被什么心事搅醒了，正对着太阳的古镜梳妆，木麻黄的长发左甩一下，右甩一下。好半天梳理不完。

雀麦草、芙蓉菊、笑靥花将路旁连成了一道喧闹的艳丽，露珠的闪耀中，一个女子从山脚升上来，继而一个个女子从山脚升上来，阳光透描出她们的飒爽英姿。《海霞》电影尚在童年的记忆里，原不知道，海岛女民兵的故事，竟是出自洞头。叫"月兰"的连长姑娘，现在已经成了七十岁的老人，队列里是月兰的孙女。海防前沿的洞头少女，依然以成为女民兵的一员为荣。这是一个有着真本事的集体，经常在各项比武中夺冠，月兰的孙女就是射击能手。

一个红衣小女倚在门口，闪着汪汪无邪的眼睛望着来人。想起那群女民兵，感觉这是又一个未来的小海霞。小海霞身后是个小店，里面正传出那首《海霞》插曲：高山下哎，悬崖旁哎，风卷大海起波澜，渔家姑娘在海边，练呀么练刀枪……

休渔期，渔民还是起得很早，在海边忙碌。晒紫菜的圆萝，好大一片地晒在滩头，远远看，像成批的太阳能光板。潮水退去，露出阔大的滩涂，渔民们单腿划着泥涂船，像梭子穿梭在黑亮的绸缎间。浅海地带，被一些渔网扎成了块状的篱笆，篱笆使阳光有了一种网格的特性。几个汉子在将渔船架在火上烘烤，而后上漆。快出海了，深海的味道在他们的心里闹腾。

当地作家施立松说，休渔结束的时候，千艘渔船竞相驶出港湾，像春天开犁，将海面犁出鳞波万顷。白色的海鸥跟着船飞，船似被万羽牵引。那种壮观，让人看着心里开花。

一色的石头房，高低错落在山坳里。有些房子已经很老，依然挺立着岁月。房上盖的不是石片而是瓦，岛上的人对瓦似乎有着格外的亲近感，为防止海风侵扰，他们在瓦上压石头，密密匝匝的石头成了另一种装饰。有人在旁边起新居，身影一起一落。

在东岙渔村的沙滩，三个驴友钻出帐篷，听了一夜涛声，他们兴奋地冲着海发出一连串的喊。喊被海送了回来，在港湾里绕来绕去。好大一只螃蟹从沙堆里钻出，喊使它较早结束了一场幽会。

又看到了木麻黄，那是岛上的柳，满岛都是这种植物。在仙叠岩，还看到了相思树，像举着一面面旗，向远方打着旗语。对面是直立千仞的半屏山，此时在光线里一点点展开，海将它托成一壁赭红。"半屏山，半屏山，一半在大陆，一半在台湾。"洞头是蒋军撤离最晚的海岛，这里离台湾一百多海里，离钓鱼岛二百来海里，与台湾语言相通，习俗相似，人缘相亲。台湾也有个半屏山,难怪岛上会长那么多相思树。

立松说,你来的时间短,大瞿岛有郑成功的练兵场,龟岩峰有宁海禅寺,双峰岛、北摆岛是有名的鸟岛,还有竹屿岛、观朝山都是好景致,要坐船去的。下次再来吧。海岛人真会留悬念。

黄昏的时候登上望海楼,那般雄伟的望海楼,抬高了洞头的海拔。上到最高处,眼前一派开阔,整个洞头尽收眼底,那是一幅全景山水图。

你没有见过这样的海景,太阳在这边下沉,飞溅的红光悠远凝重,月亮在那边上升,飘紫的紫霞古雅清新,恍惚间分辨不出,哪个是要落的,哪个是刚起的。海在展现它们的同时,也展现了海的博大。由此我知晓了古人为什么要修此楼,因为它构成了天下少见的奇观。难怪他们敢说,"气吞吴越三千里,名贯东南第一楼。"岳阳楼、黄鹤楼只能望江,即使有叫此名的,也是一面望海。惟洞头望海楼,可四面观波、八方听涛。几经沧桑的望海楼最早建于一千五百年前的南北朝,秦始皇那时还没有这楼,所以他看不到真正的海。

现在,海变成了一片嫣红,像无数鲜花撒在巨大的容器里,花在翻涌,花瓣散出不同的红,有的深红,有的浅红,有的金红,中间一道丽彩,尽头就是那个圆润的夕阳。

渐渐地,白色的云镶了蓝色的绲边,那么鲜艳,世界陷入了一种魔幻状态。蓝色不停地泼洒着,一会儿将白色压住,海天都成了藏蓝藏蓝的。不久,黑色的云团斗篷一般苫过来,和蓝色混在一起。哪里漏网似的露出一个洞,一抹光束泻下,那是黄昏最后的亮相,而后水袖一甩,洞很快被黑色修补,整个大海和天空黑成了浓浓的一体。

渔火点点地亮了,这里那里,像眨眼的星星。近处,有人点了一盏水灯,接二连三的水灯瞬间漂满了海湾,像一个个心灵悠悠远去。那是渔家在祈福。洞头的民俗专家邱国鹰先生说，洞头很多的民俗，至今一直保留着。比如船上敬妈祖，出海迎"头鬃"，比如七夕，在洞头不仅是乞巧节，还是成人节，一个个十六岁的孩子被仪式祝福，在喜庆的器响中，感到成长的快乐。邱先生引我在楼里看龙灯、鱼灯、迎火鼎的节日用品，看敲鱼、猫耳朵、巧人儿等渔家美食，使我融入了洞头幸福祥和的氛围里。

想着"洞头"的名字，这个名字美妙而有意味，我在悬崖下看到过一个洞口，波涛涌灌，响声如雷，没有谁知道水洞通向哪里。洞头所在的海，是与大陆三江相连的地方，还是浙江第二大渔场，洞头是以县名冠名的省级重点风景区，有着一百多个岛屿的洞头是大陆的珍珠项链，是大海的精美诗篇。难怪台湾的余光中来，激动地说洞头是"洞天福地，从此开头"，倒真是贴切至理。

大大小小的岛，暗夜里像一只只船，横着、竖着、斜着，聚在洞头的周围，近处的岛被隧洞与桥梁连起来，连成一朵莲。岛上的亮光洒在水里，像莲叶晃动的水珠。

月亮升高了，在岛上看月感觉更近更清。能看到台湾的半屏山吗？耳边听到邱先生吟诵的诗句：好屏半在洞头县，残壁一遗台岛滨。欲唤归来犹隔海，倘为离去若亡唇。两边相望茫茫水，何日才逢璧合辰？我的心里起了一股暖潮：但愿人长久，千里共婵娟啊！

月的周围云波涌动，接天连海，而海里也有一个月，望着的时候，闹不清哪个是真正的月亮了。

雾气缭绕，感觉望海楼在上升，不，是整个岛在上升，升成一个虚无缥缈的人间仙境。

去神仙居体验天姥

一

这么多年，那个《梦游天姥吟留别》的地方，似乎在名山大川中退隐了。看这次发来的行程，竟然有"体验天姥"的安排。是它吗？台州的朋友岳清的回答是肯定的，岳清说你要来的神仙居，以前叫"韦羌山"，古时称"天姥"，因为山上有无数石头仙人，当地百姓便把它叫成了"神仙居"。

想起"仙之人兮列如麻"的诗句，便立时精神抖擞，不顾连日劳顿，急呼呼地来了。飞机快降落的时候，云层间有一片神奇又神秘的隆起，还没待看清，它却重新没入了云中。

二

出台州机场上了高速公路，不久便进入一片山阵。隧道一个接着一个，像钻进了魔王的肚子。那个诗史中轰然作响的山，竟躲得这么深幽，也就知道，想一睹天姥真容，并不容易。李白当年若来，更不知要费多少艰难。

无论怎样，人们对它的亲近感，早超越了无数名山。你看，我带着那些诗句，已经在兴奋地攀登了。

最初的感觉，它不是那么粗犷狞厉，倒是芳华俱现。昨晚住在神仙居，鸟与黎明一道醒来，各种怪嗓奇音填满了山林。不由拉开门窗，让这清脆与清风灌进房间。你就听吧，你简直分辨不出那是哪种鸟声，全搅在了一起。

山路两边，杜鹃挺着一树红翼，颤颤地动人。石楠边开着细碎的白花，边让自己的叶子变红。还有杜英，更是会在叶子上做文章，当地人叫它"入夏红"，尚未入夏，红叶早落了一层。更多见一种藤，这里那里，缠着挂着，藤上好看的紫色花，很是有型。子干说是朱雀花，仙居人把她视为山花，不少器物都做成了她的样子。这样，抬眼望去，山水间就是炫炫染染的一片。千岩万转，到了高处，又看见了层层叠叠的白。问子干，说是刺柏，那白不是新叶，是花，波翻浪涌着年轻的阳光。

刚才见一块巨岩，刻有"太白梦游处"，谁到了那里都嚷着要留影，摆出各种姿势突出惊喜与欣慰。也就再次被提示，神仙居就是天姥山。而这时遇到一个亭子，说是微信亭，莫不是取李白诗句"烟涛微茫信难求"中的"微信"二字？虽然与原意不同，人们却要坐下来体验一把，将一路所照发到朋友圈里去。在一处促狭的山坳间，一队打着小旗的旅行团引起我的注意，他们说着完全不懂的话语。走在前面的汝晗回头说是韩国人，总有不少喜好研究中国文化的人来。汝晗的口气有种掩饰不住的自豪。话语又转到李白身上。岳清插话了，说明代的《名胜志》有载，王姥山在仙居界，亦名"天姥山"。这么说，李白就是奔这里来的？李白在鲁地游历，突然想要寻找那气势夺人的神山，虽水陆交接，数千里艰难，却心有不甘，还未成行，先梦游了一番。就此一首名作气冲苍穹，"天姥连天向天横，势拔五岳掩赤城。天台四万八千丈，对此欲倒东南倾。"是的，一座山，给了他可供梦游的底料，他才会将梦做得如此弥漫喧腾。我相信，李白与喜欢李白的人，都会感慨那个为他添汤点火的"越人"。

高处可见，这里遍布着道道裂谷，然后又是座座独峰。有的地方像是霹雳崩摧，有的地方突现洞天石扉。飞瀑惊吼，烟霞明灭。真觉是应和了诗中景象。早已无路可攀，若不是后修的栈道，新架的缆桥，怎能领略这山中奇观？风一忽披着一袭霓霞旋舞，一忽撞进一线天地嘶鸣。云海峰浪间，让人手抓不住，脚踩不稳，头晕目眩。谁这时高声诵起了诗句，随即有人响应，山谷里回声荡荡：青冥浩荡不见底，日月照耀金银台。霓为衣兮风为马，云之君兮纷纷而来下——

竟然就有"南海""北海"的称呼。人们从北海上，再从南海下，便会感知那海的无限起伏与翻涌。深峡与高崖处，山鹰飞不好都要折翅，人怎不心惊肉跳。但你转而于云端发现一座座天然巨佛，又会慢慢安静下来，让那仙气浸心入肺。

我问子干除了山鹰还有什么动物，子干说有獾、猴子，更多的是麂子，就是像鹿样的动物。这时子干让我回头，一座山石上，竟就有一个长衫飘拂的影像。山中如此多的元素，似在时时提醒，这确实是座同诗仙有缘分的山。

我上过神仙居近处的天台，登过赤城，都没有如此强烈的感觉。真的，在这里我甚至迷惑了眼前的现实。乘坐缆车滑落地面的一刻，仍觉是在一场梦中。

神仙居，或就是文神诗仙留梦的地方。这样，就会将那一柱云遮雾罩的天峰，也想作了梦游的李白。

三

魂悸魄动地下山后，进到一个个古村，一些老人还在里边住着，悠闲地望山看云，不知道时光是进是退，让人有山中一日，世上千年的迷离。

山上的水汇成永安溪，那是一条淡蓝的巨幅绸带，时有白鹭在绸带上缀影。五月初时，一片芬芳，不知什么植物发出。有说是含笑，有说是女贞，有说是楝花。这些花与水与村子组团，烘托着神仙居的氛围。

一座山被谁说道，被谁欣赏，或不稀罕，稀罕的是未曾登临而梦见。我还在恍惚，真的是这座山吗？网上搜了一下，发现三个地方都有说法，一个是"新昌"，一个是"福鼎"，还有就是"神仙居"。而李白梦游时，好像中国地理还没有确切的"天姥山"的名字，可见这三个说法都是后来出现。这让我有点"恍惊起而长嗟"，不知道该怎样表达我的意愿。不管他了，既然李白是梦游，到底哪一个更接近诗中所描，凭个人感觉吧。我只游了一个神仙居，就如临太白之境，觉得不枉走一遭。另两个地方，待以后再去认识了。

豆沙关

一

"豆沙关"，名字的好记或许因为那个豆沙包，像沙粒般的豆子做成的包子，成为一种可口的食品。而豆沙关呢？关上有豆沙包等你吗，还是说这个关隘细小，小得如一枚豆沙？来了听说，或许最早因一个守将，名字的谐音变成了这么生活的两个字。

MU5990航班的飞机在重庆机场起飞不久，便进入了一片大山的上空，那可真是层峦叠嶂，无始无终。飞机下降的时候，才能看清河流在山间穿过，蜿蜒如带。

我突然想起一个问题，赶忙问走过来的空姐，请问这是什么山？胸卡上看到她的名字：归旋。归旋很热情地听完我的问话，然后露出满脸疑惑，好像是第一次听到这个问题，不就是一片大山吗？归旋微微一笑，说我们一直在这片大山上飞来飞去，还没有人问起过，还真说不好。我说你问问其他乘务员。

她微笑着离去了，好一会儿，我以为她忘了，低头看报纸的时候，她弯腰站在我面前说话了，说先生，我都问了，确实都不知道是什么山，对不起了。这个归旋又笑着旋去了。

飞机在昭通机场降落，上了接站的车子，又在这山间绕。我还是想起了这个问题，因为对这片大山总有一个感觉。

乌蒙山，"乌蒙磅礴走泥丸"的"乌蒙"，就是这个山。云南的老作家张昆华说。

果然是那座横亘于云贵川之间的大山，我激动而又释然，终于见识了这座心中的大山！忽来忽去的云气，厚实的常绿的植被，将连绵的群山时常遮没得乌乌蒙蒙的，使它迷茫广厚、沉重阴沉，这或许就是它的名字的由来。这座大山太高太深，长期生活在此间的人们，也只是近些年才走出去见世面。

来豆沙关的路上，虽然是大山中盘旋，还是能够看到美好的景象，其中就有山间村寨和农田。布谷已经叫过，现在听到的是杜鹃。喜鹊刚成家，洞房搭在树上。路两旁有很多顶着鸟窝的树。近旁的树下还能看到木香花，瀑布样垂挂下来，闪着白亮的花珠。

这是一个喜庆的季节。

二

谁凭空一斧，劈就壁立天堑，中间一条水，叫"关河"，再下游叫"白水"，再往下就是金沙江。

从上往下看，或以为是关河冲开了重山，构成一道巨大石门，锁住古代滇川要道，故称"石门关"。或是水没处去，只有找到这道山隙通外。山险水不畅，挤挤涌涌，滩险浪急。上面一线天地，风钻进来，呜呜地哭，把人心都哭痛。

半崖挤着一个个棺材，古人不知用什么法子塞进了石缝，时光匆匆已过千年。

水急也得行船，船行到此，只得拉纤，一代代的拉纤人跟险关猛水摽上了劲儿，号子刺穿水浪，贴着石壁冲上天外。背上的绳子把崖石勒出道道苦痕，苦痕中热汗，瞬间凝固。一个当地的诗人形容拉纤人：穿不完的衣，是汗；走不完的路，是岸。

这是水路，再就是山路，说是路，比水路好不了多少的摩崖险途。远途而来，要翻越大山，绕不过这条路。路叫"五尺道"，秦时期修成，沿用多少年。

古人由蜀道入滇，此是第一道关，进入云南，再到缅甸、印度，是一条西南丝路的重要通道。

道在悬崖峭壁间，攀在其中，可以清楚看到对面的棺，往下看水，水成了一条细线。五尺道走了多少年，到如今还是瘦骨嶙峋，道上凸起的石头如狼牙狰狞，无处下脚。即使马蹄，也磕磕绊绊，到处有打滑的印痕。那印痕告诉你，似乎必先滑一下，才能踩稳一蹄。一蹄一蹄的坚毅，就那么往上攀去。更多的是人的脚步，无法印在上边，只是把一块块石头磨光，磨光却不能磨平，那些石头龇牙咧嘴不屈于时间。

倒是崖上那些石刻耐不住，去寻雨雪风霜。

一声重重的喘息，我让在了一旁，一个背山人过来，背一篓空心砖，一个石窝一个石窝地踏着，手上一根藤棍，走几步，就用藤棍支撑着砖篓歇上一歇。往上看去，竟有好几个背山人在攀登。

窄窄的五尺山道转到山那边去了，转过去还是陡峭的崖壁。无数个陡峭坚持上去，就有一道关口等着你。这个关口，就是豆沙关。放在以前，一张弓或一条枪支在那里，万夫胆寒！

不仅由川进滇，由滇入川也是一样，无以选择。我走的就是由滇入川这一段。所以这豆沙关历来让守者自恃其雄，让闯者望而生畏。你不见有一副对联：

> 万象交融西南锁钥无双地
>
> 泰山仰止滇蜀咽喉不二关

三

一位老妇在我的身后艰难地爬上来，她苍白的脸上缀满细碎的汗珠。我拍照的工夫她过去了，等我转过崖角的时候，发现她坐在石阶上。

我扭头看这位浴在阳光里的婆婆，看到了她的苍老。她是怎么攀过这五尺峡道的？她要到哪里去？她轻声地回答了我的问话，说到庙里去。难怪，心中装着信仰，才会有此坚毅的力量。佛在高处，她还得慢慢上。

一只鸟惊叫着刺棱棱从千尺谷底的水面腾起，腾不好就会刮擦了羽翅。那只鸟斜着翅膀，像一道闪电冲出峡关，翻个身子淹在了云间。

再往上看见了新修的高速公路。在这里它只能高架于山巅。这种现代化的穿越，对于古代文明来说，是一种无奈的破坏。

豆沙古镇在上边等待着，还有茶、辣子和歌声。

真的闻到那种味道了，还有幺妹爽亮的嗓门。

那么，再回头望望吧，还会再来吗？

洱　海

　　云南省作协办了个作家培训班，让来讲讲散文。云南省地方很大，每个地方都有特色。他们就总是将培训班办在不同的地方，这一次办在了大理。我来的时候，正是六月，六月的中原正在收麦子，一片热火朝天，而天又把火还回了大地，整个中原就汗水涔涔的。

　　到大理的时候，机上的广播说地面温度是十六度。还没有下飞机，就觉出了一片凉爽。大理这个时候不像中原，恰恰是闲时，稻子正在发育，果实刚刚丰满，人们没事就出来赶圩，或者到古城到洱海随意地走上一走。

　　我是第五次来大理了吧，每次都还是有一股新鲜感。人说大理三月好风光，我说大理几月的风光都好。大理不同于别的地方，就是既有山，又有海。山是"苍山"，名字叫得峻秀，"洱海"则叫得形象，洱海就像一只耳朵，耳旁加了水，满耳都水灵。

　　洱海是一个高山湖，但是当地人绝对不说"湖"，只说"海"。海多大啊。只要是深入内地的高原地区，人们把大的湖泊都叫"海"，海是他们的感觉和想望。洱海边的房子，他们说是"海景房"。去湖边，他们说是"去海边"。他们说，这次你要住在海边，房子里就能看到海。于是慢慢地，我也就将洱海视为海了。

　　住在海边，每天的时光都能看到洱海，而洱海在一天里是不同的，晴天和雨天也有着变化。有人说，洱海的颜色是随着云的颜色改变的。果然，天上是青色的云，水也是青色的，天上是玫瑰色的云，水也像一块好看的缎子面。而我有时候是先看水，水面是湛蓝湛蓝的，再看云也是湛蓝湛蓝的，就觉得是水影响了云。

大理的云绝对是海的形象大使，它总是团团卷卷地在四时展现着美妙的风姿。现在车展上都要有个"车模"，那云就是大理的"海模"了。真的，你在这里，说不清是来看海，还是看云，那种美妙融在了一起。

也怪，每天晚上都下雨，梦里淅淅沥沥的，早起开窗一看，苍山洱海，霞光万里，好像谁在你睡觉的时候轻轻来过，帮你掖掖盖盖地关照了一下，黎明前又悄悄去了，你竟然回想不起来，是否有这事儿。而那窗外灌进来的空气，却是格外地清爽，灌得满心满怀都是。这个时候要是再听到海边的白族山歌，你的心怀就更湿润了。

早晨，会有人在海边钓鱼，同时支起几根杆子，杆子就像画笔蘸在水里。鱼很少上钩，而人也似乎不在乎鱼是否上钩，只是坐在那里，让目光和心境迷离。竟然发现有人游泳，在海里水鸟样翻扑着翅膀。这时就真看见了海鸟，黑色的白色的都有，一忽沾下水面，又迅疾地飞上云端，一忽又从云端直射下来，玩着高空绝技。一只白色的大鸟竟就翩落在我跟前的石头上，绒绒的头晃来晃去，眨着好看的眼睛看我。我不懂它的意思，但我感觉出了它的友好。洱海边的鸟，见得多了，也就不会跟谁有生疏感，更不会有畏惧感。

黄昏在海边走，不仅看到大片的树、大片的苇，还有大片的蒲。还有一种绿色不知道是什么，问了才知道，那是茭。就是我们吃的茭白的叶子，那么雄壮的叶子下，是盘子里白嫩的清脆，真让人想不到。就是这么多挺拔的蓬茸的绿聚集在海边，左右地摇，前后地晃，像是集体大合唱，在摇晃着唱："大海呀，大海，是我生长的地方……"

海边那里住有人家，眼见一位女子，对着这片绿在梳头，梳子一遍遍地从上往下不停地游走，像冲浪的舢板，在享受那瀑。女子是否经常这样，不早不晚地对着一湖水作业？出来两个小孩子，小女孩追逐着小男孩，顺着弯弯曲曲的小径，唧唧咯咯地跑。谁的童年这般滋润，长大了会有多少回味？

哪里起了叫卖，还有听不清楚的什么小调，偶尔闪过的红白相间的衣衫，而后就看到了隐在哪里的招牌，白色灰色的瓦屋，丝丝飘散的炊烟。幸福感有时就是这样泛上来的，你这时已经忘记了你之所来，以为你就是海边的一员，即时融化进去。

就近走进一户人家，当门一个炉子上，正架着砂锅炖鱼，不用问，闻那味道就知道是酸汤鱼，主人说，鱼就是洱海里的鱼，炖鱼的水也是洱海里的，这样做出来才鲜美。还有洱海螺、洱海虾、洱海豆腐、洱海糕糕，只要沾上了洱海，就都是十分可口的美味。

一只小船解缆出发了，海绸被轻轻扯起来，越扯越宽，越扯越远。那绸缎上，绣着秀峰斜树，绣着落日风帆，绣着翻飞的鱼儿和无尽的暗蓝色的绲边。

夜静下来的时候，能听到这里那里的蛙鸣，或长或短的鸟叫，三两声情侣的笑声。这么坐着的时候，就感觉听到了云团的翻卷声，苍山的拔节声。

而整个的天籁，都装进洱海这只耳朵里了。

观音山

一

在桥头看了千亩莲花，心里还是满满的，上车打个盹，就到了樟木头的观音山下。一群怀抱鲜花的年轻人热情迎过来，一直把我们迎到山上迎到观音像前。

观音也是坐在莲花上，头戴宝冠，身着天衣，手持净瓶，那么慈祥。久久望着，会觉得山海起伏，林涛翻涌，观音在云雾间慢慢飘升。风悠悠吹过，似观音念出的禅语。立时化了一般，不觉所在，不知所往。观音的佛力，还是大自然的伟力？站在高山之巅，让目光排空而去，那是一片葱茏的绿、晶莹的蓝。天宇浩茫，风烟俱静。想观音坐在这里，如何不智慧慈悲，胸襟坦荡！

山上香火繁盛。偌大的香柱，高高过头，香烟在上，叶子样飘摇。那是一个个心事，在观音面前打开。打开，也就舒坦，拜一拜再离去，充实自在，馨香满怀。

怎么这里正好一山绿色葱茏，葱茏中一座观音？人说晚上的时候，近可观樟木头全景，远能眺东莞、深圳的璀璨。在这经济发达之地，人们多在奔波，心事繁重，腿脚少闲。有一座观音山，祈祷、修养、问禅，让那些嘈杂烦乱纷纷退去，只剩下清净、祥和、安宁，岂不是天地造化？

二

拜了观音，人们拐入一条山道，说是要体验绿色袭人的感觉。我不想跑了，年轻人中一个女孩就留下来，我们乘观光车慢慢下山。女孩说，老师，你应该去走一下，那可是一段原始次生林，苍茫连绵，独具特色，说不准，还能碰上什么珍禽异兽呢。

那神情，好像不走就错过一段人生佳缘。我显出了悔意。她又善解人意地笑了，老师，给你留一个想头儿，下次再来，我陪你再走，我们还可去原始的松涛湾，去看仙泉飞瀑，走一走天梯栈道，再体验一把高空滑索！这回我笑了，好，那就留待下次了。

车子停在一个转弯处，这里上山下山都很陡。旁边有休息的石桌石凳，坐下后女孩说，天热，你们要不来碗茯苓糕？同伴老赵可能以为属于山上的招待，就说好，吃点茯苓糕最好。

女孩跑去路边小店，一会端来几碗润滑滑的水糕。快吃吧，降降温。茯苓糕带点甜味，入口滑爽清凉。这个时候我才看见她在付钱。我说怎么能让你破费，她说，嗨，为老师买碗茯苓糕算什么。

心内不免感慨，女孩在观音山无非是个打工者，而她的好人却是为观音山做的。一方面说明观音山人的敬业精神，一方面说明她人的素质和热情。应该问问姓名，找机会点赞一下。

我说，怎么称呼你？女孩大方地脱口而出，"梅菊"，我妈说梅兰竹菊，梅菊好。当地人吗？不是，江西人，景德镇知道吧？瓷都，好地方。听我这么说，梅菊高兴起来。

我还是提出了刚才的想法。梅菊说，这座山是天赐呀，一千多年前就是佛教圣地，后梁时期山顶就有观音禅寺。梅菊的话语中带着某种自豪，好像自家是观音山的主人。

我说江西的山也好啊，庐山，还有三清山、井冈山、武功山。梅菊更高兴了，老师这么了解我家乡啊，可惜我都没去过。我上的最大的山就是观音山，哎，你们看那云！

几块厚实的云，像飞毯，正飘在观音的上方。一只鸟儿山顶飞下，转个弯又踅上去，如一片旋着的纸，把蓝天擦亮。

陪我们上山的这群青年，统一的黄T恤，热情得像团火，让人觉得，在这个群体是快乐的。说不定，梅菊男友也在其中。梅菊听我问起，就摇了摇头，说，原来有，又散了。说完捋了一下发梢，似把一段岁月捋掉。

烟岚从山腰袅袅攀升。一群老人乘烟岚似的，山道上陆续出现。我有些后悔不经意的唐突，转了话题，平常上山的人多吗？

梅菊看着那群人，我们这里是天然氧吧，城市里待久了，好多人都要来山上走走，换空气，换心情。你看，今天不是周末，来的人还是不少。

一个黄T恤小伙儿过来了，我说，你们一个部门？

梅菊说，我们是负责宣传这块的。像你们来，就属于我们接待。再比如我们每年搞相亲会，也要具体策划，相亲墙啦，玫瑰传情啦，为大家提供交流平台。说起工作她的话如流水，热情而顺畅。

想不到，观音山还有相亲联姻的活动。还真是，观音本就是为世间言好事的。

我身边的老赵笑了，有这个便利呀，为什么不给自己相一个呢？梅菊有些不好意思，呀，老师，那个时候光顾忙，照顾场面，招呼媒体的，哪有时间操那份心呀！

坐在她旁边的小伙子说，可以在臂上贴一标签：我是单身，看好选我。

梅菊笑了，忙乎半天，没人选你可让人见笑。不过，这不是主要的，主要是我还没能从一段感情中解脱出来。

什么意思？我们觉得有了故事。

梅菊给我们一人打开一瓶水，而后说，一年多了，我在自品苦果，怎么能有那份热情？感情这东西，陷进去容易，拔出来难！梅菊说着抹了一下眼睛，不经意似的，实际上抹去了一痕泪珠。

三

梅菊的话匣子并没有合上，谈了三年多了，怎么说也有感情了。先是好，好得不得了，后是吵，再后是分手，什么滋味都受了。最初那会儿，死的心都有，孤独、痛苦、迷茫，不知道怎么活下去，辞了职，就来到了观音山。为什么来观音山？禅修呗，想让心里沉淀沉淀。来了以后，每天都对着观音膜拜，念她大慈大悲，普救人间疾苦。慢慢地，就平息下来，眼里不再有泪水，流到心里的，也倒出来了。

梅菊说着眼睛看向远方，那是一条山隙，里面泉水淙淙，一道瀑布在更远处垂下来。

我知道一个女孩子，也是因为感情问题去了一座山，终是把自己抛向了悬崖。

一阵欢声笑语传来，几个年轻人互相追着，山道上跑来，他们中有男有女，年轻和快乐随意张扬。梅菊把脸转向他们，立时把那快乐接通了。

停了一会儿，梅菊又说了，我总觉得，人还是要有追求的，不能光沉浸在自我的小圈圈里。我慢慢喜欢上了观音山，观音山也接纳了我。这里没有落叶，天天满山葱翠，时时充满生机，情绪也就不会因季节而多变，正好适合养心。我在这里，每天被这样的情景感染着，就有了心劲儿，沉闷的心情少了，工作热情也高了。慢慢地，看见上山的人就觉得亲切，想为他们做些什么。搀搀他们呀，给他们讲讲观音呀，帮他们打打伞呀。还有爱情派对，每年都会有上百人成功牵手，老师你不知道，结果公布出来多让人激动！有个女孩，在现场哭得稀里哗啦的，为啥？跟我一样，感情问题呗，把自己封闭太久了。那女孩边哭边说，是观音山，给她带来了福音。

好啊，这么说，你是放下了。梅菊说，能放得下吗？我大学毕业就找到了好工作，你说幸运不？太幸运了，那个报社只在我们专业招两名。专业对口，工作环境也好，我们就是在工作中认识的。不是不得已，谁会狠心辞职啊。有一回我在山道上，忽然晃见一个熟悉的影子，我的心就一颤，赶忙向树后躲，差点滑下去。其实最后我也没弄清是不是。

梅菊咧嘴笑笑，笑得有些勉强。随即又将那勉强抹去了，我还抽了个签呢，人家说我往年一直为以前的痛苦埋单，新的一年会有好的开始，哈，看来我有希望了！梅菊笑了。我们也笑了。

说话间，人们已经来了，大家再次乘车下山。上山的时候没有注意山路的陡峭，下去时山风呼啸，观光车玩着一个个大回环。车上的人们闹着叫着，心腾在半空。到了平坦处，我们的话题还没有结束。常回家吗？父母知道这些吗？他们可是来找过你？

梅菊说，可想我爸妈了，现在才懂得他们养我多不容易，你知道，别人放假的时候我们是最忙的，越过节越回不去。其实从这里往我家并不远，也就十几个小时。

下了观光车，又去看古木展，一棵棵大树的标本还在与时间较劲，最老的来自汉代，不由得让人惊叹。走出来，梅菊还在说着。

我爸妈总想来看我一回，还想来看看观音山到底有多么好。我就想了，他们来了说不定一喜欢就留下不走了，呵呵。这回她忘情地笑起来，笑里有一种孩子气。

我们的车子开了。年轻人摆着手。梅菊说,老师,希望你们再来!

梅菊的一点黄,隐在观音山中了。

五店市的记忆

一

初听五店市，开始真以为是一个市的名字，中国的市越来越多，不知道的也不奇怪。然而到了这里才明白，它只是晋江市一个古老的街区。还有一个错误认知，来的时候春节刚过，全国大范围降雪，便想五店市也必是雪帽子顶在房上，化雪时一点点白里透红，渐露出瓦的世界。你一定笑了，一早来看五店市，才知道晋江地方，几乎没有下过雪。

不下雪的晋江同中原不仅有气候差异，性格也有了变化。人们不再只顾低头劳作，觅食果腹，而是发奋读书，求取功名，或闯荡南洋，置业经商。即使建屋也有区别，北方十分讲究坐北朝南，这里却可随情就势，且一别中原灰头土脸的沉实，一红到顶，屋脊张扬，雕饰精细，砖石也要带上纹饰。用现在的话说，就是有一种超时代意识。

二

最初由五间门店发展而来的五店市，早发展成遍布着民居、商铺、寺庙、宗祠的偌大天地。进来便看到灯笼还在檐头上红，春联还在门两边新，一间间房门早已打开，有的门口还有爆竹的青烟。

令人感叹的，不只是外在的壮观，还有它的内涵，蔡妈贤宅、朝北大厝、庄志旭宅、浼然别墅……这些美好追求的温暖呈现，是一部带有浓郁色彩的华章。华章中徜徉，有些段落引我稍作凝神，有些则长久驻足。

时间相隔，只有静，构成一种语境，似有身影一幕幕来去，身影隐在尘埃中，尘埃同舞动的阳光一样透彻。一切都旧在了那里，锦衾、绣枕、箱奁、暖手壶、发黄的照片、蚀底的水银镜……多少年过去，屋子里的人换了一茬又一茬，原有的美好仍旧保留着。

心中必是有一个信仰，才会在每一处都做得尽善尽美，哪怕一块砖瓦、一组雕刻、一个转角、一页窗棂甚或一块牌匾、一副对联。许许多多的完好与残破，拼接出曾经的辉煌与喧闹。

房舍太多，大厝太密。再次停下来，眼前是一处高大的牌坊，牌坊里一个大院和一个戏台样建筑。看牌坊两边的对联：十一状头直以高风辉岁月，千余进士尽收文藻佐江山。透出晋江非凡的文化氛围和掩饰不住的豪气。我欣赏这些通过考试入仕的才子，从大里说是为国效力，往小处言也是为乡里争荣。然而我更加感觉到，这些宅院释放出来的，还有另一种气息。

这气息来自侨商，这是闽南独有的群体。他们不甘于狭小天地的苟活，而把目光投向大海。巷子里转，眼前会出现这样的情形：窄小的屋门悄然开启，熹微的晨光，汉子挥泪辞别父母妻子，揣一包泥土轻轻上路。船离港的刹那，有的仰头向岸上望去，有的却含泪将头别转。他们可谓破釜沉舟般前行，过台湾，下南洋，以辛劳和汗水换取生命所依，以淳朴和智慧聚攒立身之本。最终有人以成功赢得另一种荣耀。他们的行为，说起来仍然是安身立命报效祖国的一种方式。谁能想到呢？在马来西亚、印尼、菲律宾那些较为像样的商铺、店堂、厂房，它们的根，竟然在遥远的晋江，或者，就在这五店市。

多少年后，不管回不回得来，他们都不忘改建老屋。你在这里起一处大厝，我紧挨着建一座高楼。有的起了一半停下了，不急，等有钱打来再建。其中一位侨商，是将金子卷进桶沿捎给妻子，数次周折才使大屋落成。

说实话，这些宅院都建得敞亮透气，让人觉出一种胸怀。这种胸怀遇大事便显现出来，抗战时期，为大国大家，刚刚计划建造的大厝便先行搁置，正在装修的楼房也即刻停下，捐出费用以御倭寇。有些房屋直到现在，外部装饰都没有完工，有的内部显得草率，有的根本就没有再建起来。可见侨商们即使有了钱，即使自己的血汗换来，也不忘本源，显现出中国人的民族气概。

我发现，多少年过去，有些房屋一直闲置在那里，建造的侨商并没有回来住一住。让人想了，真情的投注未必在于恒久的占有，只是为了在生命里留下点什么，或就是为了留下记忆。也就意识到，这些占尽风光的建筑，看似轻松地端坐那里，实则带有历苦历难的悲情、相思相念的回望，说到底，是无法隔断的血脉乡愁。

三

文士与侨商各具风格的房屋汇聚五店市，构成古典建筑艺术的神奇窗口，也构成人文色彩浓郁的独立天地。

幽雅的曲调自哪里响起，那是南音，那种携带了中原风雅又融合了东南海韵的唱曲，丝丝缕缕浸满街头巷尾。当然还有灵源茶、姜母鸭、沙爹面、芋圆汤的芳香，萦绕着绿树翠竹，让早春的五店市水气盎然。正在沉迷的时候，走来一群人，簇拥着一位华侨样耄耋长者，指指点点地述说，特有的闽南语，在热情里跳跃。虽然听不懂，却觉得亲切。岁月老去，感情依然。怀旧的人总能像回归的燕子，依稀找得到当年。这就是与晋江不可割舍的缘分。

一个池塘边，几位老人坐着闲聊，我加入进去，有位老太听说我来自中原，告诉说曾经去过中原寻祖，多少年前是乡亲！转出来的时候，一个打着幌子的庭院里，正在举行"百天"生日宴，欢喜着晋江的未来。

上到高处俯瞰晋江，竟发现周围有那么多峰岭为它护卫着：戴云山、紫帽山，还有灵秀山、大觉山、灵源山，让它显得既器宇轩昂，又灵性十足。还有那么多出海口为它铺展着，围头港、深沪港、东石港、安海港……说起来都是海上丝路的起点。看着看着就看到了五店市，那片红砖红瓦的独特境域，也就看出了晋江的大主意，在寸土寸金、大拆大建的今天，晋江专门留下这片可触可摸的记忆，可谓感情独倚。

真的，在现代化的繁茂与喧嚣深处的五店市，显现出了一种低调的华丽。

荒田苗寨的孩子

大山中的荒田古村，是一个红军到过的苗寨，在云贵川三省交界的地方。

1935年大年初二，村里人都记得一个麻脸连长带着二十多个红军来到了苗寨，不进家门，在大屋外面搭起帐篷，寒雪冷风中度过漆黑的夜晚。其他的红军以及中央首长则住在大山附近的扎西城和其他山寨。

麻子连长他们在屋外的帐篷里住两晚又走了。走时带走了三个人，三个人跟着说去当红军，去了不久又回来了，回来就还种田，还抽烟喝酒跳弦子舞。

现在苗寨里光剩下老人和孩子，年轻人都出门了，我们来到的时候，寨子门口，村长领着一群娃迎接我们，娃们穿着苗家服装，尖着嗓子唱：红豆采呦绿豆采呦，荒田深处怀春光啰……

寨子门口一副对联：

> 几缕炊烟几声牧笛
> 一泓秋水一寨风情

掩映在绿色中的房屋，灰白相间，灰的是瓦，白的是墙，在高坡间矗立着。墙壁上画的是年轻人鼓舞的场面。屋子里供着苗家祖先，他们原来在中原。

漫山遍野都是绿，红黄紫白跳跃其中。看见一种树，高大蓬勃，问了，叫"滇朴树"。

寨子说是有四百多口人，一座座漂亮的房屋却不闻人声。典型的苗家大屋的门上满是祈福的文字和刻画。有的里面专门做了布置，可以做客房，留宿客人。进到一间屋子，里面洋溢着温馨的气氛。村长说，真有外地人来住上两天三天的，他们喜欢这里。

村长带着我们这里走，那里看，路边采下一片叶子，说是草药。又带我们去看树，树是红豆杉，上百年了，在高高的坡上。坡下是一片刚开垦的地，一个老妇正用锄头一下下地翻。

回来的小路上，一个小娃走走停停，看见我们，吓得哭起来。他可能没有见过这么多人。村长说，他是去那片地里找奶奶。没事儿，去吧！刚刚两岁的孩子，一晃一晃地又向前走去，走走，还回头看看。奶奶停下锄头，冲着孩子喊起来。

一个一个大屋子又出现在眼前，屋内大都空了，看到的是留守的儿童。一座老屋的门上还贴着喜字，结了婚的新人也走出了大山。寨子里那些亮丽的姑娘们，大都在城市的机器旁了，她们不说，没有人知道她们是苗人。

猛然看见一个青年人，稀罕得很，赶紧过去。是个年轻的妈妈，孩子刚刚一岁，因为在家里带孩子，才没有出门，但是她说，她马上就出去了。孩子呢？孩子就丢给老人。问去哪里，说是去福建。寨子里不少人都在福建，孩子的爸爸也在福建。那些好看的房屋，难道是靠他们的收入得来？孩子天真地看着我们，而后看着妈妈，他不知道，妈妈很快就离开他，而后他要跟着奶奶在一起长久地生活。

一些走不出去的老人,守着寨子孤独的时光。走过几个老屋,看见一个老人坐在门首,长久地不动,也不说一句话。村长说,那是村里最年长的老人,她见过红军。老人像一页阳光,打亮村子的暗处。

小路上又跑来刚才那群唱歌的女孩子,这些留守儿童就在附近的小学上学,今天她们放假。她们最小的六岁,最大的十二岁,再大点的在更远的中学住校,平常不回来。寨子里来了客人,让她们充满新鲜和好奇,她们疯跑着,打闹着,玩着山里孩子自己的游戏。偌大的房屋里,她们与隔代的老人相伴,没有爸爸妈妈的身影。问她们一个问题,群口齐声地回答。

你们去过更远的地方吗?

没有——

县城呢?

也没有——

会采猪草吗?

会——

会做饭吗?

会——

想爸爸妈妈吗?

想——

问起她们的父母,有的一年能见到一面,有的几年都没有见到了。她们说起这些的时候,显现着平静的表情。问起她们最远去过哪里,回答多是只到过镇上。

你叫什么?菲菲。你爸妈在哪里?在新疆给人种地。多长时间没回来了?两年了。

你叫什么? 韩瑜。你爸妈在哪里? 在吉林打工。

村长过来了, 指着这个孩子介绍, 指着那个孩子介绍, 又指着一个叫"韩启鲜"的女孩说, 她爸爸打工时死在了外边, 她妈也不回来了。听得让人心里一热。孩子们一下子安静了好多。

咱们来唱歌吧, 有人打破了寂静。这群孩子又疯了起来, 叽叽喳喳像一群燕雀。

天渐渐暗起来。山寨终是要隐在沉静中。

我们要走了, 孩子们跑来送行, 送到寨子门口, 送到山崖边, 一直看着我们的车子离开。

车子一圈圈逛下去, 在山腰上盘旋了好久, 有人惊呼, 孩子们还在悬崖边! 回头仰望, 果然, 从身影中感觉那群眼睛还在望着, 那群充满稚气的眼睛, 没有任何杂质的纯色的眼睛!

进茶乡

一

进安溪首先见到了那条水，那条围脖样的清漪。接着就闻到了一股异香，其味可是安溪独有？

再进有名的中国茶都市场，满满的热情就迎过来，还有满满的茶馨，一整个的大厅都暄腾着。站在高处，会看到茶农一袋袋的新茶敞着口，像一堆花朵，聚成魅人的景象。到这里不怕没茶喝，到处都是邀请你的人。也就知道，这里为什么是茶都，而且茶是多么有名气。

筱聆说，你难道不知道？安溪是铁观音的故乡啊！我原本有些孤陋，听了筱聆的话，立时惊异不已。在这里走，到处可见"茶"的组团：茶文化、茶创意、茶食品、茶休闲、茶包装、茶机械、茶演艺、茶会展，好像无时不在提醒你，这是一个茶的世界。而茶的制作，是与"青"有关的：采青、晒青、摇青、杀青、揉青……茶与青，又构成当地人口中最多的一个词："茶青"。这茶乡的专有名词，诗一样富有表现力。

来到茶乡真的会醉的，你不敢沉溺于那氤氲的清韵和馥郁的兰香中。

人说安溪168座峰，峰峰叠翠，也就产生道道山溪，层层湿润。这对于十大名茶之首的铁观音是得天独厚的。我奇怪"铁观音"的名字，怎么就安在了茶的身上。是因为观音最有灵慧最为慈和吗？再给她一个"铁"姓，就愈加端重起来。

铁观音在水中舞动，舒展着她的妩媚与温柔，那是透心透肺的倾诉。喜茶的人也都会心会意，轻品细酌。这或许就是铁观音的效果。后来听到了铁观音的传说，我已不在意她是如何得来，我只在乎人们对她的态度。你看，茶商茶农正在为铁观音精心打包装运，让人想起600年前的郑和，带着这种茶品，意气风发地扬帆起航。

盘山路上，到处都是绿，可以说眼睛都被那绿染色了。那是茶园，一盘盘的茶林整齐地环绕在各个山间，而道路就像一条带子，将茶山扎出美丽的腰身。采茶女在其间，正翻动着手的玉蝶，你几乎看不见手的动，而只看到蝶的舞。

据说茶叶第一大县的茶园有60万亩，不到安溪真的体验不到茶山的壮观，那是连山连水的翻涌，接天接地的浪漫。

二

看着隐在绿海具有闽南特色的民居，我以为这里的茶农家家都过得富裕，然而筱聆说，手指头伸出来哪有一般齐？安溪虽然早入列经济强县，但还是有一些农户需要帮扶的，种茶还有技术的事情、制作的事情，还有买卖的事情，而且最需要帮助的人，多在深山区。筱聆说，安溪已经摸索出了茶叶合作社、农民讲师团与贫困户结合的脱贫模式，产茶制茶能人指导他们从基础管理做起，打造高标准茶园，同时在制茶、销售等方面提供支持和服务。筱聆也是如茶一般的妹子，不仅熟悉安溪茶，还写有茶的长篇作品，说起安溪，她总是充满了热情。

这样我就关注起那些大山深处的茶农来，我要看看他们现在的境况，以及筱聆说的帮扶的结果。细想起来，组织结对帮扶也不是个简单事，得有那么些热心人，还得有那么多好经验。

我在茶园里见到了农民讲师团团长张顺儒，他正在教如何用传统方式采摘茶青。穿着彩衣的女人们边跟着学，边快乐地笑。采摘完茶青老张又和她们探讨如何晒青。这个时候，经营"张品轩"品牌的张江宝风风火火地来了，张江宝有4万多亩茶园，听说家乡搞组团扶贫，特地从外边赶来要求加入。张顺儒的手握住了张江宝的手，张江宝的手很快又和东坑村贫困茶农张德雄握在了一起，他们有了一份扎扎实实的帮扶协议。

祥华乡是安溪茶叶重点产区，讲师团的刘金龙也蹲在东坑村茶园里，跟村民讲茶园管理的窍门，"茶树留高一点，不要种那么密，合作社上千元的茶都是留高的老树做出来的。"十里八乡的贫困茶农围在他的身边。他又讲自己的经历，他家原有零散的茶园十几处，采茶费力，更谈不上管理，他通过土地流转，把好茶园聚在一起，茶叶的质量也就上去了。茶农张良生显得特别高兴，他是一早就冒着细雨从山上赶来的，虽然家里有七八亩茶园，但是制茶技艺上不去。这回与制茶大师刘金龙帮扶对接了，该是多么好。

正是秋茶采摘制作的时节，制茶能人温文溪驱车80多公里，来到了大山深处结对帮扶的张艺坤家里，从采摘茶青，到炒制茶叶，细细地传递重摇青重发酵的理念，张艺坤边学边实践，逐渐掌握了提升茶叶品质的技术，很快制作出一千多斤好茶，被上山来的茶商抢购一空。

在茶乡走访，有一个明显的感觉，那就是乡情乡音在茶缘上显现出来，同为一个铁观音，不少人认识到了抱团发展的意义。

筱聆说，现在农民讲师队伍已经扩展到四五十人，累计巡讲超过500场。而且还有集体与集体的协助，比如举源、中顿、老固三个知名茶叶合作社,与共赢、珍山、新都安合作社早就有友情帮扶。筱聆说话的时候,我看到了一只山鹰,从高处盘旋下来,随后带来一层好看的云,云边裹着红黄的辉光。

三

效果是显而易见的,你不能不承认,这是一条同茶的发展联系极佳的路径。

站在新房门口,吴顺治畅快地笑着迎接来客。他的宽敞的房子里,制茶机器正在工作。说起以前,70多岁的吴顺治就感慨,虽然大坂村的茶叶名声在外,但身居深山,没有公路通上去,每逢茶叶收购时节,他就发急,茶不好卖出去啊。恒兴集团与感德镇大坂村结对后,将老吴等五户茶农异地搬迁下来,交通便利了,茶叶也打开了市场。

我们来到了湖上乡,看到茶农苏维金自建的小楼,小楼前停着新买的小汽车。走进他家专门的茶青房,一股香气扑鼻而来。老金不由说起了十几年前,他家破败的房子是用一块黑帏布遮盖着,哪有专门的茶青房?制茶就在唯一的卧室里。讲师团的刘学忠上山来收茶,看到老苏的茶青不错,只是制茶技术跟不上,就与他结成师徒,他家的茶很快就赢得了市场。再往后,刘学忠又鼓励他承包一些农户的茶青,这样一来,直接带动了身边30多位茶农。

再走进一个场所,琴声幽雅,气氛和舒,评审桌一字排开,整齐的盖碗泛出特有的秋香。这是正在举行帮扶产品考评赛,不仅检验帮扶茶农茶样的优劣,还检验与之抱团师傅的教学效果。愉悦的音乐响起,结果出来了,果然大多获得了认可。前面提到的张艺坤,他的茶样也拿到了优秀奖。一时间热闹起来,大家举茶共庆。

　　还有大师赛、茶王赛，都吸引了众多茶农。不只图那个奖励，而是要得到一个承认，看看互帮后的结果。我见到了杨连波，他的茶品摆在那里，你能感到他的心里的忐忑。原本是偏远山村的贫困户，通过与有经验的老茶师结对，他就像进入了一个新天地，心变灵，手也变巧。听说县上举办铁观音大师赛，他要来试试。真的想象不到，结果公布，他的茶品竟然进入了20强。他端着奖牌站在那里，合不拢嘴地笑。

　　茶本带有慈眉善目的温情，整个帮扶工作，也无不充满了友善与和谐。就这样，一个人带动一群人，一个村影响一片村，安溪的贫困村已由原来的71个减少到十余个，贫困人口数也在直线下降。

　　细雨湿润了整片山原，茶园更显得葱绿如毯。在茶乡游走是舒心的。茶是安溪的民生，茶兴则安溪兴。但是他们不掩饰曾经的贫困，也不张扬脱贫后的富裕，就那么扎扎实实地抱团取暖，将茶园一点点做大，将山路一道道拓宽，将小楼一座座建起。现在的茶农，更是学会了上网，学会了电商，让中国那股特别的味道，弥漫在五湖四海的温馨中。

马洒的色彩

我是在一个早晨来到马洒村的，我不知道为什么它会叫这样一个名字，这个名字充满了诗性色彩，让人发些无名由的联想。

早晨的阳光正洒在马洒的上方。转过那个山弯的时候，是一片起伏的梯田，黄色和绿色相间的色块闪亮了我的眼睛。我要求下车拍照，陪我来的熊廷韦说，你到马洒再看吧，有你照的。廷韦的话，加重了我的兴奋。

从山坡转过来的时候，马洒像一幅画展现在我的面前。

这是一幅油画，鳞次栉比的房子，房上的瓦是灰白相间的，中间蓝，四边白，远远看去，一个一个这样的房瓦构成了大面积的色块，这就是马洒的色块。不，马洒的色块还有小村边上的稻田，一大片一大片地闪耀在晨阳里。还有田边的小河，弯弯的流水绕过村子，绕过稻田，一直流向远方。水上一个水车，悠悠地转动着时光。一两个农人，几头黧黑的水牛。这些都构成了马洒的色彩。

我为这色彩惊喜得就差欢呼了。我顺着一条阳光照耀的村边小道跑去，我的镜头里出现了白围脖样的炊烟，烟被微风撩拨着，时而歪向这边，时而歪向那边。时而浓，时而淡。村子是坡形而建的，这炊烟或从高处覆下来，或从低处缭上去。

这么拍着的时候，就见白色的烟障里出现了一个肩背竹篓的妇人，篓子里是满满的衣裳,她完全地透视在了光线里。我正惊奇着,那女子就在崎岖的石阶上消失了,消失在黄色的稻田里。只留了一个大大的竹篓一晃一晃。稻田的那边,是暗蓝色调的弯弯的小溪。

正看着,又出现了一条小狗,小狗的后边跟着一个小人,蹦蹦跳跳地向上攀去。我也跟着向上攀去。石阶高高低低凸凹不平,但都磨得光滑,不知经过了多少时光。还有石阶两旁的老屋,都是石砌的,比起石阶更显出年月,有些老屋已经颓毁了,有些在哪里露出破败的光,但还住着人家。人家必是经过几代的坚守。而这坚守中看出了自足自乐。我这时就闻出了饭菜的香甜。由于天远地偏,这里从没有遭受过外力的破坏。这就使得马洒带有了原始的味道。

哪里有了音声,是那种古旧的曲调。廷韦笑着不答,只是随着我走。这个马关的宣传部长,总是一次次带着人来马洒,这里似乎是马关的一张名片。不过,我着实从这张名片上读出了不同凡响。廷韦外表一个秀柔的壮家女子,内里却是慧智多能。她总是想把马关的特色宣扬出去。

走着的时候,看到几个妇女从一个桶里舀黑黑的浆一般的东西。上前问了,说是靛,染布用的颜料。一个女子指着她房后生长着的一种绿色植物告诉我,就是用这些叶子蒸煮捣碎后做成的。我注意到女子身上黑白相间的彩色服装。马洒人还保持着古旧的织染方式。

人流汇聚处,是一处空场,像是多年间小村里聚会的地方。不大的台子上,已经聚起了一拨男女老幼,台下也是一拨男女老幼,台上的是村里的,台下的是外来的。

随着一个长者的一声唤,乐声猛起,浑然四合,将不大的一个小院灌得满满的,又从上方飞出去,扑啦啦一只鸟弹向了高处。

乐器是那种大胡丝竹,还有阮、琴和敲打器。曲子却是没有听过的老调。沉沉郁郁，沧沧桑桑，让人立时沉静下来，一直沉静到岁月的深处去，沉到内心的深处去。现场的静，越发衬出了乐曲的清，甚至一声弦子的拨动，一声马尾的断裂。那老者的胡须似也抖动出了音声。老者还在说了什么，我还是听不懂，我又似乎明白了这曲调的意思，这是马洒的意思，是马洒世代传播的意思。

那一声声敲打，一声声曲调，一声声唱和，感动了台下那么多外乡人。外乡人听出来了，这里边有生命，是丰收的快乐、妻儿绕床的快乐，是年关时的快乐，还是说不清道不明的那种自在呢？反正他们就这样唱着，吹着，打着，弹着，拉着。他们摇动着身子，摆弄着头颅，微闭着眼睛，享受着从瓦上滚落的阳光，和从田野里吹来的风。那个老汉述说着什么，我没有听懂，随着他的话音，一声月琴的柔从弹拨的女孩的指尖流出，我感觉那是从女孩的心内流出来的。那里边有爱的冀盼吗？

一群小人儿挤在人群中，这是马洒的孩子，他们眨着好奇的大眼睛，盯着外边来的人。我发现这些孩子一个个长得是那么水灵，眼睛都是那么有神，这是马洒的又一代。我要给他们照相的时候，他们欢笑一声跑走了。随着他们出了院子，他们并没有跑远，在小路边张望着等我，我再拍的时候，就不再躲藏，一个个把小脑袋挤进镜头。他们的身后，就是那片层层叠叠的彩色田园。

又听一声唤，小人儿又跑走了。他们跑去的地方是两个树杆子搭成的压压板。廷韦拉我过去，她说她小时候就这样玩过。压压板转起来的时候，我几乎叫起来，而壮家女子却在那头狠狠地笑。

马洒，在这里我感到了安详，感到了清净，感到了快活。由此我也知道了马洒人为什么生活得那么自在了。

那拉提草原的丹花

有人说，不到新疆，不知道中国之大，不到伊犁，不知道新疆之美。伊犁河谷是上帝赐给人类的一片宝带，上面洒满了翠绿和金黄，那是大片的湿润的草场和富饶的土地。我来的时候，阳光刚刚洒满河谷，草原泛着一波一波的光，就像一把喷壶在喷水，喷到哪里，哪里就光鲜起来。无边无际的草原一直铺展到遥远的山边，不，那草又上到了山上，一直翻到山的那边去了。

正愣神，一匹马踏踏地到了我的跟前。一个女孩翻身落马，一下子站到我的眼前。骑马吧！我来带你。我说，不用不用。女孩说，在那拉提不骑骑马，是要遗憾的。来吧，是管委会安排我来的。

我上了马，女孩并不松去缰绳，在一旁牵着马走。很快就进入了草原深处。一丛丛的白色紫色的小花在马的前后摇荡。我说，这是什么花？马兰花呀。女孩的口气似乎是，连这都不知道？我说，好漂亮的花。女孩说，我们那拉提就不缺草和花，你看到处都是糙苏、羽衣草、小米草、婆婆纳、金莲花，还有芨芨草，可以做笤帚的。女孩如数家珍地随意说着。

女孩显得热情而健谈，说，我给你讲讲那拉提吧，你知道那拉提是什么语吗？我说，维语。女孩说，不，是蒙古语。当年成吉思汗带领蒙古大军西征，由吐鲁番沿天山一路走来，正是夏天，却越走越冷，甚至风雪弥漫，这就极大地削弱了蒙古将士的士气，何况他们饥肠辘辘，失去了补给。岂料一过山岭，眼前出现了一马平川的伊犁草原，而且繁花怒放，流水潺潺。当时云散雾开，艳阳初照，仿佛到了另一个世界，人们不禁齐呼："那拉提，那拉提！"我说，我知道"那拉提"的意思了。女孩就笑，并不多说。走着时，一弯腰采了一朵黄色的小花举在手中，说，这你总该知道了吧？我说，蒲公英？女孩说，对了，中原这样的花最多。我说，你怎么知道我来自中原？女孩说，当然知道啦。

女孩摇晃着缰绳，脚步轻盈地随着马走上一面缓坡。坡上有一群的树，使草原一下子高了起来。那是什么树？我又问了。女孩说，野苹果树呀。啊，长苹果吗？长呀。女孩在笑，笑我的无知吗？可我真的是不知道。这次女孩先说话了：你看那是什么树？

在山的高峰处长着一种窜直窜直的树，有二三十米，有的达到了五十米。女孩说，那叫"雪岭云杉"，生长得很慢，一年只长一两厘米，那是那拉提的骄傲。随之女孩又说，看到那片植物了吧？她指着山坡上的一蓬蓬的野棵子。那是乌头草，毒性可大了，牛羊都不敢吃，吃了就胀肚，直至胀死。而且长得特别快，不管它渐渐地会吞没草场。我说，那怎么办？女孩仰头看了看我，说，所以得不断地铲除它，不让它长呗。我说，那要多大的工夫呀，那么多。女孩说，放心，人的力量总是大的。

我觉得女孩很有意思，她是一个很不错的导游呢。马随意地走着，沿着草原上走出的小路，小路曲曲弯弯，一会走上山坡，一会下到谷底，沿途就看到了好看的风光，低洼的地方，还有一道道的山溪，发出淙淙的声响。马走到那里，会低下头去饮水。女孩就说，你这家伙，又渴了，今天又没有累着你。

说是说，可以看得出来，女孩对这匹枣红马很是有感情。她不时地会抚摸着马的身子，有时还会摸摸马的耳朵。马很知道她的意思，将头扭过来伸到她的脸前表示亲昵。

我问女孩：小姑娘，你叫什么名字？女孩说，丹花，不小了，二十三了。我说，这名字好，像草原的名字。你对草原很是熟悉啊。女孩说，时间长了，就熟悉了。

我说，你是什么民族？丹花说，你猜？维族？丹花摇头，哈萨克族？柯尔克孜族？丹花还是摇头，说，跟你一样，汉族。汉族？那怎么能在这草原生根？丹花狡黠而神秘地笑。

我说，你会唱歌吗？丹花说，好啊，唱一支草原歌曲吧，随之就亮开嗓子唱了起来：

> 那拉提啊我的家，
>
> 高高的雪山呦走珍珠，
>
> 无边的草原呀开鲜花，
>
> 远方的客人请你留下，
>
> 这里有那美丽的姑娘，
>
> 和剽悍的骏马……

丹花的嗓音很净，净得像一片原野，草在摇曳，鸟窜上了天空。

我说，你的嗓子真好。丹花说，我还会唱河南民歌呢。是吗？一支《编花篮》的小调悠扬地上到了南山上。

我说，这支民歌是河南的代表曲子，你唱得很准。说明你对河南有所了解。丹花说，那当然，我还知道河南有大别山、伏牛山、太行山。我说都是大的山系。丹花说，还有啊，我还知道开封、洛阳、云台山、少林寺，对了，还有太昊陵。我笑了，都是中原的经典。丹花说，我还知道中原经济区，那可是国家战略。我说，你怎么知道这么多？丹花说，网上啊，没事就上网看看。这是一个有心的女孩子，身在边疆，却关注着全国，也可能是出于导游的需要吧。

远处散落着一座座蒙古包，那是牧民自在的家。我认出来丹花说的黄色的野油菜和紫色的勿忘我。丹花说，在草原的尽头，就会看到金黄的麦田和绿色的玉米了。丹花说，要是在中原，麦子早就收割了。对了，你看到薰衣草了吧，可多了，这里是薰衣草的故乡呢。丹花说，这里的人生活得无忧无虑，总以为那拉提就是天下的中心呢。一个大婶去了一趟北京，说，北京好是好，就是太偏了。嘿嘿嘿，咯咯咯，丹花笑弯了腰。似乎她总是藏着这个笑话开心。我也笑起来。

丹花说，看你的姿态，你骑过马。我说我在西藏、内蒙都骑过马。丹花说，你想看看我的骑术吗？我刚刚翻身下来，丹花就像一条鱼样腾落到马背上，枣红马随之箭一般冲了出去，马蹄将一片草叶甩在了空中。女骑手先是猫腰塌背，让长发狂泻成风，后来就纵跃起来，马的四蹄像是安在她的身上，原野里飞舞成一个健影。那影子霎时返回到我的跟前，身体高高弹离马背，翩然在一则落下。我简直惊呆了，这么娇弱的一个女孩，直可用"剽悍"形容了。

集合的时间快到了，和丹花告别。丹花说，再见老乡，欢迎再来那拉提。什么，你是河南人？当然。丹花一脸的认真。我吃惊了，这个黑黑的女孩子，完全像一个草原牧民，怎么会来自中原？

丹花笑了，说，咱是地地道道的河南周口郸城人氏，在家老三。我想着丹花的丹，是否与郸城的郸有着某种感情的关联。遂笑着问，常回家吗？丹花说，不常。出来的时候家里穷，顾不住，不出来不行。还是我们中原好啊，到哪去都不偏。我三年没回家了，回去一回太远，坐一天火车才能到乌鲁木齐，再从乌鲁木齐坐两天一夜到郑州，坐得腿肿老粗。

原来丹花是一个打工妹。丹花说，我出来得早，先到西安，河南人多嘛，后来又到哈密，到阿克苏，最后到伊犁，越来越远。为什么？肯定是有原因的啊。实话说吧，是为了情，跟着感情跑了，这世上，男男女女，不都脱不了那个"情"字？

现在？还是独个一人。说不上怨谁，二十一世纪了，处得好就处，处不好就不处。怎么不难过啊，跟了这么远，难过肯定难过，但日子还得过。

丹花顿了顿又说，我那时是导游，也愿意开开眼界，多见些世面。我说呢，她对什么都知道得详细，口才还好。丹花踩着石头跳过一条溪流，向阳的山坡上，又看见了蓬蓬棵。丹花说，我那时在昭苏，一气之下就辞了，来那拉提当骑手。我就这性格，我想打马撒欢，马狂奔起来，什么都忘了。初开始人家不接受，听了我的介绍，觉得我能讲，很快被他们认可了，一个女骑手还成了特点，来了重要人物，都让我出马。在这草原上，马是人最好的伙伴。

真是个有个性的女孩。丹花说，那时在河南不好找工作，都往外跑，现在都往回跑了，家里的变化太大了。我天天上网，一上网就看河南，老想家啊！丹花说着眼圈一红，背过脸去。一会儿又转过脸说，我可想回去，我觉得凭我的努力，不愁找不到适合自己的工作。

我说，能，你完全有这个能力。中原到处都发展旅游，清明上河园里就有马队，也有女骑手。当然，未必非要干这一行，中原经济区正在紧锣密鼓地加紧建设，很多方面都需要人，像你这样的，好学、上进还有见识，一定受欢迎。

丹花笑了，说，你这一说，我现在就想回家了。我要去就去航空港区，我知道那是一个新区,富士康、综合保税区都在那里。

　　远远地离去了,丹花还在扬手致意。天上有一只鹰在飞,旋着白色的云。丹花的性情,有着中原的淳厚,还带有了草原的狂放。我知道,她的心里一直有一个梦,是关于自己的,也是连带有家乡的,那个梦很大,很美。虽然她走到哪里都会爱到哪里,但中原人的家乡情结,仍然是深深地扎在她的内心深处。

南方最后一支马帮

在一个黎明即将到来的暗夜，安化的最后一支马帮出发了。

炊烟一点点升上去，白色的衣衫挂在黑色的一座座土掌房上。女人在门口流下最后一串泪水，马蹄的铁掌踏着斜斜的石板路，声响尖锐地窜到空中。听不清的什么话语撂了一声，马队越来越远。过了村野中的风雨桥，穿过落满黑鸦的古樟，再往前，目光瞭不到了。

马背上的黑茶一卷卷地叠压在一起，像现今的远程导弹。这些导弹将直接发往中国的西部，再远可达远东。只是速度是慢镜头的。要先经洞庭湖，再转运襄樊、老河口至泾阳、晋阳，然后再一直往西。

马帮的每一次迈步，都是一次定格。每年十五万担的产量，让这里的黑茶自享不尽，大小馆舍分布四周。马帮的作用可想而知。

早晨的阳光终于照射到马队行进的古道，石头垒砌的古道，映出一种红黄的颜色，这使那些马显得兴奋，尾巴一甩一甩，就把一些阳光甩到马屁股上了。马铃叮当，铜色的声音洒下来。马灯摇晃着，发光要等到晚上。

从此，不管人还是牲口，要在这条古道上打发时间了。

上世纪最后一次出行，他不知道回来后要把自己送到哪里去。资水和沅水的路不比古道平顺。但是历史就这样，一种事物必须有个截点，茶马古道的截点就止在了这一次出发之后。

或许这正合女人的心思，每次出行，女人的心就像那颗铃铛，不停地晃。直到有一天将男人晃回来，女人才会在男人怀里睡一个安稳的觉。

男人需要烦嚣，女人需要安静。而那条茶马古道，是需要被踏响呢还是需要安静呢？"安化"，或就是为这条古道而叫的，那是女人心里念出来的名字。

马帮人最后的安止点也许还是与茶有关，割舍不掉那种味道，那种味道早已渗入了感情的每一条脉动。于是，我随着那个曾经的马帮人走进了安化黑茶的制作基地。

依然是老旧而原始的作坊，让人立即产生一种亲切感，像在一个庄园里。一口一口的大锅，烟尘和着一股子清气袅袅上升。一束阳光从房顶上的黑瓦间投下来，像一股探照灯的光，上升的烟尘欢快地舞动。

干活的穿一色的黄色单褂，远远看了，以为是皇宫里走出的人，此刻黄马褂们正在豪狠地将乌黑油润的黑茶打包，先用防雨、防异味，又具有药用作用的粽叶包裹，而后打进那些竹制的筒子里，以便于长途运输。

粗大的筒子被一群汉子手脚并用地绞、压、踩、滚、锤，怎么狠怎么来，怎么狂怎么整，工序繁杂而具趣味性。力的较量，汗水的凝和，嘿嘿呦呦的吼，雄性荷尔蒙的挥发。

到最后一个沉重的导弹样的个子整完，那群汉子才会醉了似的东倒西歪。那一个个长约一米七，直径一尺多的圆柱体，将置于凉架上，经夏秋季节的七七四十九天日晒夜露，吸天地灵气，纳宇宙精华于茶体之内，自行发酵，干燥，而后再进入长期的陈放。

走进陈放的库房，一卷卷的竹筒，极为严整。天生妙境，我独沉香。深沉而宁静的黑茶啊，就差一江水。

黑茶在碗里缭绕，泛着暖色调的黑。这种黑有着一种别于他茶的诱惑力，就像黑牡丹，就像黑美人。不知道是这片土地的独特，还是这片水的独特。

一串串黑茶上路了，远方的大胡子的西方人正在热水蒸腾间热望着、畅笑着。东方人用这样的导弹，早已闯关夺隘了。

最后一次茶马之行后，古道安静下来。而黑茶仍旧以另一种形式，弥漫在世界的茶杯里。

难忘的梅里雪山之行

这些年，云南的公路建设发展迅猛，从昆明出发去大理、丽江以及迪庆（现在叫"香格里拉"），都是很顺畅的了，而且可以乘飞机抵达。但是二十年前，还不是这样，尤其去迪庆，不仅道路艰难，交通工具也不行。那个时候，旅游意识尚不强，或者说到这样的地方，还没有开辟旅游线路，如果要去，不是因为工作需要，就是个人甘于冒险。

记得当年是随着省作协的同行去参加在迪庆举行的藏族赛马节，从昆明出发，路上折腾差不多一天到达大理，然后在大理住下，第二天再往迪庆赶。同样是天黑到达。看了赛马节，想去著名的梅里雪山看看，当地派不出车子，就在迪庆乘坐长途车前往。我翻出了一则日志，后来我写长篇小说《卡格博雪峰》，也参照了这则日志，可同现在作一个对比。

一

横断山脉。汽车喘息着，艰难地随着山势盘旋颠簸。

早晨从大理出发，差不多快一天的时间了。心胸被重重高山挤压着，无有一隙开阔。天尤显得低，一朵一朵的白云像粘在山头的棉团。多少年修建的公路，依然狭窄而险象环生。

疲累的人们像疲累的车子发出重重的鼾声。唯我大睁着眼睛，同这部老爷车共同追寻着前边的道路。

路越来越难了。

是什么力量把这海拔三四千米的高山切割得如此危崖耸峙、冰峰峥嵘？

车子显得卑微而渺小，似乎顷刻间即被挤压成粉末。然而它又总是坚强地从拥挤的褶皱间像一只小甲虫趑来趑去，一直趑到下一座高峰的脚下。

一条宽阔的大江夺山而出，与我们并行。浑黄的波涛猛烈地撞击着壁崖，汹涌前去，咆哮的声音似千面劲鼓。

"这就是金沙江。"有人说。

金沙江即是长江的上游。它从唐古拉山的冰水流溪开始，一路劈山开石携水裹浪由北向南激荡直下，到石鼓的地方猛然折头北上，重新没入崇山峻岭。这时我才知道，我们是沿了一条当年长征的路线走着。

一条多么难行的路啊！

我的同伴很健谈，不停地与车上的藏民唠着问些当地的风土民情。他能听懂那些拗口的话语，回侃也很得体，不时发出爽朗的笑声。车子经过白芒雪山、玉龙雪山。他说这些山山水水让人怀想，只是没有亲临过梅里雪山和卡格博雪峰。他把卡格博雪峰描绘得险峻神奇，让人心向往之。所以当时选择是去西双版纳还是去迪庆，我听从了老作家张昆华的建议，毅然投入这一座座扑面而来的大山之中。

"你必须做好思想准备，车到中甸还有半天的时间，然后再从中甸出发，还得钻一天的山，天黑才能到达卡格博对面的德钦。这中间要翻越海拔四千米的雪山丫口，那里空气稀薄，缺少氧气，体质差的一般过不去，我就有两次没能过去。"他的话让我既惧怕又兴奋。

车子连续翻过几个山头，跃上了一个高坡，眼前一阵开阔，原来是个高山上的草原。车子停下，人们走下来活动腰身。

难得的草原上开满了各种各样的花，草更是绿得醉人。有一种开得又大又妍的花引起我的惊叹。藏民说："这花好看名字却恶，叫'狼毒花'，牛羊都不敢吃，一吃必中毒。"

我在心里啊了一声，差点消失了对花的美好感觉。实际上，花还是美在那里，那种自然的美不会因人的好恶而消失。一个生命的存在，是相对于这个能够供应氧气的世界，而不唯外物所取舍，这纯净的地方，更应该是这样。

我的心在净化。大自然是一个胸怀。

这里的海拔怕有三千米了。东岳泰山才一千八百米。

我还没有感到空气的稀薄，却感到了它的清新。云朵非常白嫩，棉絮一般，一堆堆地堆在草原尽头。尽头是山，青青的山现在变成黛色的了，像水彩画中浓浓的重笔。我尽情地拍着照片。这些照片洗出来，我敢说，本身就像是一幅幅逼真的油画。

车子休整了半个小时，又开动了，再有半小时的路程就是中甸。

车窗外的视野开阔起来。红色、黄色、紫色、蓝色、白色的花朵更加多起来，简直可以说铺天盖地。花海中隐隐约约可以看到一群群的牛羊，看到一小块一小块油绿的庄稼，看到一座座寒星分布的藏民的土掌房，还有一排排神话中的魔杖一般直插蓝天的青稞架。

司机放进机子里一盘磁带，藏族歌手金安拉姆动听的歌声灌满了整个车厢：

在那雄伟的雪山下，

柔情的奶子河流过的地方，

就是中甸香格里拉我的故乡

……

歌声一直向后飘去。车子就似一盘磁带，在山野间播放。

香格里拉，不是美国作家詹姆斯·希尔顿《失去的地平线》中描绘的人间天堂吗？书中提到是中国西南部边境一块美丽、自由的地方，按照歌子所唱，它或许就是在这里。

我们身边的藏民大叔是个当地人。此时正兴致勃勃地讲说着这片美丽的土地。这里海拔高、湿度大、日照时间长，加上土壤肥沃疏松，适合多种农作物及各种鲜花生长。他说这里一山分四季，十里不同天，你们慢慢地领会吧。

真是一片只能用心灵触摸、用诗篇和音乐感悟的地方！

二

早上六点坐上了中甸开往德钦的汽车，心里就开始激动了，因为离梅里雪山越来越近了。

一路上，除了弯道还是弯道，狭窄的山路上，不时会冲下来一辆满载原木的卡车。那卡车装得再不可装，承重的汽车钢板压得两头弯。我真怕严重超载的汽车轮胎突然爆裂或刹车失灵而滚下山去。车上的人说，路太远了，不这么装跑着就不划算。这也是一群探险者，胜了，就赚一笔，赔了，就将生命交出去。路上不断有山体滑下的碎石挡路，陡然迷路的山溪有时会在峭壁上一泻而下。汽车颠颠地从这些地方穿过时，车里的人们就会发出这样那样的唏嘘感叹。

一车的人装得满满的，这也许是从运原木同样的角度出发。

车子出站，一路见人招手就开门，不管车里盛不盛得下，直把车子塞成了沙丁鱼罐头，勉强关上车门才算罢休。司机倒挺仁义："大伙凑合点儿，一天就这么一班车，不拉谁都过意不去。"

车上的人大部分是藏民，强烈的紫外线留在每个人脸上两朵印记。大概是常走这样的山路，这些人一路上无所顾忌地说笑着，唯我们几个山外的提心吊胆，把满腔热望给了梅里雪山。

在这样的山路上，这车也真够冒险的。半边开花的挡风玻璃贴了好几块补丁，让人的视线在那里咯噔一下，行驶中不停地颤动着，随时都有再次开花的可能，前保险杠和车前脸接触的一半已经脱落，只用一条粗麻绳子捆了几道圈圈。"保险"只是个名誉了。

车子严重超载，有几次上陡坡，司机只好让门口的人先下几个，拿着石头跟在后边随时往轮子下塞，否则那车就退到了山谷里。那些山民似乎常坐这种车，已熟悉了这项工作。待车子挂上低速挡加大油门拐向陡坡时，这些壮实的汉子就立时把石块填到轮子后边，车子打滑后退，遇到石头停下来，就再下几个人，跟在后边猛推，直到车子发动机发着干咳的声音爬上陡坡为止。

这种危险的旅行游戏着实让人心惊胆战。老爷车随时都有抛锚的危险，万一哪一会儿刹车失灵……

不敢细想。

司机说，好车都发昆明、大理了，跑深山的车只能是快淘汰的破车，跑一天是一天。司机很老练，对山路也熟，然而时时冒冷汗的惊险总让人心中不安。按说应该是跑深山的车况要好才对，不过，这种车真的是进不了城。

车子过一个自然塌陷的沟坎，猛听到轮子摩擦车体的吱吱声，司机紧忙刹车。下车一看，好像是右前方车轴的骑马螺栓出了问题。右轮过沟时猛一咣当，轮子卡在了车厢上动弹不得。

车上的人下来发了愁。司机这儿敲敲那儿打打，最后让大伙推车，众人一齐用劲，左轮动了右轮却纹丝不动。

司机摸了摸后脑勺，爬上车去，加大油门向后猛一倒，车子从沟坎里倒了出来，再看那个右轮，竟然奇妙地复了原位。司机再次下来，往沟里填了几块碎石，加了油门又猛地向前一冲，开出了沟坎。这辆老爷车，就这样被摆平了。

我有些害怕，这轮轴已是活动的，万一上下坡错了位……

朋友说："听天由命吧，一路上只有靠这个工具了。"

车子好歹在午后晃到了奔子栏，这是个千里大山中的小站。藏民的房屋参差错落地散在金沙江的半山坡上，很有些异乡的情味。

前面要过雪山丫口了，人们只能在这里补充养分。我们要了一盘腊肉，一盘辣子鸡，一盘空心菜，两杯啤酒。

我们为旅行碰杯。

车子又上路了。

金沙江的咆哮渐渐远去。车子暹进了大山深处。山路更加险峻，不时会有临时坍塌的碎石挡住去路，有时还要钻过一阵猛然泻下的山瀑。

司机神情严肃。车子正发出沉重的喘息，像一个久病不起的老人在艰难地咳嗽。我感到情况不妙。有人说："放心，司机有经验。"

车子又开始爬坡，却是一步比一步艰难，司机把油门一踩到底，却怎么也爬不上去。汽车开始下滑，下滑……

司机出了一头汗，踩刹车的空间挂挡再上。几上几下，车子费尽了力气，终于在一阵剧烈的咳嗽一阵剧烈的抖动后，再没了声息。

车子坏了。

司机踩着刹车让人下去支了石头，掀开引擎盖开始修车。

我们下去看时，猛吸了一口凉气，那车子离悬崖边不到两米！

人们四下里散乱着。这里前不着村，后不着店。不少人围上去跟着司机着急。

半小时过去了。

一小时过去了。

司机早就钻在了车子下面，好长时间不见他出来，蹲下去一看，他竟然把连着发动机的传动部分都卸了下来，大大小小地堆了一地，车子的主要部件一卸，看来是出了大问题。

司机终于浑身油污地钻了出来，毫无表情地说："大伙看怎么办吧，现在我得走回奔子栏往公司要电话，让公司重新派车来。"

这种深山区，有手机也起不了作用。别说当时手机还是个稀罕物。

要走回奔子栏去打电话，少说也得两个小时，再等公司的车赶过来，最快也得七个小时，算下来，差不多到了半夜。

不少人从车上卸东西，有些人干脆往回返了，想回奔子栏住一夜再作打算。几个小青年则站在公路上拦车。那些车无非是进山拉木材的大卡车，一路暴土扬尘。

还真拦了一辆。山里的司机真好。

这是一辆敞着篷子的卡车，车子靠边上一停，有人就抓狂似的往上爬。

我的一条腿还在外边，车子就忽地一下子开动了。

车后旋起了很大的尘土，一会儿车厢里的人便眉上加霜了。此时还能顾那许多？一个个抓紧车帮看着前方。人在长途客车上还好些，这一敞阔，看着陡峭的山岩和飞旋的道路，直感到是在峰谷浪尖上。

三

终于站在了梅里雪山对面的飞来寺前。

中间只隔一条深深的峡谷，谷底便是著名的澜沧江。卡格博近在眼前，而我怎就看不到它的容颜？

卡格博峰的大部分一直隐在一片浓浓的雾气中。那雾气氤氲弥漫，恒久不开，想象不出有多厚。

一个小时又一个小时过去，那团雾障始终没有散去的意思。

昨天截了一辆卡车，到达德钦已经天黑，匆忙找店住下。今天一早便往这里赶，从德软到梅里雪山，还有十几公里的路程。搭乘了一辆破旧的吉普，也算我们的运气。

当我们站立在雪山对面的时候，那种心情是难以表达的。卡格博，见到你太难了！

卡格博是梅里雪山的主峰。梅里雪山自澜沧江边拔地而起，竟经过四个季节，从半坡上的农作物及植被便能看出。一直向上，就是皑皑的冬季了。云雾很大，现在只能看到春、夏、秋三季。"冬季"偶尔露峥嵘，一忽就被云雾遮盖。云雾极轻，如丝如絮，有时飘过峡谷，伸手竟感觉能抓住似的。云雾间露出的那段雪峰，仅仅是卡格博的腰身。

梅里雪山因一九九一年中日联合登山队十七名队员全军覆没而闻名于世。它的主峰卡格博峰海拔六千七百四十米，可谓是云贵高原的脊梁。别光看这个数字，似乎它离八千八百八十二米的珠穆朗玛峰还差一截子，然而它的相对高度就有四千五百米，登山线路长度与珠峰差不多，地质结构更为复杂，处处是刀削斧斫一般的峭壁，破冰冰川多，冰爆区多，冰裂缝多，加之它的气候变幻莫测，处于喜马拉雅山和横断山脉相交的顶端，极易产生强烈的上升气流，阴晴雨雪变幻无常，瞬息间可能是浓雾弥漫，可能又会大雪压顶，而后又会发生一次次的冰崩。可以说，上卡格博峰比登珠峰的路更艰更险。

基于此，珠峰被无数次地征服过，卡格博峰却仍是个处女峰。

我采来一束白杜鹃，放在藏民朝拜的祭台上。藏民们为他们心中的圣山表达着无尽的愿望。在这里，总是旌幡招展，香火绵绵，彩色布条系成的长绳扯出一道道精神的光焰。每年冬季，藏民都会举行仪式、焚香伏拜。于是就有了一九九一年的挑战者：中日联合登山队。虽然他们一如美国挑战者号航天飞机，在探测人类险峰中失去了生命，但那种拔地冲天的勇猛和不惧任何险阻的征服力量永远撼动着这个世界。

朋友正在询问那些焚香的藏民，藏民说，卡格博雪峰很难露出全貌，它天天月月年年都陷在无尽的雾气之中，就是他们也很难看到它圣洁的模样。

我们听了不免遗憾。藏民说："你们是远道来的吧？这山是神山，只要心诚，说不定还是能等到的。"他讲十世班禅来飞来寺望卡格博的情景，班禅只是默念了几句，轻轻拂了拂手，云雾便飘飞走了。

我也试着闭目默念，然后轻轻拂了拂手。睁开眼睛看，雾气却未散去。我知道我没有那道神气，尽管我心很诚。

我们就那么定定地坐在岩石上，默望着裹在云雾里的卡格博。

云雾仍旧长期不开。

有时候那浓云飞奔的架势像要离散而去了，但随着又有一些浓云填补了空缺，像是在拥挤着排队赶场。

尽管没有见到卡格博的全貌，但我们还是看到了那道低纬度冰川，它晶莹剔透，在阳光中泛着光泽。据说冰川离顶峰只有几百米。这就很让我们满足了，因为看到冰川也只是几分钟的时辰。

我是借助别人的一架高倍望远镜看到的。

高倍望远镜将那雾团拉到近前，感到有一只大手在挥洒涂料似的东抹西甩，雾气自然是流动的，只是云团太厚，流动的只是那山峰千重云衫中的外裳。临近中午的时候，神奇的太子峰（卡格博别名）才开恩似的露了一下半腰悬挂的冰川。那低纬度的冰川银光闪闪，多数还是冰壁，冰壁的下沿，一准是融冻的冰水，那冰水顺着山隙一直流向山底奔腾咆哮的澜沧江。那冰川的出现也只是几分钟的时间，一会儿便又被云团遮没了，再也没有露面。

我想到了那个情景，我曾经看过资料，当时中日联合登山队已穿过了险峻的冰川，穿过了难以立足的碎雪层，越过万丈悬崖之上的喇叭形丫口，在冰壁上开凿出一条通道，在海拔四千六百米处建立了一号营地。而后又建立了二号和三号营地，在海拔五千五百米的山脊上再连续奋战五天，艰难地跨越了一堵十多米高、近九十度的大冰壁，建立并进驻了海拔五千九百米的四号营地。队员们在云层顶上向卡格博主峰望去，真个是晴空万里，日暖风轻，卡格博银芒闪烁，近在咫尺。队员们见登顶在即，欢呼雀跃，兴奋万分。

登山队中日双方队员斗志昂扬，决定抓住时机，取消建立五号营地的计划，直接向主峰进击。队员们组成了第一梯队，第二梯队，一律轻装，连续向主峰作最后的突击。一个新的世界性奇迹即将出现！

就在此时，主峰四周暴风骤起，霎时笼罩在一片雪雾之中。突击队已上到海拔六千四百七十米的高度，距离顶峰仅剩二百七十米。

多么可惜的数字，如果在地面，短跑运动员也许只用数十秒的时间就可创下世界纪录,而对于登山运动员来说,却是难乎其难。

在这样的气候条件下,只好一直后撤,一直撤到了三号营地。也就从这天起,梅里雪山地区连降大雪,这充满神奇色彩的卡格博终于施展起了神威,将自身遮盖起来。三号营地的队员们曾向大本营报告,营地积雪已深达一点二米,帐篷被积雪埋没了三分之二,队员们每小时轮流出帐篷挖雪一次。

这也是最后一次的消息传递了,之后大本营便再也听不到三号营地传出的任何音讯。

国家调集了各路好手组成救援突击队,也只到达了一号营地。空军出动了飞机,多次航拍,雪山四周只是一片银白。

分析认定,大雪当晚,山上发生了巨大雪崩,将三号营地覆埋了。十七名勇士同卡格博雪峰永远地融为了一体。

在雪山脚下,我们看到了一块不大的石碑,碑文写着:首次向梅里雪山挑战的勇士在此长眠。

十七名勇士的精神是伟大的,他们向卡格博峰挑战的过程即显现着某种意义,他们是以后征服卡格博峰的解说词。

四

跑了千里远,终还是回头了。气象预报说,卡格博区域将有连续性的暴风雪,并将伴有较大的雪崩。德钦的天气猛然变阴并且开始降雨。人们说,凡遇连续的暴风雪,十天半月好不了,而且会影响整个雪山地区,弄不好就出不了雪山丫口了。

卡格博峰永远在我的遥念中。

当地人不也是说,卡格博峰常年云遮雾障,很少有露峥嵘的时候。我想这也好，世上许多美好的东西几乎让人类探察完了，大自然的宝物越来越藏不住了。长江漂流了，黄河漂流了，怒江大峡谷之谜揭开了，雅鲁藏布江大峡谷也探险了，珠穆朗玛峰再无神奇可言，长江源头几乎成了旅游胜地……

我回头了，我满足地回头了，我为卡格博留了一个很长很长的想头。

一晃又是多少年过去，我再没有时间和机会去梅里雪山，二十年前的这次经历，始终留存于我的回想中，这是十分难忘的经历，而且，再也不会有这样的经历了。

凝聚着血泪深情的侨批

  站在汕头侨批文物馆门口，尚不知"侨批"是什么。我在心里琢磨着这个新鲜的词，而后迷惘地走了进去。进去才知道，"侨批"原来是海外侨胞通过民间渠道及后来的金融邮政机构寄回家的汇单，只是这种汇单能够同时写信。

一

  那些历史的页片，雪花一般涌来，填满我的视线，我听到了血脉流动的声音，伴随着海潮的翻涌，整个展厅像宽大的船舱，不，像一个世纪的某个部位，我深陷其中。

  眼前出现了一群人，他们聚集在洋行门口等待卖身出海，有些人在拥挤，有些人在犹豫，有些人在兴奋。签了契约的劳工一群群走上踏板，踏板在颤动，送行的心也在颤动。有人在呼喊，有人回头，而后还是决然地扭过头去。简陋的船舱里，满是闯南洋的人，他们就那么一个挨着一个露天坐着，沙丁鱼一般。船开始离岸，那些眼睛看着越来越远的岸，充满了迷茫。

  南洋的码头上出现了一群肩扛背驮的人，破旧的衣衫，淋漓的汗水，痛苦的表情。

而这边，一群群的家乡人仍在离乡远渡。

想起柳宗元的《捕蛇者说》，知道艰险还要迎受？中华民族，在多年的战乱以及夷族欺凌中经受的太多，他们甚至把南洋的一个小岛都看成了稻草。

在"每逢佳节倍思亲"的节日情怀中，他们面对故乡，捣头而跪。这一跪使他们永远地成为一种象征，故乡和亲人只能留在梦中了。多少忠骨，埋在了异国他乡的荒冈上。

我似乎看见了那个眼神，那个扭头顾盼的迷茫的眼神，依恋显现在迷茫的后面。船终于还是远去了，去向没有答案的终点。那个眼神却永远地留在了岸上，刻骨铭心！

所以我觉得侨批是与那个眼神有关的，甚或说侨批就是那个眼神的延续。一封薄批，几句嘱言，加上微薄的血汗钱，成为海外游子对家乡亲人的拳拳之心。

自船走后，水边就有了仰望的身影，一天天，一年年，无论早晚。那些瘦身弱影下，往往还有更小的影子，像斜树下长出的枝丛。

终于有一天，一个批脚走来，叫着谁的名字，天地一下子豁亮起来。

二

那个时节，"批一封，银二元"，是田间小儿跑着唱的民谣。下南洋谋生的人到达目的地，会先写几句话和两元钱一起寄回老家报平安。

然而乡民们看到，一封侨批到了，批银竟然只有一元，连二元的吉利偶数都凑不齐。就这区区一元，还是"有若、贤若、木声三人腰金"，这三人，许两个是兄弟，一个是表亲，三个人凭着一身力气并没有换来念想中的银钱，几乎到了山穷水尽的地步。接到这一元批款的亲人，心内或许比他们更苦。

往家寄款是侨批的重要内容，一个侨批寄来港币150元，交代是要分给46位亲友作为新年礼物。一人分得虽然有限，但还是高兴的，有了说道的资本，那资本不仅是亲人平安。

见到这样一封批书，开头即写"自从二五出门庭，两个余月无事领"。出门不见得就能顺利找到营生，这与先行签好契约的劳工不一样。怕家里惦记，还是寄回了这封侨批。"叹望家山不见踪，欲作家书意万重。雁行折翼愁千种，情怀另与旧时同。"远渡异邦的无奈，愁肠百结的倾诉，凝结在侨批的词句间。这许是个念过书的人，越念过书的痛感越真切，情感越淋漓。不少人出去怀着一腔大愿，很快地被现实击碎了。不能回去，资金和颜面都拖累着，只好将苦水咽进肚里，同多舛的命运继续抗争。

去往印尼的陈君瑞寄回的批文上写了一个大大的"难"字，后面两行小字："迢迢客乡去路遥，断肠暮暮复朝朝。风光梓里成旧梦，惆怅何时始得消？"心内和眼中无限放大了的难，多少经历多少心绪都在其中了，原想着还能很快地风光乡里，现在看来已成梦境。

也有女性出洋的，或男人长久不归追随而去，或随长辈兄弟出去。陈莲音给母亲的侨批中，忍不住流露出"街边卖霜尚无从维持生活"的艰辛，寄往家中的一分一文，沾满了雨露风霜，暮色黎明。

终有闯南洋成功的潮汕人。上世纪20年代新加坡李泽煌寄的400元龙银，让侨批局吃惊不小，可是相当于几十家附寄批款的总和！这样的人自然也带动了亲族或者乡邻，最终成为家乡的骄傲。

三

侨批业的兴起，是顺应海外侨民的需求，就像现在的物流快递。最早出现的是水客，水客就是漂洋渡海帮人捎信带物的，以自己的诚信维持生计。侨批局也多是利用了这些人，这些人必得再苦再难，也要保证客户的侨批不被遗失。谈起批脚生涯，尚健在的批脚徐允生至今还记得人们在村口张望的情形。而且人们对批脚都很友好，远远的跟你打招呼。遇到拜妈祖等节日，还会请你坐桌吃酒。

海内外创办最早的潮帮批信局，是1835年新加坡的致成信局。据《潮州志》记载，截止到1946年，新加坡的潮帮批信局已有80家。晚一些的是柬埔寨，1931年开始有第一家潮批局，到1946年有4家。老挝的华侨人数一直上不去，侨批业也难以发展，业务往往转至越南或泰国办送。这样，自1946年统计，越南的潮批局有25家，印尼有76家，泰国有118家，马来西亚最多，达到了126家，几乎遍及马来西亚各地。由此想见，批信局多的地方，潮汕人就多。批信业务的中转站设在哪里呢？香港。香港的潮帮批信局也有22家之多。

到了潮汕当地也有相应的侨批局，这是一条龙的业务线。翻看早年的《潮州志》可见，各县都有侨批局，有的多达10家，潮阳和澄海都有13家。汕头最多，73家。汕头1860年开埠，贸易逐渐繁盛的同时，观念也在变化。一些人进入外国商行、商船工作，渐渐又去往国外。像被什么传染了一样，你家有人出去，寄来了侨批，我家也要出去试试。殊不知，跨洋过海，并非想象的那么容易。

多数侨批是找人代写，就像我小时看到的邮局门口坐着的代写书信者，侨批内容包罗万象，有为刚出生未谋面的孩子取名的，有要求赎回被卖女儿的，有鼓励孩子发愤读书的……一封封侨批，浸透着海外侨胞对家乡亲人的一片深情。当然，也有国内侨眷惦念海外亲人，望眼欲穿的回批。

澄海侨胞陈鸿程从泰国寄来的侨批中写道："母于上月底不幸跌伤，

势颇严重，恕儿在外未能晨昏奉侍，实深遗憾。"有些批信千言万语，有的却只有寥寥数字，如："我在你勿嫁"。一种什么口吻呢？命令还是恳求？男人在外辛苦，女人是已娶的媳妇，还是未婚的？不知道女人见此侨批何样心绪。实际上在家的盼望和等待之情更甚于海外。有一个琐碎的细节留在了历史的记忆中：一个批脚黄昏时分找到一家房门前，拿着批信大叫着主人的名字，没想到从屋里冲出一个淌着水的光身子，两眼直直地盯在那封批信上。阿网的母亲什么时候想起来，都为那次的失态脸红，阿网父亲去南洋谋生，一直杳无音信，急切的盼望都快把人盼疯了，那声呼唤竟然把洗澡的事完全淹没，大脑的空白全是那封沾满风雨的批信。

为了连接潮汕人的情感，侨批局克服艰难，坚守信誉。1939年汕头被日本占据后，海外寄往潮汕的侨批仍不间断，其中一条汇路是从印尼经香港，然后走韶关到兴宁，再走揭阳到汕头。辗转可谓曲折。抗战结束时，百废待兴，批信常有积压，批局急侨户所急，先以快条形式将批银先发，而后再送达批信。这种严谨不知救了多少急，解了多少难。

有俗谚说，"海内一潮汕，海外一潮汕"，海外潮汕人现在遍布世界各地了，而且与潮汕本土的人口相当。如此说来，潮汕的风韵，潮汕的精神也播扬在了四方。所以一说潮汕，就等于说到了一种特有的文化。侨批成为其中的册页。只要一说到侨批，老辈人都会记得，几乎家家都有留存，最先的留存，不定就夹藏在贴身的衣袋里。该将这些侨批留住，何时翻看，都会翻出一个民族曾经的苦难、情感与精神。好在有人这样做了，他们走村串户地上门寻找。没有想到的是，虽然经历那么多风雨，那些颤巍巍的手还能在箱底摸出泛黄的信笺。有的老人割舍时还流下了眼泪。看着那些侨批，依然感觉有温度散逸出来，字迹的温度，喘息的温度，眼泪的温度，念读的温度，呼喊的温度，还有夹藏的温度。

福建、广东与海南三省分布在世界各地的侨胞有数千万之多，我所接触的只是属于潮汕地区的部分侨批。大量的侨批还散落在民间。

四

走出那个大门，忍不住再次回头，感觉在和谁告别。侨批，它该是连通着金融和邮政史，连通着海外交通和移民史，更是连通着民族的苦难史和发展史。天下中国人是一家，什么时候，感情的纽带都不可断裂！

青天河红叶

一

青天河，一条隐于太行山间的水，清冽，充盈，激荡，深情。坐船游览，山形嵯峨，胸怀壮观。一个弯处过去，另一个弯还在等你。

船头有一对情侣，始终依偎在一起，转弯的时候风大起来，两个人还是站立不动，让人想到泰坦尼克号的爱情场景。女孩穿一件黄风衣，衣角舒展在风中，衬出她袅娜的身姿，男孩一手搂着自己的心爱，一手扶着栏杆，不时地冲着峡谷喊叫。到了惊险处，女孩也跟着喊。

船上还有不少老年人，打着"夕阳红"小旗的导游不停地引导着他们的兴趣。

那一条碧水，悠悠地像一条晶亮的蓝色缎带，一直要飘展到天上去。天上是什么？导游说会更有一种新奇。

峡谷峭壁上，我看见伸出来的红叶，就像是消息树在传递着某种信息。

看青天河红叶，妙处就是先走河，在河上看水望山，万丈深泓的水和刀劈斧削的山，让你过足眼瘾，使足想象力，而后才让你弃船登岸。青天河是序曲，碧水蓝天、高山奇峡、云烟红叶，才是这大美景观的雄浑交响。

二

水边一条走廊，下船近处观水，曲曲弯弯，别有趣味。快到尽头，一条小路引你往上去，越往上，越是看到了英武雄奇的山，层层叠叠，无限远近。层层叠叠的，还有漫山遍野的林木，被秋染得红红一片。

霜气漂浮着，气氲氲的红，让人想起黄栌的另一个名字，"烟树"。烟云雾绕的烟树加上槲树、火炬树和红枫，组成一个色彩的世界，它们交错其间，你一丛，我一簇，不把这太行染遍不算数。这样你就分不清哪是云哪是霞哪是花，只有满眼的红艳。

红艳把小路挤窄了，似乎那不是山间小路，而是一条拉扯着风筝的线，直把那风筝放到天上去。

一声清脆，青天河射出一只鸟，高高地击中一朵云团。云团炸裂的瞬间，阳光陡然散发出来，满山满谷都亮了。云团像开着玩笑，这里散开一点儿，那里散开一点儿，山原就一层一层地变换着不同的色光。

起风了，那是一山红色的响，叮叮咚咚，声涛震撼。看得久了，会觉得整个山原像一汪海，推涌而来，红色的浪起伏跌宕，使你有一种压迫感，而后又翻卷而去，漫漶无限。

到了近处，极目不能远眺，重重山原重重红色遮挡了视线，但是你知道，太行山的那边是王屋山。到了近处会看到红叶的细部，阳光将红叶画得多么干净。有一单枝，只有两片叶子在那里摇，说不定再有一阵风，就做了两只蝶，漫山遍野地飞了。

不要以为红色只可观赏，有些红色就直接进入了生活，山楂挂满了树梢，柿子红灿灿地打着一树的灯笼，山葡萄嘟嘟噜噜的散发着诱人的清香。还有一种红果，红得能看到薄皮里满满的汁液，稍一加力，甘甜就会喷涌而出。进山的时候，看到半山间掩藏的民居，民居多老旧了，但是能够感觉出多少年间的悠然与快乐。

三

不知道从哪里涌出来那么多的年轻人，在这红叶丛中钻来钻去，显现着他们的欢喜和爱恋。真的，这大自然中的叶子是一种精神符号，我曾经在一篇写红叶的文章中说："红叶的生长与成熟，同样是一个艰辛的过程，一如人生。风的洗礼，雨的荡涤；幼小时的挣扎，逆境中的奋挺；寒冷时自己为自己取暖，成功处自己听自己的掌声。红叶，秋的代言人，代言着深涵、阔达、乐观，代言着饱满、成熟、凝重。""打开一个夹着红叶的本子，里面许会有这样的话语：我把我的青春给了你，我把我的爱情给了你，我把我最后的火热给了你，我无悔。"

在一个悬崖边，我看到了船上的那一对男女，他们捡拾着一片片红叶，然后在红叶上各自写了什么，喊一声，同时向山下放飞了它们，那些叶子便冉冉而去。女孩儿转过身的时候，脸上挂满了泪花。

那一队打着夕阳红小旗的老人在我的前面，兴致勃勃地登上了最高处。远处红海中有人大呼小叫地奔跑起来。我身边的几个"夕阳红"也发出了噢噢的叫喊。他们此时被满山红红海感染得早已忘我。我也随着忘我了一回。这里那里的声音相互碰撞着，交流着，全都染上红红的色光，在空谷中飞，飞到峡壁上散裂成脆亮的回声，又一片片飞回来，撒在那些叶子上，那些叶子可劲儿地欢鸣。

我的心随之灿烂起来，我不知道我喊出的是什么，而且也听不清那些人喊的是什么，所有的声音搅和在一起，混成一片天籁。让人忽而想起广陵散，广陵散那悠远浩渺的长音，不就是在焦作这片山水间奏响的吗？

　　我似看见一个人，停下车子，赞叹着"霜叶红于二月花"，不知道杜牧可否来过？红叶给人带来的感受是不同的，"晓来谁染霜林醉？总是离人泪。"莺莺与张生送别的地方离此不远，她是把一怀别绪写在这红叶上了。那个叫"嵇康"的人应该来过，他载着酒在这片大地上随意漫游，说着一些疯癫的话语，只是不知道见了这红叶有什么感慨。竹林七贤得益于这片山水。还有一群太极拳手，将这片山水舞成一种禅语。

　　我看见了青天河与太行山绕成的太极图，山峡处，越显得高崇与深幽。

　　有一条山瀑流过的痕迹，石壁被磨得十分光滑，若果顺着石壁滑下去，就可以到达青天河的佛耳峡。这么说，整个的佛身又在哪里？

　　定定地看这满山红色，会看成一朵硕大的花儿。如果这时你再看青天河，会觉得那绕着山原的一峡碧水，就像一环叶子，陪衬着这一团锦簇。

清江水上郁孤台

昨晚来的时候遇到了大雨，从机场一直到宾馆都没有停歇，甚至下了一整晚。梦中醒来还能听到狂暴的雨声。然而再次醒来时，却换成了叽叽喳喳的鸟叫，那叫声可谓脆亮，带有雨后的湿润。其中一种鸟鸣夹在纷乱的声音中间，发出伊呀呀——恰恰的悠扬长音，像是主唱。推开窗子，一夜雨的荡涤，空气更清新了，如鸟的歌吟没有一点杂质。

开门走了出来，到处是清新的树木和花草，南方的气象十分明显。沿着小路逶迤而去，一股芳香就在路上灌了过来，开始以为是花草，实际上还有树发出的，不是一种香，有的馥郁，有的带着一种苦味，还有的似有黏黏的感觉。

前面怎就出现了一个高台，蓊蓊郁郁的树荫间耸立着。顺着一级级的台阶攀上去，渐渐地，竟然看到"郁孤台"三个大字。好一个郁孤台，是辛弃疾笔下的"郁孤台"吗？别的地方没有听到过，也没有见到过。

台子的位置，在一处古城的角上，上到楼台能看到蜿蜒而去的苍灰的城。这就是红军当年花了不小代价也没有攻下的城墙了。墙很厚实，行人可在上面往来穿行，城外就是浩浩汤汤的一江清水。

以前读到"郁孤台下清江水，中间多少行人泪"，就感到郁孤台同"行人泪"联系在了一起，郁孤台似也成了抑郁孤独的代言。心里想，怎么就建了这样一个台子, 让孤郁的旅人有一个落泪的地方, 还是因了哪个人而有了这个名字?

多少年来, 郁孤台成了一种空间的东西, 没想到竟然实实地矗立在了我的面前。

八百年前, 满腔苦恨的辛弃疾曾站在这里, 怅叹出一怀愁绪。这里离内地实在是太远, 与我所在城市不通航, 我是先飞上海然后转飞过来, 这样也折腾了一天时间。到达时迎接我的已是晚上如注的大雨。辛弃疾则是从杭州出发沿长江溯赣江南上, 他那时在江西任职, 必在舟船度过长长的时光。一日停船在万安造口, 那里离赣州不远了, 暮色中传来鹧鸪声, 遂想起了郁孤台, 禁不住将一腔悲悯书在墙壁上。万安我去过, 有着"惶恐滩"的险峻之地。不知辛弃疾是怎么挨过险途十八滩, 生出了"青山遮不住, 毕竟东流去"的感慨。

又有鸟的叫声传来, 是我刚听到的那种发长音的鸟, 不知道是不是鹧鸪, 鹧鸪的叫有似"行不得也哥哥"的意思, 所以行人会产生些离愁别绪。善解人意的鹧鸪是文人的喜爱了, 诸多的诗中都有这种鸟, 并把它弄成了曲牌, 还有人弄成了乐器。

其实郁孤台本身并没有我想的那层意思。它是指台子。"隆阜郁然, 孤起平地数丈", "郁"和"孤"都是美意。郁孤台占据了一个好位置, 我曾在《吉安读水》中写道: "江西的南部, 有一条美丽的水叫章水, 有一条精致的水叫贡水, 两条水流合二为一形成了更加美丽精致的水叫赣江。"郁孤台就在章水和贡水的交汇处, 看着章、贡二水合为一江奔腾而下。

想起那位怀有一腔报国志的江西人文天祥, 他曾做过赣州知州, 必是常登郁孤台的, 而且常有一种孤愤在心头。他曾写道: "风雨十年梦, 江湖万里思。倚栏时北顾, 空翠湿朝曦。"苏东坡被贬惠州也是乘船溯赣江而上，中间行程漫漫，不知多少辛苦。终来在郁孤台上，遥遥北望的心情可想而知，也提笔写下了一首《过虔州登郁孤台》。

这时我又想到，郁孤台或许也有那么个忧郁孤独的意思在其中，许多人离乡背井去向远方，走的时候会看到那个高台，不免生出郁郁之情。远离故土的人站在这个台子上，同样免不了要生出孤独的感怀。所以这台子是个很真实的台子，无论什么人有什么样的情怀，它都接受了，人们在这里看着江水落泪，而后抹抹泪水坚毅地转身。这样说来，郁孤台倒是带有了一种禅意、一种哲性。

唐诗宋词中白发苍苍的郁孤台，始建于何年无从考实，来的文人墨客，都会有文字留下，文字也都老在了苍苍史册中。唐代有人把它改叫成"望阙台"，后来还是被改了回去，人们认定了"郁孤台"。

地处偏远，郁孤台就像一个隐士，悄然躲在一片山野间。这样也好，藏在心中的那种景仰，有时比真实更显得美妙，让人能够浮想联翩，有时见了实物倒会感到坍塌了某种东西。

江水中已经没有了什么行船，以往在江边解下缆绳、拱手相别的场面远去了。

吉安读水

江西的南部，有一条美丽的水叫"章水"，有一条精致的水叫"贡水"，两条水流合二为一形成了更加美丽精致的水叫"赣江"。宏阔的赣江一路北去，串起了一个个明珠，其中一个闪着耀眼的红、迷人的绿的明珠就是吉安。吉安是水带来的城市，古人依水而居，富足的水才会有富足的都市。秀丽而富足的吉安，使大文豪苏轼都不得不发出"此地风光半苏州"的慨叹。

我以前没有到过吉安，不知道吉安有什么好。吉安的朋友朱黎生说，这里有以万瀑争妍的白水仙，以高山草甸为一绝的武功山，以道家文化名世的玉笥山，更有革命圣地井冈山，这里还有庐陵文化啊。黎生还说，吉安是一个自然风光和人文景观融为一体的城市，是一个红色的摇篮、绿色的宝库、文化的家园。我一下子就恍然了，只差了一声呼，原来都是属吉安啊。我念着"吉安"的名字，觉得这名字实在是好。当我走进吉安，一步步深入，直让吉安给感染得思绪飞扬，情感迷恋。

我去井冈山，红色的精神衬托以绿色的资源。云涛雾海，朝霞晚艳。狭路迂回，翠竹障眼。黄洋界惊心，五指峰动魄。英雄碑高耸，纪念馆震撼。《十送红军》的歌声催泪，五井后代纯秀开颜。山间一条白练天降，降到了下面就变成一个舞着的女子，这就是仙女瀑。井冈山，既让人感怀凌云壮志，更叫人神迷旖旎胜景。

我去寻访一个人，"人生自古谁无死，留取丹心照汗青"的气概映于绿色，而我必须跨越的首先是一道水——富水。守着这样的一道水，文天祥得以横空出世。

保留完好的古村落美陂也是依傍着富水。毛泽东曾在这里住过，住的地方有一副对联："万里风云三尺剑，一庭花草半床书"。这副对联影响了他一生的生活。毛泽东在美陂组织红军赤卫队攻城，挥洒出"十万工农下吉安"的豪情。

我去访八大家之一欧阳修，纪念馆旁流着一条阔水是恩江，到他的祖地，门前流的是沙溪。中兴四大家之一的杨万里家乡有一条水叫"吉水"，主持撰修《永乐大典》的解缙门前涌的也是吉水。这些水统统汇入了赣江。"落木千山天远大，澄江一道月分明"，是黄庭坚在江边泰和快阁上留下的名句。

赣江给了两岸太多的润泽，流过吉安时，又留下一个沙洲，洲上长了树，树上聚了白鹭，就叫了"白鹭洲"。有人依此建起了书院，成就了一代代国家栋梁。文天祥、刘辰翁、邓光荐就是从这里走出。周敦颐、程颐、朱熹等大师的讲学依然回荡有声。在白鹭洲上走，茂林修竹，曲径通幽。登上风月楼，青原扑面，风帆入怀。仍有学校在洲上，是江西省重点中学。学子们守着一洲白鹭，读书又读水。我俯视过吉安的地形图，发现赣江与富水勾勒出的，就是一只振羽而飞的白鹭。

曾看到一条消息，在邻国海底打捞出一艘元代沉船，船上有中国瓷器近两万件，不仅有景德镇的产品，还有吉州窑的产品。原来吉州窑就在吉安。永和镇濒临赣江，有水又有瓷土，在宋代已是"民物繁庶，舟车辐辏"的瓷城，现今世界许多博物馆都藏有吉州窑的精品。踏上吉州窑址，遗迹竟有24处之多，尚能感受到曾经的火热场景。

这是一块神奇的土地。吉安古为庐陵郡地，素来享有"文章节义之邦"的盛誉。诸多资料告诉我，唐宋以降，吉安科举进士众多，曾出现过"一门三进士，隔河两宰相，五里三状元，十里九布政"的人文盛况。这在中原是没有的。又有考证，毛泽东等老一辈革命家祖上是吉安。吉安诞生了几百位共和国将军。十大元帅中，有五个是从这里走出去的。

看着滔滔的赣江，我突然想起，在中国，众多的水是向东流的，而赣江的流向是北，向北流的还有湘江。毛泽东的"湘江北去"一叹千秋。许多的风云人物、风云事件生活与发生在两江周围。这两条并行北去的大江，可有着某种喻示？

赣江岸边，粗壮的榕树蓬勃成壮观的风景。自古这里就有"榕不过吉"之说。榕树再上边的堤岸，是垂丝绦绦的柳树，一个刚毅精壮，一个婀娜柔曼。榕容同音，柳留谐意。那么，"容"与"留"就是吉安的特点了。它融合了一个深远厚重的庐陵文化，那么多的名人成长于此；它接纳了第一支红色队伍，让一星之火从这里燃遍全国。今天我依然看到它新起的一个个工业园，一个个旅游区，看到到处都写着的"欢迎"的标语。吉安人招商时这样说："吉安在江西的中部，交通便利，吉安人以忠为本，诚实信用。吉安愿和衷共济，共谋发展。凡有朋来，吉安都会盛情以大盅款待。"中、忠、衷、盅，表明了吉安的胸怀。

我在赣江边徜徉，现代化的建筑装点在赣江两岸。阳光洒了一江的光线。一只白鹭在水上盘旋了一圈，直直飞向了高远的天空。我感到我太喜爱这条江，生活在这条江边的人是有福的，许多的人在江边说笑着，玩耍着，或者就那么坐着、站着，显现出安逸与自在，他们的表情充满水的光泽。我知道那叫满足。我又想到"吉安"的名字，那就是吉祥安和、吉泰民安啊！

尚火的山寨

一

纯粹的哀牢山深处，车子几多盘旋。

路上不停地有人紧急下车，可怜的胃囊都要交给野草山溪。我从来没有遇到过如此多的经受不住大山的人。或还是因为哀牢山。

多少次来哀牢山，却是每一次都让人有一种恍惚，总觉得不是。

那些花腰傣，那些哈尼歌舞，那些世界上最绝妙的梯田，那些至今仍然居住在山顶，睡在干草中，一辈子不愿下山的苦聪人，还有二十年前我曾经参与过的一夜狂欢的彝族火把节，都是在这片大山中吗？

那么我要醒一醒了，重新理清我的思绪，我先要辨别我的位置，我所要去的方向。

终于渐渐弄明白，我上边所说的，都是在这方圆百里的大山中。而我前前后后用了二十年的时间，不断地来，不断地走，一个地方一个地方地探寻，却还是没有真正摸清楚哀牢山的模样。

哀牢山，太深厚，太崇高，太神秘，太艰难。包括生活在其中的人们，有着多种崇尚的人们。

其中就有尚火的彝人，说到火就可以想见这个民族的古老，他们对于火的崇拜、喜好，是直接与生活有关的。所以我们艰难地进入哀牢山腹地楚雄州双柏县，来寻找显示着原始元素的符号。

二

在这片土地上走，光深吸气就够了，不久就会感觉呼出来的气息已经带有了那种爽爽的湿润。

一大片的茶园，浓浓的，泛着绿色的光。大山深处的茶是云雾雨露滋润的茶，端起茶园主人的美意，还没入口，就有一种清新入心了。而后在茶园中转，抚摸着或者说是呵护着从林间打来的阳光，那阳光疏疏离离地散在翠叶上。有人采了一芽，直接就放在了嘴里，而后一声赞叹出嗓。

茶园是序曲，延展部在后边。那么就再次上车，再次盘旋在大山中。

上到一个高处，车子不再前行，终于到达了法脿镇小麦地冲村，下车一步步爬上一个高处，上面竟然是平坦的，新采的松针铺了一地，散出清新的味道。这是山寨举行祭祀节会的场地，我们在这里要看傩舞表演。

傩，那个汉字中最神秘的字，表示着神秘而古老的原始祭礼。走这么远，这么艰难，就是冲着这傩舞而来。世界上任何一个民族，都经历过原始社会阶段，有过信仰原始宗教的历史，并产生了本民族的宗教职业者巫师，巫师为驱鬼敬神、逐疫去邪所进行的宗教祭祀活动，便称为"傩"或"傩祭""傩仪"。傩师所跳的舞便是傩舞。

尚火的古村点起了熊熊篝火。有了火就有了一种热烈，一种神秘，一种期待。这是一个"倮倮"支系的彝人，我们要看的，是他们的"老虎笙"，一种围着篝火的关于虎的傩舞。

据记载，早在6500年前，也就是传说中的伏羲时代，居住于青藏高原和西北一带的氐羌人创造了一种文明，它的象征就是虎，之后，伏羲的后代逐步向西南迁徙, 隐入云贵高原和四川南部, 演化成今天的彝族等民族。云南少数民族的图腾崇拜中, 崇拜虎的最多, 白族、哈尼族、彝族、拉祜族以及滇西北永宁摩梭人等, 都以虎为自己的图腾崇拜。其中彝族的虎文化历史悠久, 彝族崇虎敬虎, 以虎为其祖先, 认为天地万物都是老虎创造, 觉得自己是老虎的后代, 自称"倮倮", 也就是"虎族"。虽然同样以十二生肖纪年纪日, 但是为首的不是鼠而是虎。彝族尚黑虎, 举行祭祖大典时, 大门上悬挂一个葫芦瓢, 凸面涂红色, 上绘黑虎头, 以示家人是虎的子孙。

双柏的小麦地冲村这个彝族支系称老虎为"倮马", 传说早年当地的彝族头人都要披虎皮, 死后以虎皮裹尸进行火葬, 表示生为虎子, 死后化虎。每年农历正月初八至十五, 是这个彝族"倮倮"支系一年一度的"虎节", 虎节要跳"老虎笙"。

鼓声再次响起的时候, 一群汉子跳了出来, 他们的脸上、手上、脚上分别用黑、红、紫、白等颜料画着虎纹, 身上披着用灰黑色的毡子捆扎成的有虎耳、虎尾的虎皮。火势愈发猛烈起来, 发出噼噼啪啪的声响, 红色的火舌蹿向了天空。这群"老虎"开始围着火堆起舞。

老虎笙的舞者从全村成年男性中选出, 由十八人组成。这十八个人扮演的角色各有不同, 一个人扮演老虎头, 八个人扮演老虎, 两个人扮演猫(一只公猫和一只母猫), 两个人扮演山神, 还有四个鼓手一个敲锣人。老虎笙是彝族虎图腾的"活史料", 它既是祭祀性舞蹈, 自娱性也很强。由于彝人常年生活在大山中, 刀耕火种, 也就保留了古老的传统和生活方式。所以傩舞既古朴又原始。

头人在解说着他们的傩舞, 在他们的意识里, 世间的万物都是虎死后化成, 虎头化天头, 虎尾化地尾, 虎皮化地皮, 虎血化奔腾的江河, 左眼化太阳，右眼化月亮，硬毛化森林，软毛化青草，肌肉化肥沃的土地，骨头化连绵起伏的山梁。"虎节"的傩舞就是接虎祖的魂回来和彝人一起过年。

老虎笙由"接虎神""跳虎舞""虎驱鬼扫邪"和"送虎"四部分组成。其中有表现老虎生活习性的虎舞："老虎开门""老虎出山""老虎招伴""老虎捉食""老虎搭桥""老虎接亲""老虎交尾（性交）"，还有老虎模仿人生产生活的舞蹈，含有"虎即是人"的文化意蕴，"老虎驯牛耕地""老虎耙田""老虎播种""老虎栽秧""老虎收割"。那些夸张的动作，显示着原始的野性，使人从中深刻感受到舞蹈的快乐。有些动作由慢到快，力度由弱到强，直至高潮。他们不时还会发出阵阵吼叫。现场显得纷嚷而凌乱，而这纷嚷中有一种气势，凌乱中有一种峻美。碰锣和羊皮扁鼓紧凑地敲，使得那种野性更加张狂。

火与虎，成为走进哀牢山的人心中深切的记忆。

三

火，仍然是火。

犁铧正在火中渐渐烧红，有人用火钳取出，高高举起，猛然惯在地上，地上的绿草即刻冒出了青烟，接触松树的青针，立时燃烧起来。离得近的人感到了那种灼热。而巫者却光着两脚，用脚去亲密。人的脚踩上那滚烫的铁物，竟然没有听到皮肉的烧焦声。怎么，还要用舌头去舔？眼见得巫者伸出了舌头！闭上眼睛吧。

过后问仔细，舌尖和脚上都没有涂抹任何物质，他们十分认真地保证，说完全是巫术。我还是搞不明白。

合个影吧，真正的大山深处的彝人。

看到一个气度不凡的人,着黑衣,戴宽大的帽子,帽子上遍插鹰羽,两只山鹰的硬爪顺着耳朵垂下来,爪上尖甲凛凛如生。这是山村的头领。头上所戴,是老辈头人传下来,已经传了好几代人。可以想见,多少年前的那只雄鹰有多大。

我们围起头人,好好聊一聊,关于火,关于虎,关于鹰,还有彝人的生活以及哀牢山的广大。

山寨在满是松针的竹篷里摆起长街宴,都是山里的特产。敬酒的歌儿唱起来,一波波地起高潮,热情张扬,气氛浓烈,不想喝也不行。

四

周围满是金黄的苞谷,一串串高高地挂着,挂成了景象。不远处还有灰灰的草垛,粉白相间的房屋在山坡上,彩纹雕饰,鲜花满墙,显现着彝人的新生活。大大小小的水塘在周围亮闪,整个天空都映了进去。

这是哀牢山深处的世外桃源。

不能在这里久留,久留会舍不得离去。

哀牢深处

一

一簇簇雨云前推后拥地赶路，到了这里终于把持不住，有了一次痛快淋漓的倾泻。风随之而来。随之而来的还有鸟儿，一群群的羽翅带着潮湿的音符，奏响雨后的乐章。

云南的春天来得早，还是二月里，红河州的元阳，万事万物已欣欣向荣。花草的香味挥洒得到处都是。

哀牢山深处的田园，仍旧是本原模样。大鱼塘村，卢文学正在讲说哈尼的民俗，精神矍铄的老人已经从事32年的祭祀主持。在雨后的水田旁，大家谈着原始的迁徙，谈着梯田与祭祀，谈着稻神、树神和水神，还谈着古歌。

我们听不大懂他的语言，不停地问，旁边有人不停地翻译。快乐在中间传递。

野猫在屋舍间经过。狗吠的声音自远处传来。一只母鸡在近前咯咯个不停，公鸡也在一旁打赏。群鸭大摇大摆地四下里走来，它们目标明确，知道去哪里试镜。还有水牛，鱼贯而行，走下长长的石阶，脊背上满是亮眼的光滑。

哪里发出阵阵的水响，那响声由上而下，悄悄滋润整个山间。

水田就在村子后面。眼前的田里灌满了水，阳光下泛着晶莹。我知道，若果在山顶上看，就能看出水田的层次。

田里的人不多，可能还没有到忙碌的时候。

一个汉子，在自家的地块里犁田。他赶着一头水牛，身后还跟着一头小牛，三个生命在田里来来回回地蹚。水田不大，一会儿到头就得折返，动作在不厌其烦地重复着。我不知道汉子心里想什么，他心里一定要想事情的。或是一种情愿，也或是一种习惯。从二月开田开始，就有种丰收的期盼，把活做细，秧苗才长得匀，才会结好籽，有一个好收成。

到了插秧时节，几乎全村的人都在忙。从春天开始，一直往后，会连着一个个节日，节日中，会有歌声笑声产生，会有人牵手心仪的伴侣。

中午的饭在村头张朵鲁的餐馆吃，车前草、木棉花、苦荞、苦菜都是野生的，只管尽情。张朵鲁掌勺，妻子招呼，热情得让人清爽。下楼来的时候，看到张朵鲁的两个女儿在院子里跑，有人对着她们拍照。大女儿三岁，知道摆弄姿势。小女儿才一岁多，羞羞地躲来躲去。这时的女主人背上多了一个更小的宝宝，看有人照相，她大方地配合着。我跟忙完了的张朵鲁交谈，每天都有客人？张朵鲁回答得很喜庆，那不只是有客人，而是有很多客人。他或许不曾想到，居住在哀牢山深处，还会有今天的好日子。村口的这个小饭店，他们一家五口过着无忧无虑、紧张快乐的生活。

在哈尼山村，最让人记忆深刻的还有长街宴，这是哈尼族对待客人的最高礼遇，也是哈尼人最真挚朴实的特点展现。那时，家家把桌子拉出来接在一起，村子的街道上接出长长的酒席，你家我家一家家端出最好的饭菜，成为大家共同的喜宴。你来这里敬酒，他到那里干杯，吆喝着，欢呼着，觥筹交错中，会有人情不自禁亮起歌喉，有人则奋而起舞。远方的客人不仅一天尝了百家菜、饮了百家酒，还会不由自主地跟着吆唱，甚至也加入到舞者当中，来一次放纵与欢醉。

二

在箐口村，我独自一人顺着村里的小路往下走。说往下走，是因为村子建在一面山坡上，所有房屋都是错落地一层层地散布着。村路并不直，弯弯绕绕的。时不时有一只狗或一群鸡从墙角拐出来，并不怕人。一家家生活也在路上显露出来，其中有淘米洗菜的，有带着孩子在门前玩耍的，有背着背篓归来的。一家门口张贴着喜对子，新娘子正在院子里梳洗，一只梳子把一瀑长发撩来撩去。几个孩子聚着堆儿，正用青草编着逼真的小生物。见到我就远远地笑，我举起相机对他们拍照，他们也不躲避，有的还伸出两根手指兴高采烈地配合着。能够感受出来，这些哈尼人已经习惯了外来的游客。

走到一个较为宽阔处，可以看出是举行活动的地方，每一个寨子都会有这样的地方，用于祭祀等节日的聚会。

我就在这里见到了磨秋。"磨秋"是多么好的一个词，第一次看到这个物件，就为它产生了浓厚的兴趣。有孩子在上面玩耍。中间一根木柱，然后是一根横杠。人骑在两头，顺着场子旋转。在哈尼族一年一度的节日里，磨秋场就成了青少年聚会的场所，在这个热闹之中，男女青年自然会产生友情甚而恋意。

离开场子再往下走，绕过一座蘑菇房，水边的小路旁，我看到了古老的水锥。水锥连着追尾木槽，源源不断的水涌下来，一阵阵的惯性，使得锥头不断地下砸。水锥的最大优点是节省劳力，早晨妇女们把稻谷放进水锥，从田地劳动回来，便可以顺路把杵好的粮食带回家。再往前走，还看见了水碾，水碾的原理跟水锥差不多，不同的是水碾的容量大，每次可以投放几十斤稻谷，碾一次够吃好些天。山里人的创造悠闲而诗意。

上到海拔1750米的高处再看箐口梯田，就看见了另一种景象，那是一个全景式的展现。水田的面积显得开阔，线条明朗，在梯田的上半部，绿树掩映的就是箐口村，远远看去，已是一座座蘑菇房组成的米黄色块。周围被梯田衬托着，青莹莹，光粼粼，完全一副宁静深沉的山水画卷。

北面的红河峡谷蒸腾着云气，而东边的山顶正放射出紫红的霞光。霎时间，云海填满了所有山谷，与梯田连成一片。一会儿，又透出一块块明亮的镜片，反射出蓝天白云与层层叠叠的立体空间。

梯田是大地与人共同合作的艺术，哈尼人是卓越的艺术家，他们知道怎样利用水，利用山坡，利用雨和阳光，以智慧雕出亘古不变的泥塑。可以想见，千年的手工制作，其认真与执着近乎修行。

由于时间紧迫，不能久留，只好恋恋不舍地离开。

但是总是心有不甘，想着找机会再饱一次眼福。晚上住在哈尼小镇，这是一片新筑的蘑菇屋。尽管入住的时间很晚，心里却已经作好打算，第二天要去看梯田日出。

黎明时分，手机闹铃骤然响起，慌忙起来，天刚刚露出熹微，我提着相机快速地跑向一处悬崖。

到了才发现，已经有人守在了那里。尽管是大山深处，还是有很多脚步匆匆赶来，这个时候，正是梯田的发育期，操着各种口音的人们早就急不可耐。

天光越来越亮，云中渐渐出现阳光，相机的快门开始响起，谁都想找一个好的角度，有人不停地嘟嘟噜噜，有人快速走过时，竟能招来一群的埋怨，好像怕惊醒他家的宝宝。

梯田已经泛出华丽的光，一层层让人情不自禁，你在心里喊，嘴上却出不来声音。手不停地揿快门。世上哪里见过如此美妙？实际上你已经知道，那些让人惊叫的好照片，有些竟然就是这么得来。不是照片好，是选对了对象。角度、光线倒是次要。

要是再有一片云就好了。那云真的就来了，在远远的更低的水边，一片的云，不，一大片的云雾飘了过来。看着的工夫，就遮没了整片的山间。

不得已，有人扛着相机如扛着重武器急慌慌奔了另一个战场。我没有办法脱离大队，只好收兵回营。

三

在山村听哈尼古歌是一种纯美的享受。

唱古歌的老人叫"李有亮"，其实我前一天就见到他了。欢迎的宴会上，他被请过来，给我们演唱了哈尼古歌的片段。那种无伴奏的演唱，如远古的回声，震彻堂间。当时我就被深深打动。

哈尼族是一个没有文字的民族，但其文化底蕴深厚。在漫长的农耕生活中，哈尼先民积累了丰富的关于自然、山水、动植物、生产生活的技能和经验，创建了完整的风俗礼仪典章制度。这些经验总结、规矩礼仪，都以庄重的古歌形式表现出来。

表演在悠扬而神秘的回声中开始，古老的歌唱在幕后响起，让你想起教堂里的唱诗，这种力量就像初次见到哈尼梯田一样，惊奇而震撼。

在民间称为"哈吧哈吧"的古歌，展示了哈尼人的苦难史、迁徙史，还有梯田的来历、谷种的来历，还有婚丧祭祀、生产生活。让人感到，哈尼古歌是世世代代的哈尼人教化风俗、规范人生的百科全书。表演从祭祀开始，然后插秧、播种、收获，然后爱情产生，哭嫁出门，然后孩子出生……

　　实际上，哈尼古歌已经渗透进当地的日常生活，凡隆重的场合都要唱，且很多人都会。他们高兴的时候，可以连续演唱几天几夜。在封闭的哀牢大山，生命的轮回就是这样，他们的所有寄托、所有快乐都在其中。直到后来的山路越来越宽，大山渐渐有了变化。

　　听着这种近乎神韵的古老歌谣，我竟有些担心，歌者都是六十岁以上的老人，他们虽然经过了一代代的接续，使之成为这个民族独特的文化现象，但是年轻人越来越多地走出了山寨，如何保护和传承古歌，应该说与保护哈尼梯田具有同等重要的意义。

　　走出来时，一轮圆月正挂在天边。

　　整个一个晚上，它都会把哈尼山寨和千万亩梯田照亮。古歌的声音还在响着，那种声音，使得山谷越发沉静。淡蓝的银光，覆盖了这种沉静。

神垕

一

大龙山，你在中原隆起，绵延无限远，我看不到你的尽头。有人叫你"大刘山"，那是避讳当年皇宫里的至尊吗？实际上你同一条根脉紧紧相连。也许，龙亭里眯起的眼睛朝南望，就能望到你龙一样的雄姿。而在你的脚下，人们正利用你的特有的土质，燃烧起一条条火龙，火龙里诞生的奇妙的钧瓷，源源不断地进入大宋皇室的深处。

我来的时候正是深秋，山上依然蓬勃葱茏，各种巨石像鳞片闪露在阳光下。我想不明白是怎样的一种土，千年不尽，支撑了炉灶里的辉煌。我依然看到这个叫作"神垕"的地方，躲藏着神一样的神秘。为何名"神垕"？字典上的"垕"字，只为你一地专有，那是"皇天后土"后两字的集合体，而前面加一个"神"，比"皇"更有了无尽的意象。

神垕，我与你不期而遇，真的，我在车上打了个盹，一睁眼竟然就扑到了你的怀里。我已经感觉出这次抵达的幸运。那些昨日的烟尘和现实的幻象搅得我有些心神不宁。我在心神不宁中小心翼翼地走进一个个院落，诚惶诚恐地观察每一个窑址，毕恭毕敬地抚摸那些浴火而生的神物。

钧瓷上的一束束光直接打开了我的心室，那层层开片让我有一种疼痛。大宋，你离去了近千年的时光，但是你造就的辉煌却是一直光照着历史，以至于那不屈的泥土在这里从来没有停止续写出瓷的华章。

一个个瓷窑隐居在神垕镇的各处，表面上看不出热火朝天的景象，但是越过高高低低的墙头，会看到一些走来走去的人影，看到一排排打磨好的泥胎，看到黄色的泥土和黑色的煤块，堆积城垛的，是干干的柴棒。最古老的烧制就是柴烧，柴烧的饭香，柴烧的瓷也好吗？岁月中，有多少不忍与不舍？

走进一条古街，不宽的街巷两边都是明清时期的老房。当地人说，你没有看见过，当年这些老房子深处，都是钧瓷作坊。早晨叮当的阳光里，一队队马帮驮着泥土和柴草或者精美的瓷器踏响青石的路面。路面上，有人扛着担着做好的半成品，穿街过巷，走入各个作坊。到了吃饭时，男孩女孩提着饭罐，川流不息地给大人们送饭。那时的神垕，就是一个大的瓷场，所有的活动都围绕在瓷场的秩序中。

二

整个神垕依山就势错落成美妙的图景。走过一棵棵老槐、野桑和皂角树，来看那些老窑，有些窑就在半山坡上，这样取土或许更加方便。人住的是石头窑洞，烧的是石头窑体，放眼看去，会看出鳞次栉比的苍然。

每年的农历十六，火神庙开始祭火神。烟雾缭绕，旗幡飘摇。火，对于神垕是那么的重要。所有钧瓷的烧造，都是火的艺术，更是火的魔术。钧瓷的图形和色彩不是事先画出，全凭窑变而成。那样，一切就全在了想象中。那是幻想与火神共同的勾画，是一种匪夷所思的超越和飞翔，充满了翻空出奇的期待、异想天开的盼望。

看见一个窑炉门上贴着对联：求仙翁窖中放宝，赖圣母炼石成金。

卢师傅默默地守在一座窑前，窑里的火焰早已熄灭。他慢慢起身，嘴里絮叨着什么，众人面前带有着一点矜持，似乎大家要看他掀开盖头的新娘。他终于打开了封口，探身进去，恭谨地取出一件"大洗"，那大洗子怎么了？完全没有那种流光溢彩，而像一个锈迹斑斑的出土文物。再取出一件，还是同样。它们是在抵达生命辉煌顶点的时刻，遭遇了不幸吗？那粗糙扭曲的外形，表明着它经受了多么痛苦的挣扎。

满怀期待的人们散去了，老卢还在看着两件不成器的东西，拿起又放下。我似乎体会到了他的内心。炉子外边，好大一堆被失望与懊恼打碎的瓷片，堆满了烧瓷人的情感。那是瓷殇。

当地有说："十窑九不成"。火的惊喜、幻想的惊喜、等待的惊喜的到来，一次次竟是那么的不容易。

三

走进钧瓷艺术馆，就像进入了一个瓷海，我似听到叮当的开片啸闹成一片秋声。我看到形状各异的精魂在起伏腾跃，色彩的空间里潮一样汹涌。

你的曲线为何这般柔润迷离？你的色彩为何这般大胆恣肆？还有你，你的花片为何这般钩心摄魄？经过长时间的静默与忍耐、捶打与烧灼，火给了你怎样的折磨与唤醒，给了你怎样的调教和激发，使得你如此觉悟开化？一千三百度的浴火而出，每一个都成为仪态万方的精灵。

一个女孩站在一个瓷瓶前，带着景仰一般的神情，伸出手又缩回来。我知道那种感觉，有一种爱就是这样，想看又不敢看，想摸又不敢摸，别后的回味比现场还深刻。我知道，在那一刻你已经和她心脉相通。

神垕，你将我从喧嚣中摆渡过来，让我有了一时的安宁与沉静。尤其是看到那些聚精会神的做瓷者。

竟然还有女技师，她们长发飘逸，姿态端庄。无声的时间里，一腔热爱倾注于一抔泥土。手在翻花，心在翻花，花海中有着无尽的妙想。

又有人进来，小声地流露出欣喜：看呀，她们在做瓷！

声音里，你会把"做瓷"听成"作词"。是呀，宋瓷中闪现着多少艺术的精粹，怎么能不说她们在作词呢？是的，你一下子惊醒了，她们是在作着八声甘州，作着水调歌头，作着沁园春、临江仙、菩萨蛮……那从宋代遥遥传来的，就是一首首或婉约或豪放的美妙的宋词啊。

藤条江畔

一

按照事先的安排，去采访云南元阳县的扶贫工作。我一直对深山区的扶贫有一定的期待值，它绝不同于内地。我们去的是黄茅岭乡。这个乡较为偏远。走了很长一段盘山路，路上到处能看到一种树，我记下了它们的名字，水冬瓜。陪着我们的人说水冬瓜树保水。当然还有更多的我叫不出名字的树。山民知道树在他们生命里的重要性，所以从不乱砍滥伐。他们仍用祖辈流传的方式，响应自然的呼唤。

翻过又一道山梁，冲过黄土飞扬的塌方路段，终于见到一群人等在一个山腰处，那里是红河中丹橡胶实业公司的基地，老远就看到了建起来的高高的住宅楼，这种住宅楼建在山谷中十分抢眼，并且另类。中丹橡胶公司是一家专业从事天然橡胶种植加工和贸易的中外合资企业，他们的橡胶农场就位于哀牢山余脉的西南侧藤条江和乌拉河流域，也就是我们所处位置的周围。为了留住工人，或者说为了给职工带来更好的福利，公司在橡胶基地附近建起了新楼。

给我们介绍情况的是一位胖乎乎的女孩，初开始我以为是讲解员一类人物，没想到她是黄茅岭乡党委副书记，名字叫"杨春"，傣族人。她介绍这个公司是乡里引进的项目，意在带动当地人脱贫致富，实现企业与百姓之间的互利共赢。引进之后，公司发展顺利，从2014年起，每年增加8000亩橡胶种植面积，到2017年公司橡胶种植面积将达到52000亩。

我们走进了新建好的住宅楼，大多是两室一厅的格局，很实用。从里面看，并没有感觉是在大山的褶皱里，而且从窗户望出去，满眼的风景。杨春叫来公司的负责人，我们得以知道得更具体。房子是给一线职工分配的，个人缴很少的费用，能够自己或者把家人带来一同生活，不用再住简易的地方。我仔细看了内部的细微处，比如开关、插座、水管等，都十分用心。

杨春一边领着我们看，一边不停地讲说着。看着这个年轻的乡镇领导，我同她聊了起来。她刚刚30岁。父亲是司机，母亲没有工作，还有一个妹妹，是县里的志愿者。老公呢？老公在昆明戒毒所，两人上党校认识的，属于一见钟情。这让我产生了想法，一个在这样的深山区，一个在遥远的云南省会，按照公路最快的交通工具，也要五六个小时车程。如此长期分居，什么时候能够见上一面？杨春回答是两周。两周盼到，自己在周末从黄茅岭出发，路上跑三小时，到达蒙自，丈夫从昆明开车过来。蒙自既是两人选定的中间位置，也是杨春父母的家，在那里完成一次爱情的聚会。既辛苦又浪漫。两人还没有孩子，但是杨春说今年想要孩子了，30了，不小了，趁着父母健在，能够帮助照顾一下。看来这场爱情马拉松还要坚持一段时间。而杨春在黄茅岭乡是十分认真和努力的。见到黄茅岭乡领导的时候，领导十分肯定了这个城里来的乡官的工作。

黄茅岭乡在元阳的深处，说起来优势不大，乡里的人口中，包含了全县所有的少数民族，而各民族之间却是十分团结，和谐相处，没有给政府造成什么麻烦，当然也显现出乡政府的作用。这个作用是长远的工作做出来的。

二

乡里多数作物是香蕉和橡胶。我们来的路上，漫山遍野都是香蕉林，香蕉的收成还不错，一串串地垂挂在树上，可能是为使香蕉好熟，每一串都用蓝色的塑料袋子包裹着，形成十分壮观的景象。一路上不断有拉香蕉的二十轮大卡来来往往，在一些较为宽阔的路口，也停有卡车。人们用小型的车子从山腰处将香蕉盘出来，装入一个个纸箱，再装上卡车，卡车的装载能力让人惊异。然而黄茅岭乡的人告诉我，今年的香蕉市场并不好，乡民们不怎么赚钱，甚至可能还赔钱。

我们看的中丹橡胶公司，是个开场白，似乎告诉我们，这是没有多少优势的黄茅岭乡在扶贫方面做出努力的一个见证，另外的内容是去看有代表性的村委会。

普龙寨村委会位于藤条江东岸，再往东就是金平县老勐乡了。我到这里才确立了一个新概念，在中原，一个村委会不就是管着一个自然村吗？而在哀牢山却不是这样，一个自然村子没有多少人，所以一个村委会会管辖很多个小的自然村。像普龙寨村委会，就辖茅山、红峰、苗新、虎匠、普龙老寨、普龙新寨、九一村、中寨、银子洞、麻栗寨、骑安、新管理所、团堡、新建、摆依水井、四级站等十五个自然村，似乎像一个小的乡镇。但是总人口却只有2584人，人家也不过541户。可以想见，每个自然村所住的分散。而以前比现在还分散。

黄茅岭乡的扶贫工作任务是重的，光看这些自然村就能够感觉到。有些山村原来在山头上，有些在山腰间，生活环境和状态都不是太好，地少土薄，交通不便，出门难，经营交流也难，看病更不用说。并且还要承受山体滑坡的风险。杨春说，这些村寨享受到农村低保、农资综合直补等惠民政策，村寨的基础设施得以完善，产业得到了初步发展。比如投入工程建设资金20万元，使条件不好的50户人家、240人的普龙老寨和普龙新寨集中搬迁到较为平坦的地方。比如原有50户人家、220人的苗上、苗下寨，曾居住在山体容易滑坡的山脚，经过安排，投入资金80万元，全部搬迁到条件好的地方，现在命名为"苗新村"。

我站在高处看那些村子，就像棋盘上的一个个棋子，带子样的道路将它们连在一起。路是新修的，在山野间十分抢眼。我们上来的时候，就是走的新修的硬实的道路。若果是以前，晴天暴土扬尘，雨天泥泞不堪。现在这硬实的道路干脆连接到了近30公里远的黄茅岭乡政府。不仅如此，乡里还拨款改建了卫生厕所、人畜引水工程。还有，为带动贫困农户增收致富，乡里探索建立资金互助社，也就是农民自己管理的小银行，以方便农民借款，降低借贷成本，使农民发展香蕉、橡胶，养殖猪牛鸡等，激发他们发展生产的积极性。

三

车子一路盘山，我们最终到达了红峰村。这个村子不大，只有28户，是一个在山下平阔处新建的苗族村。乡里贯彻扶贫政策，动员人们从山上迁来。

望着雄奇巍峨的哀牢山峰，感到那里确实不利于生活，当然祖上为了安全的考虑，躲避匪患而聚集其上，多少年传宗接代，形成越来越显见的贫困态势。要改变这种现状，只有政府出面，才能解决问题。对于迁建这样的村子，先要选址，找出一块较为平坦的地方，能安置多少安置多少，安置不下的，再安排到其他较好的村子里。

　　别看村子小，村里的干部却都有配备。红峰村就有一正两副三个村长。他们都在。我跟副村长黄发富聊了起来，这是个在山村少见的年轻人，黑黑瘦瘦的，挺精干的样子。发富中专毕业，也出外打过工，被选为村干部后，就不再出去了。在这里，村干部是拿工资的，每月一千三百五，村长是一千四百五，虽然不多，但也没有看出有什么怨言。空闲时候，还可种种地。这几年他一直种植香蕉。但是发富说今年的香蕉亏了，九角一公斤以上才能保本，现在外边的人来收，是六七角一公斤。种一年管四年，施肥、打虫、套袋，先期工作不说，雇一个人摘香蕉，一天少一百五都没有人干，成本加上劳动力算下来就顾不住了。但是不卖就会烂在地里，吃能吃多少呢？有人只好亏本卖了。在路上，我真的是看到不少的香蕉成堆地堆在地边，不会有多长时间，就会烂掉。

　　山村里除了一些孩子，见到的人很少，尤其是年轻人。孩子们没啥事，就在新修的水泥路上骑着家里的摩托跑来跑去，引来更多孩子的好奇。

　　现在的人家基本上都是水泥建筑，除了一些装饰以及晾晒着的衣物，很难显出苗家村寨的影子。房子沿着新路排上去，有的临路，有的靠后一点。村长说那是先来先挑后来后选的结果，思想工作不是同时做通的。

　　随便走进路边的一户人家。

　　李布满的妻子正在屋子的一角轧缝纫机，一摞新布堆在地上，有百褶裙子布面，看样子是为她自己准备新装。偌大的屋子里没有什么摆设，就这个缝纫机显眼，墙上贴着大幅的领袖像。对于我们的问话，她一点也听不懂，扭头笑着，手中的活儿并未停下，似乎那样才显得自然。看得出来，她不像她的丈夫。她丈夫李布满去外面打过工，见过世面，听到村长翻译过去的问话，就自然地回答。

　　没有想到在山村盖一座楼比我所在的中原还贵，地基不算，由村里划定，光是建房大致要花14万左右，贵在建筑材料，因为路途原因，沙石水泥到这里就翻了倍。但是能够看得出来，几乎家家都建起了楼房，有些还进行了外部装饰，有些建了一个外壳，放在那里，等有了钱再说。

村长说，政府补贴一部分，自己拿一部分，哪个家里都有外出务工的人，人们看得开了。对于政府的扶贫政策，都是给予理解与支持的。李布满有两个儿子，大儿子24岁，刚大学毕业，在四川打工。我们问上学的学费是不是你给的，李布满说是助学贷款。小儿子现在读高三。两口子思想很透彻，尽管两个儿子都花钱，帮不上家里的忙，两个人也要供孩子上学。那么大儿子回来过吗？李布满说春节回来过，过完春节又走了。有女朋友了吗？李布满笑了，说还没有。期待找一个什么样的？找了不回来怎么办？对儿子提过什么要求吗？李布满笑着摇头，说提什么要求，没有。他们对儿子很宽松，完全由着孩子在外面闯。小儿子还在上学，将来会不会也考上学出去？也没有考虑那么多。

我们的交谈在一种十分融洽的气氛中进行。两个村长陪着，在村长的问话和交谈中，也见出他们之间的和谐关系。出来发现门口的墙上挂着淡青的花，问了半天，才弄清楚是来自一种叫"半抽"的灌木植物，这种植物的花可以染色，遇到年节，用来染糯米。我吃过这种带有香味又带色彩的饭食，那是一种幸福的味道。在山村，玉荷花、木棉花、苦刺花、云雀花、车厘子花都可以吃。这些花立春即开。只有对生活充满希望才会不怕烦琐来装点自家的日子。

正值农耕时节，有的年轻人还没有出去。一个小女孩在房屋外面一个人玩耍，问她叫什么名字，她竟然听得懂我的话，说叫"张依莲"，六岁了。小依莲一点儿都不像山里的孩子，她不怕外人，说话自然然，你看你的，你问你的，不管你们多少人，我只管玩我的，哪怕家里只有我一个人。

依莲的爸爸妈妈还在家。问爸爸妈妈呢，她大方地指着山坡上面说，去那边了。我想见一见她的爸爸妈妈，但是等了一段时间还不见来人。张依莲一会儿跑进屋子里，一会儿上到二楼的楼梯上，期间没有见到她家的大人，在这样的山村里，孩子的安全似乎不是一个大的问题。其实在这个小女孩身上，我已经看到了大山深处后代的未来，他们跟着父母见了外面的世界，心域早就宽广起来。这样的孩子，离开这里是迟早的事情。那已经建好的漂亮的两层小楼，只是暂时回来的一个家乡的记号了。

四

车子顺着新修好的山路转下来，这条不宽的山路看起来修得很结实，但是好像有些窄了，如果一辆车子行驶，是十分顺畅的，会车的话，会有些麻烦，可能还要修一些辅助路肩，以解决会车问题。道路弯弯曲曲，一直盘到山下，再从山下盘上去。就这样不停地盘上盘下，渐渐就到了大山的外面。在公路的两侧不远的地方，通连着一个个小村，有些小村就是新近增设的，有些是在原有村子的基础上，加入了新近从山头上搬迁下来的山民。可以感觉出来，居住条件与交通条件都相应地得到了改善。

最后回到了镇子上，由于山地的原因，镇子在一处狭长的山地间，几条街道都显得局促，老旧房屋为主，新建筑多是开山挖地而起。

在一处工地，我看到了两栋新楼。杨春说，黄茅岭乡政府在集镇所在地征地55亩，融资1600万元，带领"一方水土养不活一方人"的100户贫困户，实施"下乡进城"搬迁工程。

他们针对不同对象进行分类安置，一是对较有能力的贫困户积极引导，通过购买宗地个人自建方式进行安置。这项计划有了眉目，我看到这两栋楼的对面，已经有人建起了自己的小楼，沿着路边，上面住人，下面可以搞经营，也使得镇子有了新的气象。二是对家庭条件困难的贫困户，使用异地搬迁建档立卡补助政策，在集镇易地搬迁点统一建盖60套户均不低于90平米的小高层套房进行安置，并共有一楼商铺开展经营活动。我看到的就是这两栋住宅楼，目前正在内外墙粉刷。它们立在街道旁边，不久即成为镇上的一景。

我们走进去参观，竟然看到一位面容清秀的女工。她叫"马么奔"，站在搅拌机旁。安全帽后面一束长发露出来，显出与那些壮实的男工的不同。马么奔1981年生人，搅拌机工作不属于硬体力活，她干着还可以。马么奔已经有两个孩子，都在镇上上学。她和丈夫早就外出打工。但是他们都没有出去多远，多在元阳附近，最远去过个旧。马么奔的村子有一百多户人家，村子叫"草果丁"，在深处的山中，家中有一位老人。我们说话的时候，马么奔的丈夫就站在一旁。她不大能顺利地回答我的问话，我也不大能听懂她的话。以至她的丈夫和周围的人不断地帮腔，并且不时地发笑。马么奔与丈夫在工地上干活，既能够相互照应，还能够照顾孩子，说起来也是沾了扶贫的光，可以感觉到，她显得很满足。

走访的时候，感到一线政府的工作是认真的，而且十分具体，能够看到一个个的实际效果。问起镇上工作人员的家庭和生活情况，由于流动的原因，大多数的家都是在城里，每周能够回去一趟，现在交通工具都十分方便，说起来一个个都像杨春一样，心中对未来充满了阳光。我想，他们也许知道不可能在一个地方长待，工作和生活都会有变化，他们就在勤奋和努力中等待变化的到来。这是一种积极的态度。临走的时候，我们向他们送上了祝福。

回来的心情是舒畅的，车厢里有说有笑，但是还是时不时地望着窗外。车子不时地翻山越岭，跨涧过河，偶尔会看到一处山野，到处是香蕉林以及其他山林作物。

车子趱下又一座山头的时候，藤条江终于露了出来，在大山的褶皱里，它一直深藏谷底。这是当地人们所依赖的一条大河，同红河一样，在他们心中享有重要的位置。这条江蒸腾的水气，滋润了周围的大山和山上的生命。

嵩岳绝响

一

　　专辟的道路直达嵩山脚下。道路两旁的灯光远远看去，像一溜的萤火虫提着灯笼赴一个共同的约会。

　　敦实的蒲团上已坐满了人，蒲团或成为一个象征。

　　夜幕拉开，星月迷蒙，嵩山巨大的暗影投注下来，将所有的神秘罩在崇敬之中。灯光沉灭的一刹，一股巨大的压迫力在空气中凝结。钟声。金色的声响一环环催打着这种沉静。而后是长久的无声。所有的声息仿佛凝固，时光不再走过。

　　开始的一幕，竟这般深刻地印在每个人的记忆里。

　　水声渐渐，月光明白。柔指的撩拨中，水竟然能泛出如此奇妙的声响。这种天籁之音汇合着远远传来的木鱼，把一个"禅"字渐渐放大。

　　木鱼的声音次第响起，如一条条鱼，蹦出夜的水面。声音由大而小，再由小而大。那发声的木头震响了整个山谷。不知道最初把一截木头做成木鱼的人是何动机，是为了让烦躁沉入这木头之中吗？是想让心绪在这种击打中碎裂吗？

　　木鱼声声洞穿了岁月。木鱼声声，在心壁上折射而去，渐渐地，所有的一切只剩了这木的声音。

如来打坐, 僧人在练武, 梅花桩二指禅飞檐走壁的神功构成了少林独特的风景。古琴每根丝弦上跳跃起嵩山深处遗失的乐音。那种全音和半音纠合的鸣响, 让人想到曲曲弯弯的流水和曲曲弯弯的岁月。

依然有炊烟, 有羊群, 有牧羊人的吆唤和村姑的甜笑。

当文字最早把"石"这个字命名给一种坚硬的物质, 它便与山紧密地联结在一起。石生山, 山生石, 代表着巍峨、峥嵘、峻拔, 代表着坚实、气概、沉厚。山与山联合成起伏的山脉, 石与石撞击成激越的鸣响。水和风将更多的石头贡献出来, 石头将理解贡献出来。水的击打, 风的击打, 又构成另一种趣味冗长的时间之鸣。

座中人在这种鸣响中, 感受到不同的碰撞、组合乃至分裂与研磨。声音贯透天界, 由细微到粗旷, 由粗旷又细微, 整座山在这声音中跌宕起伏。人们甚至相信那就是发自嵩山的声音。

古寺与村舍相映, 佛经与笛声和鸣。满怀信仰的小和尚与单纯秀雅的村女相遇, 陌路兰桥之上山涧野溪之畔, 点染的是一幅洁净无邪的画面。

水从山间流来, 柔软与坚硬构成了一种和谐。石可以改变水流的方向, 水可滴而穿石, 万事万物相携相生。水潺潺, 水盈盈, 水涣涣, 水荡荡, 水的各种各样的声响, 揉成一曲古老嵩山的优美曲调, 花流水, 积极向上的音声, 痛快淋漓的表达, 绝非落花流水春去的哀唱。花流水, 花的流, 水的流, 水拥着花, 花携着水, 一山的烂漫, 都在了水中。

风从亿万斯年吹来。草在动, 树在摇, 山在晃。一时时一天天如此, 一季季一年年亦如此。风把一切吹倒又吹起, 吹起又吹倒, 把一切吹长又吹落, 吹落又吹长。风是什么? 风是树的摇动, 风是山的影子, 风是那女孩的歌声。风看得见也看不见, 摸得着也摸不着, 无处在又无处不在。

我们追不上风。

光在变幻,那是天的光,佛的光,是境界与精神之光。禅宗故事在光中闪烁,飞天的武僧驭光而升。光让天地在明亮与暗影中解说大有大无。

远处归来西去取经的高僧,红黄的袈裟绚丽成耀眼的光束。

二

嵩山峻极于天,气势磅礴。称万山之祖、五岳之尊。这里不仅能看到"五世同堂"的地质风貌,还能领略中华民族八千年历史进程。嵩山不但是声名显赫的佛教圣地禅宗祖庭,且是闻名中外的少林武术发源地。在这个地方设置这样一台少林禅宗音乐大典,实在是一种文化创举。

整个演出音乐以禅为宗,实为精妙。禅透显的是一种智慧,一种空灵,无欲无望;禅解说的是空间时间,对应的是世界与生命。时间的逝去,不代表时间的无常,生命的存在,即显现生命的价值。山海松涛,苍云雾雨,于禅来说只是物象的一瞬,而这一瞬,凝合成一种音乐,便会轰然入心,濯洗凡尘,真正达到一种至高的品赏艺术。

这一切,都被一个叫"谭盾"的人以超然的音响所表现。这是怎样的一幅中国古典画卷,一曲山人合一、佛心共鸣的人间佳音?数百武僧和高僧亲自上场突出真实与庄重,600名嵩山当地群众演员的阵容增添了中原民俗风情。还有众多马牛羊真实场景的营造,更显鲜活自然,加之演出中声光电的现代化运用,使这场实景展演惊天动地,夺人心魄。亲临此现场的人,无论你来自何方,有着何等经历,都会心去烦嚣,在这种大静大默中、大典大雅中深受洗礼。

语有"醍醐灌顶""如沐春风",这样的音乐让我明白,纯真的质地是心中的光束。在这月夜里沉坐,在这音声里沉醉,在这由禅与佛的寓念中沉思, 回到童年或童年以前, 真就是朗月空照, 清风入心, 细雨润怀, 飘然遁世。

一切都像在梦中。天明之后, 再不知归处。人走了, 心却留在了那个山谷。巨大的禅音, 时刻自头顶轰然有声。

天坑地缝仙女山

一

看到这个题目可能会以为拼错盘了，天坑地缝怎么会和仙女山扯到一起？我本来也是迷惑，邀请说是到仙女山，来了才知道，仙女山与天坑地缝相隔不远，旅行社也有组织一起游的。按照现时说法，那就是"套餐"了。那么，这实在是一份够猛够刺激又够舒坦的大餐。

二

来的时候隧道一个个相连，有些长得让人觉得永远走不出去，出去了却说就要到了。到了先不让你看仙女，先把你塞进一个电梯直直地滑下去，就像把隧道竖起来，你头发晕，眼发胀，下了电梯还要往下走，几百个台阶等在那里。这时才会抬起头，看看到了什么地方，一看心里就猛然一声惊叫。之后接连的惊叫全来了。怎么可以这样？让人太显渺小，太显隔世，太显无知。

真正的到了一个巨大的深坑，深坑四周绝壁峭崖，参差嵯峨，上边露出一小块天，天在一道石桥上托着。似乎告诉你，要想登天，就得过桥。人在坑底旋，在坑底晕，又走好远才看到前面有道缝，越走缝子越大，又是一道石桥，再走，还有一道。这哪里是天坑，纯粹是坑天！是把天捣成一个个深深的窟窿，那窟窿里云彩快速地飘，有的不小心掉下来，吓得如抽丝，云丝丝这里缠那里绕，有些就挂住了。还有的痛苦得全是泪滴，断了珠帘子似的，上边急，下边松，越往下越像慢镜头。正看着，啪的一滴打在额上，散成几十瓣细碎晶莹。再抬头，又一颗珠子打下来，赶忙闭眼。有的高高下来只一条珠线，悠悠荡荡像一根藤。

哪里在响，崖壁上竟然钻出一股水，暗河走错了路，断成一条瀑布。这时看见了蝙蝠，那么多的蝙蝠趴着不动，一到夜晚，那些蝙蝠会穿着黑大氅，佐罗一样到处游逛。青龙桥那里，崖壁上落下的水开花起泡，如万千蝌蚪甩尾浮游。好容易出来深谷，迎头一阵蝉鸣，各种声音的蝉让人如梦初醒。沉静里泡了那么久，总算又回到了尘世。

去看地缝也是如此，谷底看去，天就成了一条明水，曲水流觞般流向远方，让你想起会稽雅集修禊，只是仰观不能感觉宇宙之大，俯察倒是可探品类之盛。

不管是坠天坑还是下地缝，感觉就是这里曾经天崩地裂。人说，岁月失语，唯石能言。那么你到底经受了什么？你一定惊恐而不知所措，疼痛而无可奈何，以致今天这个样子。不是谁发现了你，你永远躲在深处，不见天日。

从上面看，一片山地几乎是平的，葱绿葱绿，像一块不错的料子，谁在这料子上钻扣打眼，又拉开一道拉链。只是不能下看，300米高差，魂掉下去都找不见。

是啊，张家界、乌江天险、丰都鬼城，都属于武陵区域，这是一个至深至幽之地、大奇大怪之地。想起"武隆"的名字，真该叫"武隆"，武武地隆隆地放浪张狂，演一场痛痛快快的自己。

三

眼太累，腿太沉，腰太酸，那么，该去仙女山了。

既然是仙女就不是凡人，想这山名或有两层意思，一是仙女被人间美景所惑，甘愿下凡化成此山。一是此山美景无限，与仙女形神兼备。无论哪种说法，都表明一座山的不同凡响。

边走边感觉出造物主的双重性格，它先是表现得有些失态，鲁莽而暴躁，甚而不计后果。后来经过了调整，终于平静下来，心一软又成就了仙女山的优雅舒缓。

车子盘旋不久就到了山顶，你怎么都不能想象得出，山顶会有那么大一片草原。真的，呼伦贝尔样的草原，就在海拔一千多米的仙女山顶。既然是山顶，就有了奇幻，到处是起伏，曼妙的起伏，草也跟着起伏。到处是辽阔，草也跟着辽阔。

到了这里，似乎又忘记了刚才的惶恐、惊悚和震撼，不，震撼还有，这个词又给了这里，你同样地想叫。有人比你先叫出来，那是几个女孩，她们甚至脱掉了鞋子，欢叫着向前跑去。你明白，她们不可能跑到尽头。你看，她们还没有跑到一半，就已经小成了幼儿。让我们也幼儿般地跑上一场，要么哪有放肆的机会？于是欢声狂叫四起，鞋子帽子乱飞。

草高兴地摇，左边摇，右边摇，或潮水一样退去，又潮水一般涌来。这时你会想起好久没有这么亲近草了。草是人类最先接触的物种，人类的许多活动都离不开草。竟然就看到了牛羊，还有马，大的马和小的马，都在悠闲地吃草，撒欢。云彩像是挂上了传送带，不停地变着花样，有的如一垄垄土地，有的如一群群绵羊。阳光从云间这里那里的泻下，草上便有了一块块鲜艳，云跑，那些鲜艳也跟着跑。有人在放风筝，有人在拍婚纱，有人围着在聚餐。谁举着半瓶子啤酒吼唱：美丽的草原，我的家……

这里该有酒和歌声。

一两天时间里，你的大脑不是突然短路，就是会突然放电，你口齿不清，言词乱串，视网膜重叠着天坑地缝、平缓的山原。你心率从来很好，在这里却不是心率过快，就是心动过缓。你有时想让双脚离地，或让两手高悬，你觉得头发直竖，眼球不灵，整个一个人零件涣散，你有时想起一句歌词，不停地在体内轮回：我要飞得更高，飞得更高……你是望见了天上盘旋的苍鹰？一个女孩扯着一只大风筝狠劲地跑，男的在后边追，要慢，要慢，风筝还在飘，男孩还在追。若果再往前，莫不是跑进了天坑地缝？风筝会降落伞样带着女孩飞起来，像天外女仙，打破那里的宁静。

哦，想多了，脑子全乱了。即使李白来了，也会说些呓语吧。徐霞客来了，或就此收心，把夫人也接来，结束他无休止的艰苦行程。一个人的命运，有时说不清是为何改变，也许是为一片月，也许是为一个人，有谁是为仙女吗？但我想，这以"仙女"命名的山，绝对会左右人的念想。没看到山的四周，那么多人将躯体和灵魂安顿下来。修建得异国风情样的仙女山镇都快住不下，又有人去寻荒村野店。一座山就此把人改变，不知道人们意识里以为上天了还是还俗了，反正不断地乘云驾雾地涌来，来了就觉得心安，觉得高了一个层次，或者深了一个概念。来了也不用烧香，把信仰搞得烟熏火燎的，来了自己就变成那炷烟，静静的，想怎么飘摇就怎么飘摇。

四

自然的力量奇伟，人类的生存能力同样不凡，即便是高山峭壁四面楚歌，也挡不住有人间烟火。下石院的小村，至今才26户，老人都不知道在里面生活了多少年。这是另一处天坑，坑里较为开阔，有地可种。山道很窄,几多盘旋。见外面来人,几乎所有人都聚集在白果树下。让人惊奇的是,女人都长得俊秀,无论带孩子的妈妈还是她们的后代,即使老年妇女,也能见出当年的俏丽。一个老婆婆看我照相就把包头巾摘了,我说戴着好,她又笑着一圈圈包起来,看大家都看她,竟然露出了赧赧羞意。

叫"美玲"的女孩依偎在父亲身旁,时不时和父亲说上几句笑话。她在镇子上读初中。另一个女孩长得更是白净,一问才知道是在重庆上学,放假了回来看姥姥。"娃儿叫'玉婷',她妈妈是这里出去哩,她不就是这儿的娃儿嘛。"姥姥说起来,带有着山里人的得意。男人们倒不大说话,端着一杆烟袋,看着笑。

小村全是原始意味的房子,墙上挂着简单的生产工具、黄黄的苞谷和红红的辣椒。狗在门口卧着,鸡在屋前刨食。四周长着野芹菜、翠竹、芭蕉、灯台树,这些都构成难割难舍的老家氛围。

夜晚,再去听沉郁嘹亮的川江号子,看武隆的过去和现在,就会想到这里人的性情。仙女山人说,怎的不喝酒,喝了酒才好耍。怎的不吃辣子,辣子养颜呐!他们还说,有太阳的地方嘛,就有我们重庆人,有我们重庆人的地方嘛,就有红红火火的日子!

五

天坑地缝仙女山,我感觉这是一个文化的认知组合,是一单心智的理疗配方,诸多意味在其中,生命中不仅会有轰轰烈烈,也会有大起大落,平缓自然。

我们需要这超凡脱俗的秘境,来不断收纳那些躁动与烦嚣。

通州，大运河之首

一

人对什么都有探求之心，泰山极顶，长城龙头，黄河源地，天涯海角都已去过，大运河之首却成为一个焦渴的期待，那是久违的故乡吗?

正是草枯地阔、木落山空时节，出京城好远了，又出了通州好远，天地越见疏朗，直到再不见一座建筑，完全一片野旷天低的景象。

有雪纷纷扬起，温度更显低落，情绪却昂扬起来，浑茫间走下一个斜坡，再拐个弯，就看见了粉墙黛瓦，是的，这里该有一些房舍，这里该是多么繁闹的去处，茶肆酒楼客栈官署都会有。一排高树挤出了一条通道，落叶发出苍然的声响，车辚马萧一般。尽头一堵巨石，石上有字，再看一个牌坊，上书"漕远码头"。是了。急走几步，不顾鞋子踩进水洼，眼前已然出现一条气宇轩昂的大河。禁不住喊出了声，那声音，连自己都吃惊，似乎在村口见到了倚望的亲人。我呆愣着，这就是大运河? 那个京杭大运河的北首?

许多河流的源头，都是细水浅溪，就像一部交响的序曲，而后才渐入高潮，只有大运河首来得这么突然，横江断河一般，置你于无准备的惊叹之中。

河首像个大口，万里旷风都顺到了这里。水面蒸腾着雾气，像河在呼吸。大运河，你老有千岁，同自然的河流相比，却仍是一条年轻的河。你那么平静，平静得只有轻波微澜，越是如此，越显端肃。你那么宽阔，比我想象的宽多了。看不清你流去的地方，那里已烟锁雾罩。

漕运码头空无一人，干净得像一个封面，打开去看，却是山重水复，雄浑壮阔，帆樯林立，舳舻相接。身背肩扛的急步，浑浊嘶哑的呼喊，昂扬长啸的骡马，低陷沉转的车轮，泪眼彷徨的送别，白发苍然的祈望。一条大船刚刚离港，一批船舶又小心靠岸。漕运发达时，从天津每年过来的漕船就有两万艘，更别说还有商船。

二

说起来应该庆幸一次次从皇宫里发出的疏浚运河的圣旨，不仅是从隋文帝开始，在他之前早已有过，隋炀帝之后更是接续不断，那些声音越过道道森严的高墙，低回于运河之上。

运河的挖掘和整治，必是一个庞大的群体，我们无从知道那些群体中的普通姓名，但不妨碍对他们深怀敬意。从一条沟渠的初始到千里通畅的结果无疑见证了人类构筑文明的艰苦进程。声声号子里，多少生命在蠕动，他们淌洒着汗水和血水，也淌洒着一个民族的苦难史奋争史，而最终低沉的号子变成了水边清丽的歌声。

运河首先表现出了民族对自身环境的挑战，它是一种群体智慧和精神的结晶，是价值取向和生命观念的飞升。正是运河的穿引，中国东西走向的水系有了横向交流，运河身上汇通了海河、黄河、淮河、长江、钱塘江的血脉。一个数字难掩心中的自豪，大运河比苏伊士运河长十倍，比巴拿马运河长二十倍，世界上没有哪一条运河能与之比肩。

大运河，一个"运"字，让水的实用功能活泛起来。运河不仅输去一条通衢大道，还输去了大河的文明之波，广袤的土地变得丰沃，并催发了农耕经济向商旅经济的转变，码头带动着一个个集镇和城市迅速膨胀。水道的开通已使直沽寨发展成远近闻名的"天津卫"，聊城、徐州、镇江、常州、无锡无不得益大运河的润泽，还有苏州、嘉兴、杭州呢？长江和运河交汇处的扬州，更成为中国最繁华的地方。

七百年前，意大利旅行家马可·波罗看到运河的时候，不由得惊叹万分，并说"值得赞美的，不完全在于这条运河把南北国土贯通起来，或者它的长度那么惊人，而在于它为沿岸的许多城市的人民，造福无穷"。马可·波罗当时把浙江称为"蛮子省"，他没有想到，那个蛮子省，后来成了世人向往的人间天堂。

三

我知道，北京的很多河流都归入了大运河，这条人工开挖的河首先为中国北方最大的都城带来了好运，以至于不少帝王从这里一次次乘舟巡访。乾隆是在哪里下船的呢？"御舟早候运河滨，陆路行余水路循。一日之间遇李杜，千秋以上接精神。"这是乾隆登舟时的心情。李白早从白帝城出发，乾隆从北京而去，同是烟花三月，到了扬州也相差千年。不过李白在运河边有话："齐功凿新河，万古流不绝。丰功利生人，天地同朽灭。"乾隆的每次出行都有收获，他十次到泰山，六次下江南，借助大运河，他走得比历代任何一个皇帝都勤。

不能简单说这些帝王都是游山玩水，他们还是要做些事情的，出行起码比坐在金銮殿听汇报强，比在位四十八年有二十五年躲在深宫不理国事的朱翊钧强。乾隆继接着康熙的经营，使得中国出现了一个少有的太平盛世。

大运河既已完成，已经不是哪个人的了，而是整个中华甚至整个人类的。隋炀帝早已销声，乾隆帝也随波匿迹，那些叫不上名字的帝王更是淹没在浪沙之中。多少年后一声锤响，中国大运河被认定为世界文化遗产。

站立运河源首，想着她不同于其他河流的地方，她不跌宕，不凶猛，没有急流险滩、峡谷漩涡，她母亲般大气、淳厚、秀美、沉静。她比其他河流更善于接受和容纳，即使是很窄的河道，也能见到一支支首尾相接的船队往来穿梭，那种繁忙有序而无声，不会出现大惊小怪的声笛和躲闪。即使是目前，京杭运河也是我国仅次于长江的第二条黄金水道。

四

看见了燃灯塔，它高高矗立在大运河的北端。凭着"一支塔影"，顶风沐雨的船工就知道通州河首到了，心境立时开阔起来。

在燃灯寺的外面，见有从运河挖出的巨木，那从南方运来的宫廷用品，不知哪一次事件，使它们水下沉睡四百年。塔前还遇一老者，八十一了，十分健谈，他说中学就在运河边上的，前面坐的同学是刘绍棠。立时想起那个善写河淖的通州人，运河水波托举出多少人物？可是灿若星辰了。

将目光放远，运河不远处，还有一个同样由人工修造的工程，万里长城。这是两个截然不同的线条，长城和运河的一撇一捺，构成中华版图上的"人"字。是的，那是历史最能代表人类活动的标志。现在看来，长城的一撇，更多地成为了观赏物，而京杭大运河，却是有力又有益的一捺。一防一疏，总是后者被视为经验。想起河首所在通州的名字，这名字多么名副其实，古时万国朝拜，四方贡献，商贾行旅，水陆进京必经通州，通州有着"九重肘腋之上流，六国咽喉之雄镇"的美誉。一通而百通，不说其他，光一条运河就够了。

<h2 style="text-align:center">五</h2>

雪花弥漫。大运河，久久看着你的时候，就感觉你身上有一种宗教色彩，原以为你很难抵达，真到了跟前又似乎在虚幻中，是因为心中久存的景仰吗？

想有一段清闲时日，乘一叶扁舟，慢慢地漂，慢慢地体验运河所带给的感知与兴奋。而后望着燃灯塔，在通州源首靠岸。

我远来为的是这一湖水

刚下过一场雨，蒙自的老街湿漉漉的，有人把伞折叠起来，有人还在打着。一线阳光就在这时划过来，南湖上似又雨了一场光鲜。

尚有穿着民族服装的女人走过街头，如果没有穿梭往来的车子，会让人想起多少年前的五月，同现在差不多的天气，南湖边霎时出现了一群来自全国各地的学生，男的衣衫整洁，女的裙裾飘摇。近代以来，蒙自由于靠近中越边境，是云南最早开放的地方，法国人曾在这里设海关，建领事馆，办医院，官人、商人、军人、读书人随处可见，但是一下子涌来这么多文化人，还是有一种震惊和欣喜，来的是西南联大的学生啊！

沿着弯曲的水岸，在蒙自的南湖边走。走过一长溜的红墙，那里曾经是海关大院，绕湖不远是保存完好的哥胪士洋行，这些地方都曾是西南联大的旧址。这次应主人邀请，在滇东创作会上讲讲个人体会，而后曾任文体局长的作家必昆陪着我转，我没有想到，七十多年前，一个享誉世界的文化讲堂已经在这里开坛。陈寅恪、闻一多、冯友兰、金岳霖、朱自清、沈从文、钱穆、吴宓、刘文典，一个个如雷贯耳的名字在我眼前闪耀着。1938年，硝烟弥漫的年代，北中国已经放不下一张书桌的情况下，北大、清华、南开三校南迁昆明，组建了西南联大，由于昆明校舍不敷，边城蒙自便暂时接纳了联大的文、法学院。对于这些来自内地的苦难同胞和国家未来的栋梁，蒙自表现出了极大的热情。政府尽心，绅士尽力，把联大师生安顿在风景秀丽的南湖边，让他们住进最好的房子。蒙自海关、法国领事馆、哥胪士洋行和周柏斋的"颐楼"，成了分校的教室和住地。文管所包所长让人打开了正在整修的领事馆，里面敞亮气派，高树挺拔，能够想象当年气象。哥胪士洋行是整个蒙自最豪华的西式建筑，三面环绕，庭院开阔。海关大院则像一座花园。"一进大门，松柏夹道，殊有些清华工字厅一带情景。"（浦薛凤教授语）当时跟着父亲冯友兰的小女孩宗璞回忆："园中林木幽深，植物品种繁多，都长得极茂盛而热烈，使我们这些北方孩子瞠目结舌。记得有一段路全为蔷薇花遮蔽，大学生坐在花丛里看书。"

这样，西南联大师生的生活就与美丽的南湖融在了一起。每天，师生上下课经过南湖东堤，课余在湖边读书、唱歌、诵诗，在湖里畅游，在亭上探讨，青春的气息弥漫水中。水里鱼翔浅底，鸟儿扑飞，莲叶田田拨弄着微风。南湖，一时成了联大师生感情的依托，诗情的沃土。想起那首感情淋漓的诗，淋漓得让人涌泪：

我远来是为的这一园花。/你问我的家吗？/我的家在辽远的蓝天下。

我远来是为的这一湖水。/我走得有点累，/让我枕着湖水睡一睡。

让湖风吹散我的梦，/让落花堆满我的胸，/让梦里听一声故国的钟。

武庙街的颐楼，是蒙自十分有特色的民居。楼高势险，古榕成荫，向南而望，湖光山色，尽收眼底，十分的幽雅闲静，被作为了联大女生的宿舍。入夜，山风刮来，呜呜嘘嘘，如怨如诉，女生们总是长久不能成眠。家乡、亲人、故都，无不随风而来，于是，她们将颐楼叫成了"听风楼"。听风楼，听的是"风在吼，马在叫，黄河在咆哮"吗？听的是"大风起兮云飞扬，威加海内兮归故乡"吗？

虽然美丽的南湖给了他们暂时的宁静，有了一个读书的所在，但是在那个烽火连三月的年代，这群血气方刚的青年，一腔豪情总是难以抑制。开学第一天，分校师生即在南湖北岸的省立蒙自中学礼堂集会，会上，北京大学同学会发出《告全国同胞书》，呼吁唤醒国人，担负起应尽的责任，争取国家民族之生存。他们还走上街头，以各种形式宣传抗战。有的同学竟就参加了飞虎队，奔向抗日的战场。

朱自清先生一九三八年八月在蒙自为清华第十级毕业生题词中说："诸君又走了这么多的路，更多的认识了我们的内地，我们的农村，我们的国家。诸君一定会不负所学，各尽所能，来报效我们的民族，以完成抗战建国的大业的。"冯友兰先生的题词中也说："第十级诸同学由北平而长沙衡山，由长沙衡山而昆明蒙自，屡经艰苦，其所不能，增益盖已多矣。"

因为南湖，有了一个文学团体，叫"南湖诗社"。闻一多、罗庸、朱自清成了诗社的指导，穆旦、周定一、刘重德、赵瑞蕻、向长清、刘兆吉等成了诗坛新星。刚才那首诗就是周定一《南湖短歌》中的一段。西南联大还有个现代派诗歌的引路人，就是外教燕卜荪。燕教授经常在夜晚一个人坐在南湖东岸的咖啡馆里，边饮酒边写作，而后自说着走回海关大院。深夜大门关了，他就翻门进去。燕教授落拓不羁的个性让人喜爱，他后来成为英国现代派诗歌的代表。

现在，我正在一面弧形的标识墙前驻足，上面镌刻着西南联大的校训："刚毅坚卓"。我慢慢进到楼内，走上楼梯，放轻脚步。那间教室，学生们还在上课吧。想起汪曾祺说的金岳霖先生上逻辑课的情景,金先生一上讲台就说,今天穿红毛衣的女同学回答问题。蓝阴丹士林旗袍外套一件红毛衣在当时很流行,那些女同学听了又紧张又兴奋,下面的课自然不敢掉以轻心,逻辑是门新学,男同学也想听听女同学说的对不对,也会专心听讲。

轻轻推开一扇门,竟然是闻一多先生的宿舍,闻一多把蒙自比作了"一个世外桃源",他在这里能够静心读书,以至于除吃饭、上课外,长时间不见他下楼活动。历史教授郑天挺见他如此"怒读救国"恐对身体不好,就劝他说:"一多啊,你何妨一下楼呢?"于是闻先生便得了"何妨一下楼主人"的雅号。现在那个楼门上方,就挂着一块"一下楼"的匾牌。走进不大的卧室,一股书香仿佛立时灌了满怀,先生,久仰了!屋内摆设依旧,只是先生擎着《红烛》下楼远去了。

漫步湖边,前面走着的是陈寅恪教授吗?他边走边感慨:"风物居然似旧京,荷花海子忆升平;桥边鬓影还明灭,楼外歌声杂醉醒……"钱穆教授则每天都会来到湖上的茶亭中,伴着一壶茶,沉思久坐。朱自清教授在这里同样看到了荷塘月色,为此他又有了散文新作,新作里说:"一站到堤上就禁不住想到北平的什刹海。"那心里,不仅是对景物的赞美,还有对故国的怀想。蒙自是哈尼族彝族聚居区,火把节期间,人们在家门口燃起一堆堆的火载歌载舞,朱自清也融入这热烈之中:"这火是光,是热,是力量,是青年。在这抗战时期,需要鼓舞精神的时期,它的意义更是深厚。"

不少教授是带着家眷来的,后来成为作家的宗璞依然有着深刻的记忆:"南湖的水颇丰满,柳岸河堤,可以一观;有时父母亲携我们到湖边散步。那时父亲是四十三岁,半部黑髯,一袭长衫,飘然而行。……在抗战八年艰苦的日子里，蒙自数月如激流中一段平静温柔的流水，想起来，总觉得这小城亲切又充满诗意。"

师生们已经熟悉了蒙自小城，并且喜欢上这个地方："城里只有一条大街，不消几趟就走熟了。书店，文具店，点心店，电筒店，差不多闭了眼可以找到门儿。城外的名胜去处，南湖，湖里的崧岛，军山，三山公园，一下午便可走遍，怪省力的。不论城里城外，在路上走，有时候会看不见一个人。整个儿天地仿佛是自己的；自我扩展到无穷远，无穷大。"同学们还喜欢西门外的过桥米线，因为著名的过桥米线就是出自蒙自并流传开去，同学们也喜欢探访少数民族风情，喜欢他们的服饰看他们的歌舞。他们也开办民众夜校，辅导文化，以自身影响蒙自，使得这个小城社会风气开化，公共卫生改善，思想认识提高，男女同校的中学开始建立，年轻的学子以报考联大为至上目标，蒙自享为历史上中国文化的高度传播。

蒙自分校，是西南联大这支现代乐曲中一段优雅的乐章，南湖的音符在其间跳荡。虽然只有短短几个月的时光，但蒙自给联大师生们留下了十分深刻的印象。"当小火车缓慢地从蒙自站驶出时，我们对于这所谓'边陲小邑'大有依依不舍的情绪。"这是陈岱孙先生的心声，也代表了蒙自分校师生的心情。他们坐着窄窄的小火车来，又乘着窄窄的小火车走了，留下长长的铁轨长长的思念。多少年后，有人毕业直接回到这里工作，有人情意绵绵故地重游。又多少年后，北大、清华、南开的后生们循着先贤的脚步来，来看这一湖波光潋滟的水。

我仍然沿着湖走，湖边生长着一些茂盛的树，叶子上缀着一穗穗红色的小花，小花像女孩子扎的红头绳，我弄不清这是什么树，问了几个人才知道是合欢。而环绕着南湖和洋楼的，还有各种各样的花草藤蔓，婆婆娑娑延续了不知多少岁月。

神秀天台山

　　"龙楼凤阙不肯住,飞腾直欲天台去",这是谁说的?是诗仙李白。李白对一座山竟然有如此向往之情,可见这山的不一般。果然就看到了太白读书堂旧址,李白在天台山结庐而居,满足而去。

　　还有一个人喜欢天台山,就是明代大旅行家徐霞客。徐霞客走的地方可谓多,什么好景没见过?可是徐霞客三上天台山,一住二十天,还写下《游天台山日记》两篇感悟,且赫然放在《徐霞客游记》篇首,只要打开书籍,就打开了天台山风光。

　　天台山好,不仅仅是他们两个人这么认为,光唐代的诗人就有三百一十二位来过,三百一十二位?我数都数不过来,天台山却记住了。像王羲之、朱熹、康有为,也是慕其名而至,走一遭才觉得舒服。

　　这里还是济公故里,济公出生在天台当没得说,他不出生在天台山又该出生在哪里呢?

　　这就给天台山留下了许多的得意,因而天台山就说了,俺这是唐诗之路的目的地,徐霞客游记的开篇地,佛教天台宗的创立地,道教南宗的发源地。江南四大名山之首还没说呢。

　　这样一说,天台山怎能不拽着我的脚步匆匆而来?我一来就来了三次,与徐霞客来的次数一样,说起来心里就滋润。三上天台山,要说感受够多，可是一直也写不出一篇文字，我的话语一到这里就磕绊，不知道从何说起。

我看到老至隋朝的塔和依然怒放的隋朝的梅，老得苍茫一片，互相映着国清寺的峥嵘时光。我看见山下田野里一片片紫云英红红紫紫，多少年前就是这么热情奔放吧。我看到朱元璋未做皇帝时讨饭来过的地方，不知是真是假。我看见泛着红色的赤城山，李白《梦游天姥吟留别》中的"掩赤城"就是说的它，赤城山是天台的标志。我看见济公故里满墙满院都五彩缤纷，那是为济公开的花。

夜晚住在国清寺，一夜安静得让我醒了几次，我还真享受不了这天仙居。早晨一睁眼就打开了阳台门，哎呀，那个云雾，怎么就在了我的周围缠绕。一层没有一层有的，双手托，单手抓，丝绸一般油滑凉爽，呼吸一口，全然进到了肺里。忽而头顶一声鸟叫，把所有的静都叫破了，随之而起的是百鸟朝凤，凤就是天台山，天台山上朝了。

国清寺，建得真是地方。

天台山上的石梁，此刻正排山倒海。谁要是从石梁上过，会看到千山万壑都变成了一股水，从石梁下奔涌而出。石梁或许就是那么冲成的。

两个打伞的女孩走上了弯弯的古桥，雾气中顶出两个"个"字。从山上跑下来几只小狗牛，跑得看不见腿，只看见一个个"一"字在晃动。

国清寺前面的溪水，几片红叶从上游游下来，沾染点佛气又向下游游去。其中一枚叶子被一个光脚玩水的女孩捡起，将那佛气装进了口袋里。

在国清寺里轻轻行走，吃着国清寺的斋饭，喝着天台山的清茶，让你觉得一身仙气。

谁说，泰山雄秀，峨眉魁秀，华山险秀，而天台神秀。这个"神"字，信然。

沿着山路一路逶迤，越往上越难行，不是因为路，是因为云雾，云雾将整个山都罩住了，车子在罩子里小心谨慎。最后弃车而行。就看见了徐霞客上山的故道，不免为徐霞客感叹，老徐为的是什么，整日里翻山越岭，专走艰难。老徐这才是境界啊。

那条古道好陡险，爬上去没话，只顾喘气了。爬上去就见了一棵棵弯腰的树，妖魔一般在云雾间舞。问了才知道，都是些古杜鹃，古老成这般模样，铁干虬枝，棵棵都似象形文字，像什么呢？像天台山的云雾？干脆说吧，那就是天台山云雾的风骨。

我在一根根风骨中冷得发抖，这时我看见周围竟然是一片茶园，茶就叫"云雾茶"，海一般汹涌澎湃，我甚至相信，华顶那些云雾是因为这汹涌澎湃而起的。不不，我随时又有了发现，参差不齐、千差万别的山峰，在远远近近汹涌澎湃，不起云雾才怪！

云雾咕嘟嘟地冒着，你不知道从哪里冒出，风挑起来，这里轻，那里浓，最后风也没有办法，就让一场雨来。

细雨没有将云雾打散，反倒将我们一行打得向下跑去。就又想起徐霞客，想起李白，想起那三百一十二位诗人，最后我们都成了癫狂的济公。

想起唐云

时间过去了很多年，但是对唐云的印象却深深入心。我从中甸搭上去德钦的客车。说是长途客车，实际上老得不成样子，在内地早被淘汰了。车子挡风玻璃裂了口子，保险杠用一条麻绳捆着。路上过水沟的时候，车轴错位一只轮子卡住，司机让人下车，往回猛然一倒，复位后再走。这样的车子竟然一路翻山越岭，让我的心一直悬着。车厢里几乎都是当地的藏民，且少有女人。车子半路停住，人们会下车随便地解手方便，没有遮挡和防备的感觉。路很远，再停的时候，我也下去了一回。上来时才发现坐在我前面枕着男孩头的是一个女孩，而且是一个外国人。她也是刚从车下方便上来。我有些惊讶，那个蹲在众人面前的人居然是她。

车子终于在一个山口彻底地坏掉。等了一个多小时没见司机修好，车上的人开始各自想办法，有拦车的，有开步走的，有准备折返回中午吃饭的地方住下的。我们拦住了一辆越野车，车里的人正是刚参加完迪庆赛马节、在一个桌上喝过酒的。过了四千多米的雪山丫口，又一个小时的盘旋后终于到达，吃了饭天就黑了。

为了赶上看梅里雪山主峰卡格博，第二天天不亮就坐着当地安排的车子向飞来寺出发。一路亮着车灯，山路上都是雪，风吹起了雪花，到处翻扬着。走了一阵子了，前面出现了一个黑点，渐渐看清，是一个人。又渐渐看清是背着小包,穿着深色中式棉袄和农村那种蓝底白花的裤子。

到跟前我想起是她。我们邀请她上车,她不肯,我说我们坐过一趟车子。她认了出来。上车才发现她已经走得一头汗水。聊起来,知道她昨天拦车到达已经半夜。那时当地没有旅游概念,也就没有什么车子到梅里雪山,为了赶时间,她就起了大早把自己放在了路上。她来自意大利,父亲是医生,母亲是教师,有一个妹妹。先来中国学习汉语,后在中国国际广播电台做翻译。四年间,有空就不断地行走,她已经三次到云南,并且去过贵州、湖南等地。她说她喜欢中国,唐云的名字就是取唐诗"朝辞白帝彩云间"的唐和云。她想游遍整个中国,因为这个国度伟大神秘而美丽。听得我感佩又震惊。

太阳升起的时候,我们到了飞来寺,而后赶到了卡格博雪峰的对面。但是很长的时间,云雾不开。当地人说,很难看到它的真容。中午过去,云雾更大了,我们决定返回。唐云却不肯跟我们回去,决意要看到那座神秘的冰峰。不行就住下来。

唐云那年二十四岁。现在想来,是个不大的女孩。那种自在,那种精神,让人佩服又有些担忧。这么多年过去,不知道她把中国游完了没有。

多少年后,在去西藏的旅途上,我又遇到了像唐云一样孤身旅游的中国女孩。那个上海女孩在火车上跟人述说她上次曾经从西藏去了尼泊尔。这时另有一个女孩插话说自己也是一个人出行,而且这次就是要看过珠峰大本营后去尼泊尔。后来,在海拔四千多米的纳木错,我看到那个上海女孩从另一辆旅游大巴上跑下来,扬手站在湖边欢快地让人帮她照相。

有些人为什么会选择单身出行,我不得而知,也许完全是一种自我行为,或是暂时地寻求某种解脱。我熟悉的一个文友,由于婚姻的失败而一个人去了西部,回来换了一个黑瘦的形象,但是性格发生了改变,并且不久还有一本游历的书出来。也许，旅行是消除无知消除痛苦的最好方法。
"衣上征尘杂酒痕，远游无处不销魂。" 旅行又何尝不是寻求幸福的方
式呢? 所以有人说，要了解一个人，就和他去旅行。更重要的是，要爱一个
人，就带他去旅行。

行旅中也可能是孤独的，但多是快乐的。拓宽视野的快乐，突破自我
的快乐，体验过程的快乐，像李白那样展示一个"登高壮观天地间，大江
茫茫去不还"的浪漫。李白那个时候的游历条件不像现在，但是读万卷
书，行万里路的人大有人在，而且都行走出了自己的风景。在我现在到过
的很多地方，徐霞客都到过，我知道后无不为之惊叹。旅行或许是一种生
活的态度，那些喜欢远行的人，始终摆脱不了心灵的流浪，以及天地间的
生命的诱惑。

我是一个喜欢旅行的人，每次出行都会给我带来感知的兴奋和探寻
的收获，即使这个地方去过也一定会有不曾相遇的东西。心在路上，路在
脚下，旅行的过程其实就是一段人生的浓缩。由此我敬佩那些行走的人，
尤为敬佩那些单个行走的人。无论他们怀着什么样的出行目的，抑或没有
任何目的。

宜兴太华

一

来的时候正逢一场春雨，点点滴滴，润泽了太华的热情。主人把我们安排在大觉寺附近，推开前面的窗，满窗一个盈盈的湖，再回头看身后的门，竟然框着一片葱茏的山！

在湖边看水，岚气在飞，似云湖冒着热气，我把自己丢进去，把一路劳顿丢进去，把沾满的烟尘丢进去，然后随一片云雾出来，带着干干净净的思想。

布谷鸟一声低一声高地叫，在这里看不见"五月人倍忙"的景象，只看见一群群羽翅在撒欢，你们要把种子播进湖里吗？这一池碧水，真的是将太华濯洗得神清气爽。

湖边站久了，夜就会来，暗处再看，眼前是云湖呢？还是一盘墨砚？徐悲鸿、尹瘦石、吴冠中提一管瘦笔，悄然再现……自古的传统，这个地方出太多的书画家、陶艺家，也出太多的科学家、教育家，怎能不说他们得益于宜兴的山水？

二

随处走的时候会发现，这里的空气是甜的，不由得一口口深吸进去。

山中小村，依然保留了明清民居特色，粉墙黛瓦，古树蓬勃。门前山溪潺潺，溪上是银杏、杉荆、黄檀和安逸的生活。

两个小女在桥边过，梨花带雨样可人，让人想起"养在深闺"的古语。后来又看到一群蓝花布衣女子，就知道宜兴出美女的话不虚。据说西施和范蠡曾在此隐居。真的是，这里的风，吹都能把人吹美。

有人在屋内晾草，山上很多叫不出名字的草，是太华特有物种，那草早已让李时珍喜欢进《本草纲目》。

不经意走进一间小屋，主人正在做壶，半成品的紫砂在手中精雕细磨。在这里第一次知道："壶是要用水养的"。多么新鲜的理论！水养好了壶，壶里的水再养人，就分外不一样了。

难怪开办紫砂艺术研究院的卫江安专在太华找一处地方，还有一些喜欢茶的人在湖边盖起了茶屋，他们必是懂得"养"的。

上到半山再往下看，那些建筑，如绿蚌展开的怀里的珠玉。

三

一个寺门打开，一片钟声传了出来。一把扫帚无声地扫着昨天的尘印，还有今晨的雨。

谁说，星云大师从这里走出，而后每年都还要来。谁说，早在唐代就有地藏菩萨欣喜此地结草为庐。"先有太华，后有九华"，绝非空传。

太华山，九峰苍翠，烟波浩渺，那是云湖升起的一朵禅修的莲。

让我解下一片竹叶，像当年达摩一苇渡江一样，披一山翠微，在湖中荡漾。等我上岸,也会沾满禅意吗?

绵延起伏的竹海,竹水相生,气韵流动,能听到竹笋出土的声音和嫩竹的拔节声。

拐进一片茶园,太华山上,到处都是茶林。多少双秀手在上边打理过,茶林随着山势,这边一波那边一浪,编梳得像一首婉约词。

我还找寻着一种树,蓬蓬棵样,极普通的植物,却叫乌饭树,人们采来树叶,用汁液煮饭,白米就煮成了乌米。这是太华的特色餐,家家都会做,营养健胃、强筋益颜,端上来时,立刻有一种清香袭人。

四

实际上,爱是先从喜欢开始,喜欢是因为让你养眼、养心、养神、养梦。犹如遇到太华。

爱不要回报,爱只会付出,就像云湖,捧着一腔的爱,默默地滋润着天地。即使是花的声音、鸟的声音还有你的激动的声音,它都会还给你。还回来的,等同于它对这个世界的回答。

晚间,月亮贴着太华升起来,湖水似也带到了天上。哪里突然响起一管竹笛,将太华的天生丽质,奏成一曲悠扬。又过了一会儿,柔润的茶歌轻轻从一个女子口中滑出,湖水瞬时起了一层梦般的波纹。几个人围一壶嫩绿,并不怎么说话,只让一种感觉,去和神仙接洽。

暗恋宜兴许久,初次相见,宜兴就把最美的地方展示出来,几天里几乎是和她肌肤相亲,喝着她的水,品着她的茶,吃着她的乌米饭,闻着她大觉宏远的钟响。我还看见了神秘的五色石,那是紫砂的原料,于是我知晓了精细而繁杂的成壶过程。看着的时候,宜兴七千年深处制陶的声音隐隐传来。

离别太华时想，太华就是太多的色彩，就是所有的花儿的集锦。太华该是一个女子的名字，那名字与人太美，美成水气盎然的江南，端庄雅韵的小镇。

太华，就如一枚茶，在宜兴这个紫砂壶中精粹地舒展、飘逸。

增城增成的印记

古藤

翻下来，腾挪上去，再翻下来，再腾挪上去，就像临产前的巨蟒，痛苦地不知如何摆放自己的身体。又似台风中的巨浪，狂躁不安地叠起万般花样。

这该是多少藤的纠缠啊！洋洋洒洒不知多少轮回。可主人说这只是一棵藤时，我吃惊了。怎么能是一棵藤呢？但它确实是一棵藤，一棵独立的藤，学名叫"白花鱼藤"，属稀有的物种。

好美的名字，有色有形，诗意盎然。

这棵藤距离何仙姑家庙不远。说它沾了何仙姑的仙气，或何仙姑沾了它的仙气也未可知。《仙佛奇踪》说：何仙姑为广州增城何泰的女儿，生时头顶有六条头发。经常在山谷之中健行如飞。传说武则天曾遣使召见她去宫中，入京的途中何仙姑突然失踪。之后白日生仙。这之后还有人为吕洞宾与何仙姑罩上了感情色彩。说何仙姑成仙返回家乡，在家庙的树林里乘凉，师傅吕洞宾欣然而往，匆忙间用神仙拐杖叉住了何仙姑的绿丝带，何仙姑掩面飞往天庭，吕洞宾丢掉拐杖去追何仙姑。于是，仙姑的绿丝带化作了盘龙古藤，吕洞宾的神仙拐杖也变成了支撑古藤的大树。当然这只是传说，但我仍然会恍惚间把这藤想成是何仙姑长长的六条头发。

我敬慕地站立着，品读着这棵意象万千的古藤。

它一定受过无尽的苦痛。风雨剥蚀过它，雷电轰击过它，战火遭历过它，它依附的大树，长大、长高、长老，直到一个夜晚轰然倒塌。那伤感的声音，把一棵藤的后半生弄得不知所措。现在那棵树只剩下一段冒出地表的枯树桩。

藤，看着疼，身子一半已朽，一些枝条乱于风中。

藤，要么死亡，要么活着。

无有依托就不再存有想法，就像失去娘的孩子，自己为自己做桩，自己为自己相绕，直立而起，倒下，再直立。藤留下坚毅、痛苦、挣扎的过程。一千三百年风霜雨雪，把它变成根，变成树，变成精。

藤，木的典范、水土的凝铸、生命的阐述。像不羁的狂草，有重笔有轻染，有淋漓的汁点。

因也就想到，一位九十高龄书家出席一个集会，有人上前搀扶说，您老气色不错啊。老人说，色没有了，气还有。而看这藤，乃真气色。据悉，藤依然六月开花如瑞雪，而后还结果，花开季节，芬芳遍地，香气袭人。那该是多么迷人的意境啊！

人其实同藤一样，从一点点爬起，活得不知有多艰难。要依靠亲人，依靠师长，依靠领导，依靠社会。要学着做人，学着生活，学着应付，学着面对。

见过一些社会底层的老人，这些人多是农家人，田间里辛劳一生，慢慢地累弯了腰，在墙角路边聊度余生，那腰也就更像一棵藤。我还在医院里看到一个老态女子，弯了的腰使头几乎垂于地面，走路时双手撑在脚上，脚挪手也挪，身子像个甲壳虫。如果不是住进了产房，你几乎忽略了她是一个女人。可她确确实实地生出了一个孩子，成为一个母亲，那是个大胖小子呢。这个枯藤一般瘦弱的女人，总是弯曲着身子，幸福地搂着她的白胖的儿子，那是她身上滋长出的嫩芽，是她生命的又一次接续。她不需要谁的同情与搀扶，她诠释了一个生命。

我们试图找到白花鱼藤的起点与终点。很多的人绕来绕去，终不得结论。它没有根吗？没有头吗？也许真的就找不到答案了，它不再靠根活着，不再靠头伸展，只要生命在体内一息尚存，就以藤的个性，滋生、蔓延、上升、翻腾。

藤、腾同音，也同义。

很多人开始同这棵藤照相合影，但总是找不到合适的角度，它真不同于一棵树、一束花。有的干脆坐在了它弯曲的躯干上，于是又有一些人坐着或趴上去，我真担心它那枯老的身子会突然颓毁。但藤承受住了，为了我们的某种满足。

我们热热闹闹地走后，它还将留在那里，守着它的岁月，守着它的孤独。当然也守着增城的形象，被人凝注，被人思索，被人景仰。

挂绿

在增城，好看的东西实在是多，听到的东西也颇感新奇。比如挂绿，你原本不会把它想象成是一种荔枝树，而且是绝品荔枝。这种稀少的品种，被增城人藏宝一般藏在了市中心的园子里，四周被水围起，围成一个盆景。盆景四周扩而成一个宽广的挂绿广场。而已有四百余年的挂绿母树上生长出的荔枝，在一次拍卖会上，竟然拍出了每颗五万多元的高价。

我还是不大理解"挂绿"一名的由来，为何用"挂"呢？来自"披红挂绿"？那么就是还有"披红"？成为一对名贵品种，才能说得通。也说不定是"披红"早已失传,唯剩下"挂绿"了。或者说荔枝就是红红的果实,株株串串红满枝头,远远望去真的是满树披红,而后突然出现一番奇妙的事情,每颗果实上都有了绿色,这样便是披红挂绿一片胜景。挂绿难道是这样由来?

传说,何仙姑在一棵荔枝下绣花鞋,顺手把一缕绿丝线搭在树丫上,这树结出的果实感受了仙气,每一颗荔枝都留下一条绿痕。这种传说,只能是听了一笑了之,当不得真事。

为什么它有这般珍贵?据说这个品种果肉鲜嫩,水蜜爽口,且能够保持很长的时间。《荔枝谱》一书载:其品质爽脆如梨,浆液不见,去壳怀之,三日不变。

当年一个姓"杨"的女子想吃荔枝,唐玄宗为博妃子一笑,下令快马奉送。崎岖官道,尘土飞扬,越千山万水,到长安也要好几天时间。在没有先进的保鲜设施的情况下,一般的荔枝也就失去了它的鲜嫩。许只有挂绿这样的品种才能使胖美人微露一笑。

时间走过,又有一个女人想到了荔枝。别人吃得,她为何吃不得?何况还有苏东坡"日啖荔枝三百颗,不辞长做岭南人"的诗句相馋,岭南人她做不了,解一时之馋倒是想。

这可急坏了当地的官员,那时挂绿树就已经寥若晨星,若奉一般荔枝进京,失去新鲜味道,肯定脑袋不保。既然有旨,这些官员还是费尽心机,踏破铁鞋,终于在偏僻的乡间找到了救命的挂绿,才得以博得老佛爷的欢颜。

挂绿可见名声久远,更因稀少而为人间珍品。

我只记住了"挂绿"的名字,却没在意它的形象。后来遇到舒婷,她也去过增城,并且有幸得到过一颗挂绿果。她说,挂绿是荔枝的表皮有一圈的绿色。

这可真是一种奇果，挂绿，形象而诗意的名字。

仙瀑

名字叫得怪，白水仙瀑，白沾了仙或仙沾了白，都让人起些想象，何况还带了水的韵质。这仙瀑在增城白水寨景区，落差达四百余米，远远望去，一条美丽的白练从天而降，带有仙风道骨之灵气，又似一衣袂飘飘的白衣女子，自九天款款而下，携带起白云袅袅，薄雾障障。

真就有人说是何仙姑的影身，何仙姑性情柔静，美丽善良，秉承孝道，擅长绣织，后升天成仙，因思家乡，常飘冉于增城之上。仙姑家庙有一仙姑画像，凝神看时，渐渐会迭出仙水一瀑，轰然有声。

从白水寨底走着看瀑，须走九千九百九十九个石制或木制阶梯，曲曲弯弯，一重一叠，似走入山的无尽处去，而阶下瀑水时而叮咚铃响，时而银瓶乍裂，奇景万方。更有山鸟弹射而起，或跌落而下，动人心目。

顾女张梅，小女子样拖一双贵妃踏鞋，眯一双杏眼，走走望望，望望走走，畏葸万分。终还是架不住友朋相邀，奇景相迷，冒一身香汗，湿半边衣裙，好不容易走上坡来。莽汉蒋巍，一路欢颜，高门亮嗓，急步阔腿，最早以一红衣闪亮于山岩之上，同白水仙女站成对应景色。

这时的瀑布，狂泻如雄狮怒虎，翻腾如蛟龙巨蟒，完全没有了飘飘欲飞之举、款款仙子之态。这也好，这才自然。即使仙人、即使美女也有双重性，读懂了接受了都是美。

再离远些，绕另一条路下山去，又渐渐把白水仙瀑看成一缕长丝，柔柔地松散开来，抖动起清风细雨。

最早叫"云南"的地方

一

云南驿，反复看着这个名字，就看出一条古道逶迤而来。

驰着快报急送的快马，劳顿疲惫的旅人，铃声叮当的马帮。一个古驿站等在这里，还有温暖的热情和茶香。我立时就对这个地方感了兴趣。云南作协的李朝德亲自驾车，我们两个从苍山洱海边出发了。

车子一忽钻进一片浓雾，一忽陷进一阵急雨。山形变换，云团飞升。闪亮处是绿色的农田。这是新修的高速公路。而在以前，走这些地方，必须要借助茶马古道了。后来又有了一条滇缅公路，这条公路，成了二战时期联通中外的生命线。为修滇缅公路，不知道死了多少人。而这条公路，现在还依然蜿蜒盘旋在我们走的高速公路的近旁。

为了守卫这条生命线和支援抗日战争，美国人唐纳德带来了飞虎队，进驻了滇缅公路旁的多个机场。一架架涂着怪兽的飞机一次次从这些机场起飞，不是与日本飞机激战，就是飞去了驼峰航线。没有想到的是，我只是看到了云南驿的名字，找到了一条茶马古道，却不知这里还藏着一个飞虎队的机场。

云南驿现在仍然是一个大的行政村，村长和当地的派出所所长已经在那里等我们了。村长姓"单"，一脸和善，黑黑的，听懂他的话很吃力。他祖辈就是云南驿的人。所长比他更黑，穿着黑衣黑裤，腰间挂着枪，露出健壮的肌肉，带着的两个人也是黑衣装束，看上去像是黑社会老大。一路上村长陪着讲解，所长他们很少说话，只是跟着或不远处站着，弄得我有些紧张。闲暇的时候，想到最近发生的恐怖袭击，就问所长这里的治安情况，所长说，当然会有这样那样的案件发生，不过这里还是比较安定的。所长来了十二年，当了八年所长。

我下车的地方，也就是村子外边，竟然发现了一堆大石滚，比普通碾场的滚子大多了，起码有五倍大。那么大的家伙堆了一片，像刚从战场上下来的混乱的队伍。村长说，这就是当时修机场的滚子了。要推动这些滚子，得有多少人啊。那可是个热火朝天的场面。普通的小滚子只能压实农场，而不能压实飞机跑道。于是就有了这么大个子的石头、水泥做的滚子。

转过去就是一个牌坊，上面赫然刻着"云南驿"，牌坊的这面是"茶马古道"四个大字。顺着牌坊看过去，就看见一条石砌的古道，蜿蜿蜒蜒伸向好远，古道的两旁，是一个个墙壁门楼的房屋，一个个敞着或关着的店铺，一条条不知通向哪里的巷弄。这些，构成了云南驿的主要景观。

随意走进一个院子，便发现是四合院式的院落，房屋是两层的，两边有楼梯在屋外登上二楼。单村长说，这是云南驿的典型院落，当时大都是驿馆，二战时飞虎队员就住在这一个个院子里，费用当然是要付的，就像平常旅人一样，只不过他们住得长一点。大兵和房东有了一个长期接触，感情和友谊是自然增长的。

有时刚到一个门口，就有一声狗吠跟过来。村长喊了一声什么，立时就将友善摇晃在尾巴上。主人也随着从屋里走出来，露出没牙的笑。一处客栈的房子显然经受过一场火，楼上已经坍塌，烧焦的窗户只剩下半截木棂。多少年没有人修缮过，似乎已经不必要，因为没有了重新利用的价值。很多都是干打垒的墙壁，只是四角用砖石垒砌。木质的楼梯已显出老态，它匍匐在那里好久了，发出咳嗽和喘息的声音。让人有些微的痛感。一个老人坐在另一个门洞里，一只猫守在她的脚边，她和猫同样安静，时光对于他们似乎已经无所谓。

我走进一个有着三四进房屋的更大的院落，下面有马厩、接待室、厨房之类，上面是讲究的住室。几十个人住进去，一点问题都没有。从木板墙上遗留的字迹可以看出，这里的每一间屋子，都曾传出过琅琅的读书声。很多有特色的豪宅大院都是被当作学校留下来的。这里到处堆放着驿站的遗迹，失去光泽的老茶，固定的马驮子，硬皮子的马靴，成串的马掌子钉在墙上，钉出了一个茶马古道的线路图。

我轻轻摇动了圣果样的马铃，它发出的声音超出了我的想象，那本该叮叮向上的声音，却橐橐沉远。我一下子就喜欢上了这种声音，它和茶马古道的石板声形成了互应。还有马灯，那微小的亮光，是夜路上的另一种声音，加上马发出的声音，人偶尔发出的声音，就构成了浩浩孤旅上的生命交响。

我在这里看到了熨斗，那种可以打开上面在里面放炭的熨斗。风餐露宿的马帮人还需要熨衣服吗？但随后就被一种想法击中了，难道不是守在家里的女人所用？仔仔细细地让男人穿得板板正正、风风光光上路，那熨斗的意义远远大于烫斗本身。墙上写着当时的打油诗，道出一种心声："身着土地头顶天，星星月亮伴我眠。阿哥赶马走四方，阿妹空房守半年。"

茶马古道，那是茶与马组成的道路，茶驮装好，出发的仪式竟是那般庄重："头骡打扮玻璃镜，千珠穿满马套头。一朵红缨遮吃口，脑门心上扎绣球。"此去万里，顶炎冒寒，餐风露宿，早不知折腾成什么样子，但出征的隆重与认真却让人感动。男人走了，女人的心便空了。那种空换成一种愿望，必是在枕畔说出，说出来又被男人堵了回去。流传的这些打油诗，字字句句都像古道的石头，磨砺在人们的心上：

"出门要么搭你去，缝缝补补也要人。出门只有带朋友，哪有上路带老婆。"这是对话式的，朴实自然，都是真实心境。

"砍柴莫砍苦葛藤，有囡莫给赶马人。三十晚上讨媳妇，初一初二就出门。"这是怨妇的话语，说了，可还是给了赶马人。

二

由于茶马古道与驿站的原因，街道两边的店铺一直以来都十分兴盛，很多都是骑马楼。每个铺子前都有伸展出来的宽阔的窗台，显得方便又大气。现在有些还在做着买卖。

阳光打在石道上，泛出不规则的光芒，刚下过一阵雨，那些光芒泛上一股湿润的气息。石道在村子中间分了好几杈，其中最大的一股斜里而去，直通着后来修的滇缅公路。

在另一处院子里，飞虎队用过的物品陈列在那里，你会看到手脚和头颅使用的东西，那些东西散发着大洋彼岸的气味儿。有一幅飞机照片，机身大大地涂着一个女人形象，显现出这些雇佣兵的随意和自然。

飞虎队与村子上的人交易不用美元，而用老蒋票。是因为村上的人认为那印着外国人头的票子不顶花。单村长说，后来家里存留的老蒋票当了糊墙纸，满面墙都是神色严峻的蒋光头。

单村长的奶奶会做老饼干，美国人尝了还不错，就用军用罐头来换，奶奶一尝，也很好吃啊！现在当地还会做这种老饼干，那是一种比普通饼干大、比饼子小经过发酵和烘烤的食品。派出所所长让人去买了来，一股子面食与碱面的清香立时弥漫开来。随手拿起一块，觉得是我吃过的最好的饼干，一会儿又一块下肚了。

飞虎队可能吃烦了他们的食品，就经常购买同云南驿的村民以物易物。云南驿人比别的乡人最早知道了咖啡、巧克力、奶酪、果酱等，他们甚至抽上了美国的洋烟，不过，他们还是认为不如中国的东西好。美国人也是这么认为，他们经常在闲暇时踏上古道上的石板路，而后再登上高高的石阶，扒在沿街小店的窗沿板子朝里望。里面有那些新奇的物品，豆干、腊肉、火腿，还有豆花粉、过桥米线、饵丝、凉糕。他们也会拿起一支像小钢炮样的水烟筒吸上两口，呛得大声咳嗽而后大声浪笑。

当然，美国大兵更在意里面的中国姑娘，那种自然纯朴的乡村女孩，看人的眼睛都流淌着羞涩的笑。勇猛于天的飞虎队遇到这样的眼睛几乎溃不成军。他们在回营的路上吹着口哨，笑谈着哪个窗口最吸引人。而后他们不断地以散兵游勇的方式向那些个窗口发动冲锋。

因为这些飞虎队是打日本的，乡村女孩对这些人并不反感，何况他们的举止也没有多少让人反感的。于是对自我构筑的防线的防守就松一点，就会在他们每次光顾时送上和以前同样的目光，只是那目光中的羞涩渐渐转移到脸颊上来，递过东西的手也变成了会笑的语言。有时飞虎队的大兵会激动而放肆地碰触那种语言，那种语言便即刻会随着身体跑进里屋，换来的是美国大兵"Oh my god"的呼喊。

不少类似的故事发生在飞虎队留驻的驿馆里，他们跟主人前院后院地生活在一起，如果这家主人有个伶俐的小女，而小女也不避讳与大兵的交往，甚至会帮他们点儿小忙，比如钉补个扣子，洗洗衣裳。那些喜欢助人的，善学中国话的，会吹口琴的大兵，就较为容易地获得这户女孩的亲近。一些男人女人的故事也就时有发生。那些故事或最终随着战争的结束一同去了美国，或一方不愿远离而变成永久的遗憾与思念。

总之，在云南驿这条长长的古道上，洒落过多种味道的歌声笑声与多种味道的汗水和泪水。

多少年后，一群飞虎队老兵回来了，他们泪眼迷蒙，颤颤巍巍走进熟悉的院门，摸索着，指点着，叙叨着，拉着尚健在的老人发狂地笑或者哭，把美好的语言从口里说出又留在墙壁上。

时光走过，记忆尚在，友情未泯。

三

院里石砌的老井，依然留着井绳磨出的槽痕，叮叮咣咣的响声从井底泛上来。

村长说，云南驿叫得早了，先有云南驿，而后才有云南省。

很多的门上贴着送别长辈的挽联，不是一家两家，三家五家。村里人说，一个大院子住的人家多，不是这家就是那家，总有老人故去。这么说，云南驿的老人越来越少了。

正看着，云南驿的小学校放学了。孩子们热闹的声音立时充斥了静寂的古道。一个个孩子从群里飞出来，跑进一个个院子。让你想到，云南驿不像那些失去人居的古镇，它依然属于生活。走进一个人家，两个刚放学的女孩在葡萄架下吃着饵丝。抬头发现我的好奇，显得有些不好意思，那或许仍是当年见到外来人的村女的羞涩。

村子头上，原来的机场已经变得面目全非了，只有一个个机窝还有一点点痕迹，不说也是没有人知道的。让人想不到曾经的轰轰烈烈，腥风血雨。更多的地方变成了良田，绿色的水稻让视野拓向远方。过不了多久，就会又有一茬丰收滚滚而来。

　　走的时候，穿过蜿蜒的古道，绚丽的云霞，铺了一天。车子像犁一样钻了进去。

铜梁的方程式

一

门前洒着阳光，窗上开着微笑。你把早晨濯洗得那般光亮，盈盈地站在涪江边上。

江还在流着，只是没有了船工号子，一条小船被拉在岸上，里面装了土，土里开了花儿。好大一船花儿，迷茫又灿烂。

窗前谁在梳理，窗在高高的地方，发很长，看不到瀑的末端。多少年就是这样吧，对着一江春水，慢慢地享受。

一位老者，坐在门口削竹篾，锋利的刀在朴拙的手上说话，川粉样细长的竹条儿是欢快的语句。削这些物件做何？原来是做龙！节日里翔舞的图腾。

一个小女孩在石板路上一跳一跳地跑，阳光追着她，把抬起和落下的脚画出一明一暗的影子，凹的地方有一凼水，小脚啪的一声，溅起身后爷爷浑厚的笑骂。

老戏台上还有人在咿咿呀呀地说唱，没有多少观众了，但你挡不住说唱人的自在。多少年里，台上台下多少戏曲唱过，朽去的木头都有了记忆。只要戏台还在，小镇就永远上演着生活活剧。

尽管青石与灰色的砖瓦同其他古镇没有多少不同，但大西北的味道是掩不住的，看那些眼花缭乱的店铺招牌：官渡粑粑、三大炮、酸辣豆花、太守麻花，还有的招牌干脆叫"安居第一蛋"，不知是自封还是有何说辞。

风很慢，风不急着赶路，它要把每一处角落都走遍，每天都这样走，才不会迷途。

有人坐着自说自话，人们都走了，他还在说，小镇上不少这样的人，絮絮地说着。年岁最长的那位，总是在最后收拾一地细碎的月光，打开古旧的木篱，把自己关进去。

听了一场川味浓郁的书会，竹子做的三块板子，把心敲得乱马交枪，就像今晨打在古镇的雨点。

云从那边赶来，船上看安居，好像被云追着跑，跑了半天被云一下子抱住，涪江和琼江也抱着小镇不放。小镇上起了声声吆喝，有人说晚上有舞龙表演，节日里更是喧腾，龙上喷火，龙下也喷火，人家是火里起凤凰，这里是火中飞龙王，长长的龙顺着古街腾越，从上边看，沿江古镇就成了一条跃动的龙。一个新生婴儿的啼哭，猛然引出一个词：安居乐夜……

二

那么多的匾额，本来都有各自的天地。"懿德传家""民怀其惠""地承天顺""萱草恒春"……刻骨铭心的文字后面，是一个个"庭院深深深几许"的老宅，一个个散发着墨香书香的府第，莺声娇笑、朗朗书语……

这些可怜的木板，只有和粮食在一起才存活到今天。而且还是垫在粮食的下面。它们只能垫在粮食的下面，在当时，它们连"精神"的粮食都算不上。

至今, 周身依然散发着粮食的味道, 真的, 没有了它们, 粮食何以让一个民族久长? 凡是来瞻仰的, 都唏嘘不已, 亏得一个人为粮食计的临时思想, 否则一个社会会失去部分营养。为此我想感谢那个人, 对于我们一路辛苦走来的历史。

出来的时候, 围绕着一棵树不停地问着名字, 它的身上扎着药瓶。这个情景的画外音叫"挽救"或者"抢救"。失去了太多的珍贵的物种, 人们不想再失去了。

三

两棵黄桷树进入了永恒, 不, 说它是一棵树吧! 嚣嚣尘寰的人来人往, 打破了巴岳山的寂静。三百年过去, 它们的根, 依然深深地插入泥土, 身体一撇一捺交合后直挺蓝天!

曾经被撕裂过? 还是两棵树的拥吻? 风打来不动, 雨扫来不屈, 雷劈顶不倒, 雪压身更绿! 以苍虬与缤纷让这个世界多了一扇门。

我站立它的门口, 感到天地轰然, 信息瞬间接通。

四

火龙舞, 是九天跃动的人间彩排吗? 竟然让人如此惊心, 如此畅快。

事先不知道为什么让木炭燃烧, 让火炉吞火吐焰。长龙登场, 舞得欢天喜地。火炉仍然不动声色。等到龙火熄灭, 天地顿时掉进一片黑暗, 这时才有勺子伸进炉中, 铁水瞬间泼出, 一块板猛烈迎击, 刹那间, 天穹散出一张大网, 网出千花朵朵, 万星烁烁! 龙更加欢腾起来, 没有这铁花相衬, 龙怎么能如此辉煌, 铁花你就是龙的衣裳, 是龙的万丈光芒。

"风如拔山努, 雨如决河倾"。半裸的汉子托举着龙在其中狂奔, 来吧,给我披一身铁花,让我烫,让我疼!再猛烈些,再猛烈些!那些钢骨肉身,层层铁水落在上边,溅成八瓣礼花。铁水甚至落在了看台上,欢呼嚎叫四起。你们的女子在边上看着,有的抱着你们的衣服,喊得嗓子发哑。她们骄傲呢!她们比你们还兴奋。铁也兴奋,它们没有想会以这种方式发光,以这种形式开放,烈火中滚出一千度高温,化成一片缤纷的热浪。铁觉得值了,无声的冷,深沉的漠,终于敢有一次爱的狂妄。

视觉迷离,龙还在舞,声音还在吼,已经不觉身在其中。火龙舞,你要舞得地老天荒!

五

在铜梁,到处都能闻到四月的花香。刚到一个小村,便有浓浓的花香袭来,寻香找去,竟然找到了柚子树,小小的花怎么会有那么大的释放?还有女贞树,也是一枚枚的细小花儿,小的可以忽略不计,却在一处老旧的戏台边抱着团地歌唱。还有柑橘花,也是小得可怜,但是她的芳香却楚楚动人。还有黄桷,结果的时候,也会有暗香发出,乡间的女孩子戴在腕上,比那些价值连城的环珮可人多了。

看到那么多好看的瓶兰。瓶兰只有中国有,中国却只有西南有。这么一说,我得好好看看这个新朋友,它无论多么瘦小,都显出顽强的可塑性,随便风把它摆成什么姿势。猛一见它暗色苍颜,以为行将就木,谁想它会举着很小的一朵花呢?那是它的孩子,楚楚地在这个春天表明着话语权。

乡间的小路走着上学的孩子,他们不像城里孩子那么聚群,多是单身独个,乡野在他们的脚下转起来,孩子走过竹篱,竹篱上开着白色的小小的火棘花。

主人见我们对花欣喜，笑着带我们去看花儿集会。在乡村，你见不到几个年轻的女孩子，但是你进到一个流水线，便会见到那么多的青春韶华。我现在就像站在一大片流水线上，那些花流过我的眼前。一道道的色彩在这里被重新安排，乔太守乱点鸳鸯谱，点成不同的海，不同的浪，不同的起伏。我被裹挟进海里，我也跟着起伏，跟着那些笑浪发声。

有些人喜欢花，却不说，觉得说了太女儿气。可你看看这些人，一个个在奇彩梦园都有些痴了。

六

青蛙只负责夜的前半段，在这一阶段，它们嘶扯着嗓门，尽可能把玄天湖之夜搞得声情并茂，窗户里的我尽管觉得吵嚷，却不知不觉进入了梦乡，由此感觉到青蛙对一个湖一个夜晚的贡献。

似乎是约定好了，夜的后半段由鸟儿作总结，鸟儿七嘴八舌，你一言它一语，有的快人快语，有的舌头转了好几个弯才表明意思，有的不厌其烦地反复强调着一个词，哎呀呀，你算是闹不清它们究竟在说什么，反正比青蛙搞的效果更加锦绣繁华。

青蛙那是男儿们的逗耍，这是一群女生呢，你听听那一个个带着水音的嗓子，哪个不是润足了玄天湖的水？青蛙们睡得无比深沉，或许它们不敢与这些女生争胜，所以使得早晨更显得青翠水灵。而蛙们嘹亮的时候，鸟儿都去了哪里？鸟儿一定不屑一争，觉得占据黎明的意义更大。龙都的山水世界，就这样被它们的热情瓜分了。

我试着做鸟们愉快的辩论赛的评委，直到天亮，也无法给出一个结果。拉开窗子，索性让飞珠溅玉的早晨进来吧。

七

　　铜梁，当我把玄天湖，把花海，把火龙，把失去而找回的匾额，把大写的人的树，最终同安居等连起来的时候，我就有了一种惊颤，真的？这真的是一个方程式吗？一个多少年前我们向往，多少年后我们依然向往的方程式？

遇见"华不注"

一

来到济南历城，历城的朋友先带着去看华山。

一路全是街衢楼厦，尽显现代都市风貌。好不容易说到了，漫野中看到一座不大的山包。心中疑惑，历城没有太好的风景？这小山远远望去，就是一个情窦未开的花骨朵。没有遮挡，也没有起伏，就那么孤孤地立着。正想问什么，又想到"山不在高，水不在深"的警语，遂不敢多言。

二

果然，刚进入大门，就有数十棵松柏挡眼，凛然如武士。抬头看标牌，年岁可都不小，这位横刀立马者900岁，那位气冲牛斗窜到了980，最小的一位，也800整了。即刻肃然，不敢高声。再往前，巍巍然一座宫殿，不，一群的宫殿。却原来是赫赫有名的华阳宫，还有三元宫、玉皇宫、泰山行宫，还有净土庵、关帝庙、观音殿，真个鳞次栉比、檐牙高啄，铺排一片。殿内线条清晰的壁画，竟是元代遗迹。渐渐就有某种气息接通。也就明白，这松柏这殿宇竟都是因了一个氛围，华山的氛围。

不大的华山，到了跟前竟然膨大起来，远处看见的花骨朵，也已经开了。更为惊讶的是，原来这华山，就是史书上的"华不注"。看它表面不大，名气却超迈无数高山峻岩。应了那句话，浓缩的真的是精华。这精华连接史上发生的一件事：齐晋鞍之战。从课本里早就知道两个著名战役，一是秦晋崤之战，一是齐晋鞍之战。这两场大战都与晋国有关，而且都是晋国取胜。对方失败的原因，全都因了骄兵。我正好刚从崤山回来，那崤之战在深山峡谷，鞍之战却在平原。单说鞍之战，齐顷公可能觉得齐国还可以，又在自己地盘上，丝毫没把晋国兵马放在眼里，撂下早饭说打完这一仗回来再吃。没想到齐军却被晋军吃了，最后顷公的车驾被晋人追着绕华不注跑了三圈。要不是逢丑父同他换了角色让他"华泉取饮"，说不定做了晋人的俘虏。由此成就了丑父的义名，殿内还有他的忠烈造像。

多少年，萧萧杀伐已经停歇，慌乱的奔突也已经远去，华不注就这么悄然地躲在了时间的深处。大概可以这样说，凡深幽处，都会是寂寞处。或者说，凡寂寞处，都是深奥处。我为差一点错过而叹惋，立刻关注起来。我看到郦道元这样描述它："单椒秀泽，不连丘陵以自高，虎牙桀立，孤峰特拔以刺天。"单椒很是亮眼。李白如此感叹："兹山何峻拔，绿秀如芙蓉。"芙蓉也很入心。据说宋代以前，这里是一片水，李白或乘舟而来，同我来时的感觉大不相同。赵孟頫来了，画出一幅《鹊华秋色图》，并题记："齐之山川，独华不注最知名"。乾隆感同身受，对此画欣爱有加，亲自题书"鹊华秋色"。还有曾巩、元好问、张养浩、康有为都曾为此山激情感奋。康有为也是遍赏名胜见过大世面的，但是一见这一带山水，竟然主张将国都迁到华不注前。

三

越往上走，就越发感觉到那莲的渐次开放。真的，是在这个早晨一点点地开了的。上到高处就看见华山前的一池清漪。原来山下有个华泉，属于济南七十二名泉中的一位。华泉涌成的湖水，同远来的水连在一起。元好问就在《济南行记》中提到，大明湖自北水门出，与济水合，弥漫无际。遥望此山，如在水中。有人说先有历城，才有了济南。实际上也可以说，是先有了华山，才有了历城。华不注就像一粒种子，让一个都市生根开花。

除了松柏，更多的是竹子，这根根翠竹，怎么会在北方长得这么葱茏？站立其间，清气缠着微风，同华山的品性相偕相照。

一条小路弯弯其上，铺张的连翘和偷开的野杏在小路的两旁黄黄白白。山还是十分陡峭的。就觉得开始的感觉有些可笑，更感觉自己的渺小。上到半山腰便云雾缭绕，烟岚蒙蒙，恍惚于仙境。山上依然有庙。就想起那庙里的道士和道士后面的狼，都作古好久了，故事还活着，那里边有一个哲学命题吧。

为了赶"五一"，工人们在整修，所以游客不多。在一处屋宇拐角，看到学生模样的两男一女在画画，问了说是山大的。口音像闽南语，原是来自台湾。说每年都有同学作为交换生来大陆学习，他们专门选的山大。我有些好奇。他们笑了，说喜欢这里的山水，尤其是华不注，因为那枚台湾发行的邮票。说着女同学拿出一本邮册，其中就有赵孟𫖯的《鹊华秋色图》。

远方的人，怎能不到这华山走一遭。站在山顶往北可以看到滔滔的黄河，往南能看见小清河。小清河并不小，以前接着济水。济水同长江、黄河、淮河为古四渎，曾波澜壮阔，舟帆相继。听说济南正在做着大明湖同这边水系的连通工程，不久会重现历史美景。再往前看，就看到了巍巍泰山。这样便想起这"怒之如奔马，错者如犬牙，横者如折带，乱者如披麻"的华山同泰山该是一脉相连。泰山没有达到黄河边，或有不甘，便使地下根脉凸起一柱，了却了愿望。有说杜甫就是站在华山上望岳的。也有可能。没有一个好的立脚点，我们的诗人如何能有那种激荡的胸怀？

走的时候，三个学生还在画着。想到那枚邮票，是否就暗合了余光中的"故乡"情缘？因此也就有远方的游子，带着这枚小小的邮票，漂洋过海地来了。

再看华不注，已经是另一番感觉。还有那群不老松，不知要再经历多少个900岁。

嵖岈山

世上有山叫"华山"、叫"峨眉"，而它叫"嵖岈山"，叫得呲而哏，是第一个见它的人脱口而出的言词？

当地百姓的话：嵖岈山，叫着得劲。

在一个雨后上嵖岈山，山上还是湿漉漉的，且云雾迷蒙。

山真的特别，是一个个石头汇聚而成，想了无数的人，胖的瘦的高的矮的，烟雾中乱头攒动，闹嚷嚷，挤挨挨，紧密相处又各自独立。

有人说，单个的自身都不孤立，所以人们爱在澡堂里哼唱说笑，爱去广场甩胳膊疯狂，所以石头爱聚成山，人爱在山里转。自然与人是多么地相似。

山中的石头也出形，有如一对父子携手，有如一对情侣无间，有如一群虎豹跳溪。雾岚时现时隐，光线时晦时明。有的石头玩着惊险，崖边耽一个角，推了就一晃一晃。转过山弯，一个大寿桃似从天上落下，夹在两石之间，桃子细腻光洁，石头却粗糙无比。

走着走着没有了路径，只好进入巨石中的一道缝隙，可就检验胆量，走入的侧了身子，一点点地挪，头仰着，上边是高高一线天。爬上来听到泉水淙淙，却不见水在哪里。

水不停地滴，不停地流，多了，就在山下聚成湖，湖再反映山。

再抬眼，一尊佛正对着笑，佛在山中也这么快乐，细看，仍是一块石头。山中是有寺的，也夹在石林间，袅袅青烟让人感觉这山通了仙气。钟声一响，满山灵动。

再转过山脚，高高的一排锯齿石在锯着行将坠落的夕阳。

有人在喊山，顺着声音寻去，见不到人。前面的人走着，后面的跟不紧，会走岔了路，转不出去。

嵯岈山，是什么时候裂变、凝固成一片石的花、山的刺？孙猴子喜欢这样的地方，这里成了《西游记》的外景地。

不似泰山那般稳重，不似嵩山那么高耸，嵯岈山，它不是植物里的高树，它是蓬蓬草，刺刺棵，看着不大，爬着却难，真个同那名字，"嵯嵯岈岈"的一盘山。

下山走出不远，农田坦露着秋色，有人在田间耕作，悠然见的就是嵯岈山，那是另一种自在。

一望无际的大平原，吹一口气就能吹到无限远。突兀的嵯岈山，像中原的一颗美人痣，看上去很美。看了想起来，还是很美。

那牵曳阳光的一缕亮腔

一

有哪一个县名，是和一个剧种连在一起呢？只有弋阳。弋阳腔因弋阳立身，弋阳亦因弋阳腔扬名。"弋阳"本身就很有意味，弋阳腔呢？

终于听到了，那是在一场雨中。很大的雨，似乎要先沐浴才能听曲。满街筒子都是雨水，哗哗的声音充斥着这个胡同。冒雨进入一个场地，场地里已有不少人等在那里。他们从弋阳的各个方位赶来，湿了鞋子，湿了衣衫，一个个却眼睛明亮，心志高昂，等着锣鼓开篇。戏是《珍珠记》，书生高文举与王金贞悲欢离合的故事。据说是百年老戏，2017年才由弋阳腔剧团复排出来。

听弋阳腔的演唱，强烈地感受到它超越地域文化的艺术穿透力和亲和力，让人一接触即被那激越清雅的气质所打动。你看，一个演员在台上唱，幕后数人接腔相伴，如回声般美妙。伴腔也有变化，或众帮，或单帮，整句帮或半句帮，还有无字的声帮，整个舞台气氛活跃，充满民歌风和生活气息，使得人物的表现、剧情的展现增加了感染力。那或高亢狂放或抑郁婉转的曲调，那响脆的锣鼓和昂厉的唢呐，无不让人拉魂惊心。

雨的声音从门外不时传来，场内的观众却全然进入了戏中。八场戏环环相连,紧紧相扣,人们有时叫好,有时鼓掌,有时私下里帮腔,直到在包拯的主持下遭强权拆分的夫妻公堂团圆,才舒心地出了一口气。演出结束了,还有不少人站着迟迟不走。在戏曲式微的今天,此种情形不多见了。

二

我来弋阳腔剧团的时候,部分人员正在排戏,排的是新挖掘出来的传统剧目《芦花絮》,是民间喜闻乐见的忠孝内容。江西艺校的孙培君在一句句指导着唱腔。她的老伴,江西省赣剧院导演刘安淇也在一旁。两人也是《珍珠记》的导演。孙教授童年在上饶长大,11岁考入艺校,毕业后就留在了那里,并结识了艺校的师兄。两人这么多年相濡以沫,对弋阳腔情有独钟,72岁的她和76岁的老伴要在这里待上一个月,把这部戏帮着年轻的剧团拿下来。

接我到剧团的是团长杨康,没有想到这小伙子还是司鼓,在乐队起着举足轻重的作用。来到排练场,他说你先跟我父亲聊聊吧,他可能会给你提供一些东西。

我就和舞台总监杨典荣聊了起来。老杨75了,说话有些漏风,但吐音有力,精神矍铄。喜欢了大半辈子弋阳腔,人老了,还在团里操心。他也是省艺校毕业,毕业了人家让留校,他不愿留,非要回家搞弋阳腔,于是到县剧团,找到家在南昌愿意对调的,才得以到了弋阳腔剧团。那是1963年。

老杨说,弋阳腔是元末明初的时候,浙江的南戏经信江传入弋阳一带,结合当地乡语和民歌滋生出的一个全新地方腔调,后来昆山腔、弋阳腔、余姚腔、海盐腔被称为"四大声腔",比较响的是昆山腔与弋阳腔。有话叫"南昆北弋"。老杨说弋阳腔是建立在弋阳和信江流域丰厚的人文基础上的,在弋阳腔产生后的400多年里,京剧、湘剧、川剧、秦腔等四十多个剧种无不受到弋阳腔的影响。它是高腔鼻祖，它的粗犷、豪放、激越、明快，极受大众的喜爱。清康乾时代，内廷都是以弋阳腔和昆曲为主要演出曲目，乾隆50大寿，点的就是弋阳腔。曹雪芹的《红楼梦》中，宁国府新年演的戏，也是弋阳腔的剧目。老杨说着的时候，满含了一种自豪。老杨还说，弋阳腔是上世纪日渐凋零的，原来有240个曲谱，散失了不少，近些年重视了，才又搜集了一些。弋阳腔不能丢啊，你看申报国家级非遗时，不少人还质疑它的存在。我对此有同感，因为我也是来到弋阳才知道有弋阳腔。

排练场那里休息了，《珍珠记》中扮演王金贞的徐小芳来到了我的面前，这位1987年生的鄱阳人，读初二的时候上饶艺校去招生，就进了艺校。四年后毕业，考到了新建的弋阳腔剧团。当时剧团没有编制，等了两年，还是没有编制，凭着硬气的功底就去了老家的赣剧团。赣剧可不是弋阳腔，后来弋阳腔剧团申请到了编制，又去做她的工作，骨子里喜欢弋阳腔的她还是毅然地回来了。"这个团是新团，年轻人多，同学多，风气正，最重要的还是觉得弋阳腔有前途。"她说。现在她成了团里的主要演员。

她在这里认识了爱人操正。操正是弋阳人，两人也是同学。我说不是因为爱情回来的吧，她说那个时候还没有谈。现在结婚了，有了孩子，和公婆一块生活。我想起来了，操正昨天在《珍珠记》中，是个扮花脸的。扮相让人印象深刻。

小芳说剧团是差额拨款，工资只有三千多，还有房贷，两人的工资主要是还贷。好歹生活还有父母帮忙。现在团里还有人买不起房，租房子。还有后继有人的问题，团里的人现在说年轻，也都三十左右了，再有十年就四十上下，很快的。我想起演老仆的演员，难道也是年轻人？她说她叫"黄青南"，才32呢。哦，演得真好，把一个善良的老奴演活了。

再同《芦花絮》的女主角孙晚霞聊，她在《珍珠记》中扮演自私暴虐的温金婷, 演技超好。因是1989年太阳落山时出生, 就叫了"晚霞"。她是弋阳城南人, 小时家长报兴趣班, 就去学, 老师看这孩子天性好, 喜欢表演, 就去家里劝, 说好好培养这孩子吧, 将来是个文艺料。再大就考入了弋阳腔剧团。说起刚上舞台的时候, 总有一种盼星盼月的欣喜, 还有小心小意的紧张。也成家了, 老公是社保局的。婆婆喜欢看戏, 所以也喜欢演戏的媳妇。只是他们在婺源, 不经常来, 儿子就让母亲帮着带。母亲也喜欢看戏, 母亲看到女儿一出场就流泪, 不知是激动还是感慨女儿的不易。晚霞说到这里, 眼圈也红了。晚霞说她们这些人不是在剧中演主配角, 就是在其他戏里跑龙套, 或者伴唱或者打字幕, 大家就是一门心思对待弋阳腔。

同几位演员交谈, 觉得她们都很随性, 也不隐瞒生活中的喜怒哀乐, 有时谈起不顺还会掉眼泪。可她们就是纯粹的戏花, 一到台上就开了, 生活中太多的苦, 太多的烦, 都忘了。可以说每一个舞台形象里, 都灵动着一颗精致的心。

说起弋阳腔在弋阳的影响, 她们说弋阳腔有一帮子戏迷, 总是跟着跑, 只要能跟上。往往在街上走, 认识的不认识的就有人搭腔, 说你们下次在哪里演, 演什么戏?

我想起昨天晚上的大雨和那群观众。

三

弋阳古戏台数量的众多, 是我所想象不到的。一个个抱得十分紧密的村庄, 竟然收藏着典雅精致的秘密, 守护着村子长久的信仰。至今在湾里、曹溪、上童、西童、马山、东港、姚畈、辜家、杉山街等村庄还保留着很多戏台。多数是清代的, 也有的从明代坚持到现在。姚畈古戏台, 1993

年被浙江商人以两万元整体购走,后来安在了横店影视城,姚畈人说起来都悔。老戏台式样不一而足,有的是独栋单立,有的是两层互依,还有的加了围廊。

这些老戏台,就像固执地开放在乡野的花树,不仅安抚了生活,也闪亮了历史。

听说来看老戏台,西童村的童秋祥、童忠茂在村前迎着,后面还有一大群人。穿过童氏祠堂的过厅,走到院子里,回头便见到了高高在上的古戏台。戏台与两边的回廊连在一起,就像是二层包厢,十分壮观。那么说,看戏的时候,村里的长辈是要坐在这包厢的。我问拥进来的村民,可爱看弋阳腔?叫童志忠的老者抢着说,爱看爱看!又问了童尚水、童忠文,还有77岁的老婆婆袁爱珍,也都是戏迷。聊得亲热起来,知道村里还有两班锣鼓,都是唱弋阳腔。戏班有童露生、童有根、童福高等,也就五六个人,但是连打带唱,完全能够镇住场子。

我不禁感慨,变化的时代,总会有一些不变的理想,那些同外婆的故事一样老的唱曲,还顽固地统治着农村的喜好。戏台与戏曲也是一种未尽的情缘,当锣鼓音声从内里响起,一切都成了上天赐予的浪漫。或者说,若果戏剧也有故乡,那么它的灵魂就在那些老戏台上,戏台就是一个个家,等待着它的归来。戏台也像一个个驿站,又将它送往远方。

有些戏台的墙上还留着当年演出的剧目,不仅有《三国传》《水浒传》《岳飞传》《目连传》《封神传》,还有《青梅会》《古城会》《金貂记》《卖水记》《花蝴蝶》《白虎堂》《凤凰山》《借亲配》。看着那些戏台,你会觉得弋阳腔的调子已经渗入到了各个细部,在许多个夜晚翻衣舞袖,牵扯迷离的月光。

也真有一些人,常常偷爬上去,学着戏里的人夵煞着架子,走一走碎步,喊一声脆嗓。曹溪镇的吴玉婷就在这样的戏台上走过,耍过。那年人家来招小学生去学戏,就相中了吴玉婷,回家一说,首先得到了外公外婆的支持,因为两位老人也是戏迷,弋阳腔的戏可是场场不落。吴玉婷最终上了上饶艺校,又到了弋阳腔剧团,七八年了,现在26岁的她已经属于年轻的骨干。新排的《芦花絮》,她在里面担任B角。老公也在团里,演二花的(花脸的一种)。他们的女儿已经五岁。想起儿时对戏曲的着迷,就会喋喋不休,说自己好像就是为了舞台而生。

是的,那一个个戏台,总为一袭长衫虚席以待,敞亮的空间,也最适合装下青春的梦想。

四

信江舒展地流着,这是一条母亲河,无私地养育了弋阳。

我们来到曹溪镇的东港村,信江就靠着村子,水很丰满,村前有一座道光时期的桥,桥上还有专门走独轮车的石条,石条光滑洁净。

远远就看见了粉墙黛瓦、飞檐翘角的戏楼,风雨多少年,依然光彩屹立。村里的孩子几乎都集中到了这里,在戏台上疯耍疯闹,说词唱曲。外来的客人一下子就回到了童年,围在下面笑着,照着,有孩子看见,竟然跑下来跟他们说话,问他们问题。村里大部分姓"汪",人说最早姓"汪"的有七个儿子,繁衍成七个村,这个村是老三。每年的十月初一要做大戏,村大的连做十天,村小的做六天。农村讲究祝寿庆生,红白喜事,都会请剧团。现在人们拿得出钱了,戏台的利用率这些年渐渐高起来。

这里的豆腐、米糕都是传统名吃,席面的摆设也很讲究。做豆腐的汪光辉已是第四代传人,每到村里有大事都是他最忙的时候。老妈67岁了,一下一下地拉着风箱,往灶塘里添柴。老妈说他们的豆腐从来都是灶火烧锅，她从嫁过来就打下手，做豆腐是男人的事。汪光辉39岁，14岁随父亲干。从父亲病的那天，就开始独自担当，一直做到现在，已经做了12年。村里来了唱戏的，他的豆腐就供不应求了，就得紧忙着做，累也快乐啊。做完了就去听戏，坐在一个角落里，顾不得吃饭，一边歇，一边听，看着一个个方桌子前的人说着豆腐的好，感觉好极了。

一个老婆婆走过来，我发现她的眼睛微闭着，问她能否看见，她说看不见的，但是能够听见。问她可喜欢看戏，她说喜欢，她说着当地的口语，口气十分肯定。问她大名，她说了三次都没听清，村人告诉的也不大懂。没想到一会儿老人拿着户口本过来了，上面的名字是"邵三年"，1936年生，算下来82了。每次剧团来，她都会用耳朵看戏。

你会见到这种情景，一听到弋阳腔，台下就有一种柔软起伏，那是莫名的律动。那一刻，天地多么敞亮。人性中有一种俗常的窥探欲望，每个人都要从戏里去窥一窥自我。听戏本身，也便是一个美好的故事。

饭盆汤碗在那里放着，戏装粉彩在那里摆着，人们的注意力，都去台上了，男女老少个个仰着脸笑着、呆着或恨着。风吹起来，场边的树枝在摇动，一颗果实掉落了，砸到地上有一种深刻的响，又一颗果实掉落了。竟然没有谁在意，他们在意着戏里的事。有的泪水挂在脸上，不擦也不抹，或者根本不知晓。就那么随着戏，感同身受地将自己打开在这世界。婆媳关系不好的，或许会因为这一刻各自有了触动，夫妻关系有了裂痕的，或许因为剧情看到自己的毛病。失去的还会再来吗？错位的还会再改吗？

当然，每一场都会重复着同样的矛盾心理，那就是盼望着赶快有个结果，但又不想那结果很快到来，他们还是喜欢那个没有结果的阶段。于是一次次追随着剧团，一次次从那没有结果处开始自我的折磨、自我的审判。戏完了，灯灭了，才知道一切都可以重新开始，可以重新找回自己想要的东西。

戏真就是戏，戏真好啊。那一场场戏，就这么看了下去，一直看到鬓霜须白，看到地老天荒。

几天的走访，真切地感受到了弋阳腔同弋阳的关系，说白了，弋阳腔就是弋阳永久的代言，是弋阳百姓永久的感念。此后再提到弋阳，就会想起那牵曳阳光的一缕亮腔。现在弋阳成立了弋阳腔保护中心，举办了弋阳腔音乐人才研修班，开始培养和发现年轻人才。他们还把希望寄托在孩子身上，到小学去讲说弋阳腔，演唱弋阳腔，加强孩子们对家乡戏的感情。弋阳人不能丢掉老祖宗留下的宝啊，他们要世世代代传下去。

离开村子的时候，信江已经不是先前的模样，它一江的赭红，很深沉又很稳重的红，这些红被带走又不舍地拖曳，于是就一涌一涌地起波澜。夕阳在远处的龟峰上打闪。羊群的云正在回家，它们同水流的方向恰好相反。有人从村子走出来，在这江边浣洗。芦草飘摇着。白色的鸟划向天空。

我相信，若果庚斯博罗生活在这里，也会有一幅经典的信江风景。再看那座老桥，已变成水中的一个身段，柔美地闪现。

谁亮起了嗓子，那是已经熟悉的弋阳腔，掠过水面，成为这幅景象的画外音。

后记

    我总觉得，一个人，尤其是当代的人，他应该经常在路上，这个路不完全是旅途，但旅途是他生活的一部分。我曾经在一篇关于旅行的文字中谈到：行旅中也可能是孤独的，但多是快乐的。拓宽视野的快乐，突破自我的快乐，体验过程的快乐，像李白那样展示一个"登高壮观天地间，大江茫茫去不还"的浪漫。李白那个时候的游历条件不像现在，但是读万卷书，行万里路的大有人在，而且都行走出了自己的风景。在我现在到过的很多地方，徐霞客都到过，我知道后无不为之惊叹，再读读他的《徐霞客游记》，就会更惊叹，知道他为什么那么认真地对待自己的行走。

    旅行或许是一种生活的态度。那些喜欢远行的人，始终摆脱不了心灵的流浪，以及天地间的生命的诱惑。沈从文先生尤喜古人的游记，最为敬佩郦道元的《水经注》，那同样是郦道元走出的结果。沈先生也是从小就爱各处游走，去经历，去感受，去记忆。他说，"我的心总得为一种新鲜声音、新鲜颜色、新鲜气味而跳。"汪曾祺先生也谈到过，古人的记叙虽可资借鉴，主要还是靠本人亲自去感受，养成对于形体、颜色、声音乃至气味的敏感，并有一种特殊的记忆力，能把各种印象保存在记忆里，要用时即可移到纸上。

    我是一个喜欢旅行的人，每次出行都会给我带来感知的兴奋和探寻的收获，即使这个地方去过也一定会有不曾相遇的东西。心在路上，路在脚下，旅行的过程其实就是一段人生的浓缩。由此我敬佩那些行走的人，尤为敬佩那些单个行走的人。无论他们怀着什么样的出行目的，抑或没有什么目的。

这部书中多是旅行中的感悟，大部分是新写的，开始起的书名为《秋水长天》，喜欢那种旷远辽阔的感觉，实际上还是行走当中的感觉。后来听从出版社的建议，改成了现在的名字。我觉得，现在的名字，也仍然有行走的意味。南方最后的马帮，也是在行走中的所感所知。

感谢百花洲文艺出版社姚雪雪社长的主动邀约以及凌云等对本书认真的阅读及编辑，包括文字、标点的使用，包括书的装帧设计，都会不断地征询意见，由此感到他们是一群做事认真的人。百花洲文艺出版社曾经为我出过一本散文集《吉安读水》，这次再为我出版新著，感到十分欣慰，我觉得这是一种文学的缘分，也是友情的延续。交稿适逢2018年岁末，雪花曼舞，一片洁白。而写这段文字的时候，已经进入了2019年，又是一片纷扬的雪花，让人欢喜。

作者于2019年春节